나팔의 소리

나팔의 소리

태양의 노래가 깃든 아이

초 판 1쇄 2026년 03월 17일

지은이 박기현
펴낸이 류종렬

펴낸곳 미다스북스
본부장 임종익
편집장 이다경, 김가영
디자인 윤가희, 임인영, 윤영빈
책임진행 이예나, 안채원, 김은진, 국소리, 송가희, 이지영

등록 2001년 3월 21일 제2001-000040호
주소 서울시 마포구 양화로 133 서교타워 711호, 808호
전화 02) 322-7802~3
팩스 02) 6007-1845
블로그 http://blog.naver.com/midasbooks
전자주소 midasbooks@hanmail.net
페이스북 https://www.facebook.com/midasbooks425
인스타그램 https://www.instagram.com/midasbooks

ⓒ 박기현, 미다스북스 2026, *Printed in Korea*.

ISBN 979-11-7355-748-4 03810

값 18,500원

미다스북스는 다음세대에게 필요한 지혜와 교양을 생각합니다.

태양의 노래가 깃든 아이

나팔의 소리

박기현
장편소설

미다스북스

목차

※ 일부 내지 일러스트(0~3장, 8장)는 AI를 활용해 제작되었습니다.

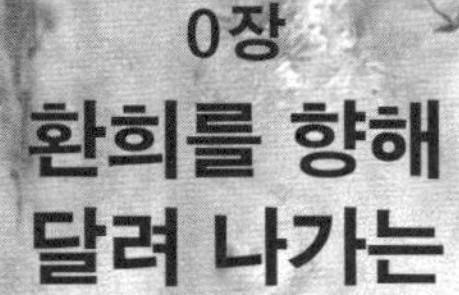

0장
환희를 향해
달려 나가는

신이 존재하였는지 아닌지는 중요치 않다. 그저, 누가 아름답고도 쓰라린 이 세상을 창조하였는가에 대해 감히 미천한 피조물들이 헤아려 볼 뿐이다. 태초의 태초로 거슬러 올라가 보자. 혼돈밖에 남지 않은 먼지의 물결 속에서 따뜻한 알이 우연히 태어났다.

– '빛의 신전'과 '연기의 신전'의 기록 중
공통으로 시작하는 구절

삶이 처량하다. 인간이란 존재가 대개 그렇듯 공허함을 타고난다지만, 우진은 근원적으로 부족했다. 결핍은 그를 갉아먹었고, 식어간 심장은 마지못해 뛰었다. 빛나야 하는 존재를 그리도 가둬 놓으니, 결국 빛은 죽어갔다. 하지만, 죽어간 빛은 다시 태동하기 시작했다. 그는 꿋꿋이 발을 딛고 이곳에 서 있다.

해는 지평선으로부터 천천히 떠오른다. 햇살은 어둠이 거두어갔던 만물의 색을 되돌려 놓는다. 코끝을 찔러오는 새벽의 냄새와 폐를 적셔주는 시린 바람. 우뚝 선 탑을 뒤로 떠오르는 일출의 빛을 만끽한다. 온몸에 빛을 적시며 눈을 가볍게 감고 가부좌를 틀고 앉아 명상한다. 그의 몸 주위로 미세한 빛이 흘러나오기 시작했다.

"잠도 안 자고 여기서 뭐 해…."

반쯤 눈을 감고 누군가가 우진의 곁으로 걸어온다. 그들은 가벼운 대화를 이어 나간다.

"보면 알잖아. 명상 중이었어."

"무슨 새벽 댓바람부터 나와서 하는 거야."

"생각이 많아져서 잠이 안 오거든. 머리 비우는 데는 명상만 한 게 없지."

“수업 때 피곤할 텐데….”

“먼저 들어가서 자. 그전까지 잘 시간 충분해.”

“그래라…. 좀 있다 봐.”

수림은 흘러나오는 빛을 일별하고 자신의 방으로 돌아갔다. 눈을 감은 채로 이동하다 문턱에 발을 찧은 건 덤이다.

우진은 눈을 천천히 떴다. 탑에 걸쳐 있는 태양을 보고 있자니 숨을 크게 쉬지 않는다면 금방이라도 기도가 막혀버릴 것 같다. 들숨과 날숨에 오가는 자연의 생명력이 충만해지는 느낌을 받는다. 가부좌를 풀고 자리에서 일어나 신발을 벗었다. 조심스럽게 한 발을 떼어 까슬까슬하면서도 부드러운 잔디를 건드린다. 아프지도, 따갑지도 않으니 발 전체로 바닥을 밟아 본다. 두 발로 초원을 느끼니 알지 못했던 풀의 생기가 흘러 들어온다.

조용히. 천천히. 걷기 시작한다. 한 발씩 바닥에서 떼어질 때 점점 보폭을 늘려나간다. 걸음에 박차를 가하며, 발걸음을 빠르게 재촉한다.

앞으로 달려 나간다. 박차고 나간다. 잔디가 발바닥을 때린다. 우진은 맨발로 연하광채의 생명을 느낀다. 햇빛의 환희를 받으며 입꼬리를 올린 채 해방감에 젖어 든다. 달리면서도 숨이 가빠오지만, 그 힘듦조차 자각하지 못한다.

그는 빛을 내지 못했다. 미약해서가 아닌, 단지 낼 수 없었기 때문에.

그의 삶은 추웠고, 공허했으며, 어딘가 부족했다.

발을 디딜 때마다 인간계에서의 차가운 기억은 멀어져간다. 따뜻한 햇빛은 그의 어깨로부터 흘러내렸다. 빛이 길을 인도하듯 그는 진정한 자신을 찾아 앞으로 달려 나간다.

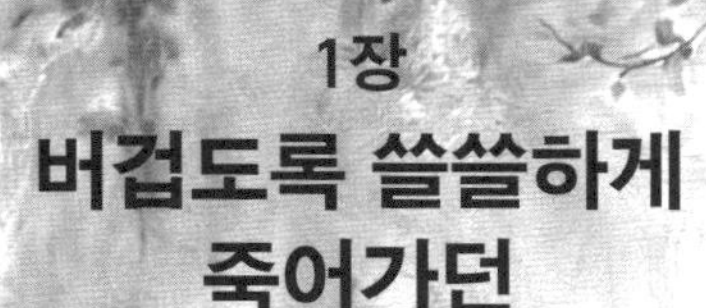

1장
버겁도록 쓸쓸하게
죽어가던

빛나는 알에서 빛의 심장을 중심으로 연기의 신체를 가진 한 거인이 탄생하였다. 어둠뿐인 우주에서 유일하게 어둠을 밝힐 유일한 존재였다. 그의 이름은 '지'라고 불렸다.

– '빛의 신전'과 '연기의 신전'의 기록 중 일부

세상은 정말로 낯설고 조용했다. 아무도 존재하지 않았고 고요함만이 그를 맞이하였다. 우울감을 덜어내기 위해 본능적으로 몸을 웅크려 차가운 다리를 감싸안는다. 지나치게 강렬한 감정에 몸을 움직일 힘조차 없다.

자신을 이해해 주고 감싸안아 줄 다른 사람을 찾기 위해 영원히 타오를 것처럼 빛을 낸다. 눈을 감으면 미세한 빛의 결이 손끝에 저려온다.

눈에 흐리기만 한 공허함이 깃든 그는 별의 바다를 끊임없이 유영한다. 아무도 없나요. 한 번만 내 옆에 와서 앉아 있기라도 해줘요. 낮게 읊조리는 말들 사이로 그는 눈을 천천히 감았다.

∞

우진은 감았던 눈을 천천히 떴다. 눈앞에 평생을 보아온 연두색 벽지와 상아색 블라인드가 보인다. 눈가에서는 습기가 흘러 베갯잇을 적셨다. 자신의 처지를 파악하고, 악몽으로부터 재빠르게 벗어나려 했다.

"또 이 꿈이야…"

널브러져 있는 이불을 겨우 비집고 일어나 거실로 향한다. 집은 텅텅 비어 있어 고요했다. 오늘따라 더욱 쓸쓸하게만 느껴진다. 식탁 위에 놓여 있는 빈 컵을 바라보며 툭 건드려본다.

이젠 이런 감정이 가볍다는 듯이 굶주린 마음을 뒤로하고, 허기진 배를 달래기 위해 냉장고를 열어본다. 먹을 것이 도통 없어 거실로 걸어 나와 소파에 주저앉는다.

동공이 꺼진 채로 까만 TV 화면에 비친 자신의 모습을 들여다본다. 십여 분을 멍한 채로 앉아 있다가, 힘겹게 무거운 몸을 이끌고 겨우 밖을 나선다.

하늘은 우진의 마음을 비치듯 짙은 회색 구름만이 무겁게 깔려 있다. 세상사 아무것도 상관없다는 듯이 흘러가기만 하는 구름을 하염없이 바라본다.

"언제까지 이래야 하는 거지."

우진은 깊게 사색에 빠졌는지 자신에게 달려오는 자의 고함을 듣지 못했다. 그는 보는 사람이 힘들 만큼 숨을 헐떡이며 다급하게 뛰어오고 있었다.

"거기 비켜!"

멀리서부터 고함치며 달려오던 그는 힘차게 우진과 부딪혔다. 우진은 넘어져서 손으로 바닥을 더듬는다. 상황을 파악하기 위해 고개를 들어보니 누군가가 자신과 똑같이 넘어져 있는 것을 보았다. 그제야, 자신이 누군가와 부딪혔다는 사실을 깨달았고 아픔을 뒤로한 채 미안함을 먼저 건넸다.

"괜찮으세요? 죄송해요. 못 들었어요."

"크게 소리쳤는데…. 괜찮습니다."

그는 태연하게 옷을 툭툭 털고 일어난 후 다급하게 무언가를 찾기 시작했다. 마치 잃어버리면 안 될 것을 잃어버린 표정이었다.

"떨어뜨리신 거라도 있나요?"

우진은 자신과 부딪힌 사람이 무엇을 떨어뜨렸는지 근처를 둘러본다. 고개를 이리저리 돌려보더니 신비한 물건이 눈에 띄었다. 은은한 광채를 내뿜으며 복잡한 노란색 문양이 흐르고 있는 모자였다. '갓'의 형태에 가까웠던 모자는 내뿜는 빛 때문에 노란색인지 검은색인지 헷갈릴 법했다. 무의식적으로 그 물건이 자신과 부딪힌 사람의 것이라고 확신이 들어, 그 모자를 집어 건네주려던 순간이었다.

세상은 암흑에 뒤덮였다.

어둠. 암흑. 흑암. 암전. 암야. 어스름. 어둑함.

그리고 이어지는 절망, 침묵, 공포, 죽음, 혼돈, 그림자, 타락, 불길함.

밤의 장막이 세상을 가리기 시작하며 혼돈의 물결이 흐르기 시작했다. 마치 원래부터 어둠이 세상의 본질이었던 듯, 칠흑만이 세상에 남았다. 아무것도 보이지 않는 세상에서 공황에 빠진다. 눈이 멀었다. 숨이 쉬어지지 않는다. 몸이 갈기갈기 찢겨나가는 고통을 느낀다.

고통을 호소하며, 도움을 요청하지만 아무도 그의 말에 귀 기울이지 못한다. 극심한 고통에 기절하려던 찰나, 조금씩, 아주 조금씩 고통이 완화되기 시작한다.

어둠 속에서 땅과 하늘의 경계가 희미하지만 그래도 바닥이라 지칭할 수 있을 것 같은 아래에서 조금씩 묘한 것이 솟구치기 시작한다. 물방울의 형태를 한 끈적하고 야릇한 빛이 울렁거린다. 퍼져나간 빛은 한 방울로 시작해 점점 불어나 세상을 환하게 감싸안는다. 축 처져 있던 꽃들이 되살아난다. 울음을 멈추었던 매미는 다시 울기 시작한다. 짖는 법을 잊었던 개는 다시 짖기 시작한다. 무기력에 활기를 불어넣는다. 세상 만물이 총천연색을 되찾아간다.

마치 살아 숨 쉬는 듯한 빛은 숨은 그림자까지 부숴버리고 깨뜨린다.

빛과 어둠,

여명과 황혼,

희망과 절망,

생명과 죽음,

낮과 밤,

선과 악,

봄과 겨울,

개화와 낙엽,

초승달과 그믐달,

탄생과 소멸.

시작에서 끝으로 이어지던 자연의 순리가 끊어진다. 빛은 자신이 세상의 주인이라는 듯 게걸스럽게 세상사를 조종하려 한다. 빛에 감응하여 다른 무언가는 바닥을 기어 오기 시작한다. 바닥을 기어 오는 것은 실체가 없다. 형체도 없다. 그러나 세상을 가득 메울 만큼 품이 넓다. 짙은 연기는 넓게, 더 넓게, 지평선까지 닿을 것처럼 빛을 잡아먹기 시작한다.

빛과 연기는 서로를 이해하고 받아들이기 시작한다. 빛과 연기가 어우러지기 시작할 때 힘이 넘치던 빛이 차분해지고, 고요하기만 하던 연기가 활력을 얻는다. 연기는 빛을 세상 멀리까지 데려다주고, 빛은 연기의 존재 의의를 다시금 되새겨준다. 가시 세계에 존재하나 잡을 수만은 없는 허상의 것들이 세상을 어루만지기 시작한다.

우진이 '그것'을 만진 순간, 자신에게 무슨 일이 일어난 건지는 알 수 없다. 그저 황홀한 광경에 압도되어 이유 모를 고양감에 사로잡혔다. '신'이 된 것 같은 전지전능의 개념을 몸소 느낀다. 거인의 머리 위에서 세상을 내려다보는 감각을 체험하며 자신이 살아 있는 건지 죽었는지조차 모른다. 자신의 존재가 희미해졌다가 온 우주 그 자체가 되어가며 큰 혼란에 휩싸인다. 우진은 자신의 생사를 확인하기 위해 필사적으로 발을 조심스럽게 바닥에서 발을 떼어 앞으로 나아간다.

우지직.

한 발짝을 움직이자 찬란한 광경은 사라져 버렸다. 환상은 유리 조각처럼 가루를 흩날리며 부서졌다. 환상 속의 풍경은 온데간데없이 사라졌고, 쥐고 있던 모자는 어느새 사라졌다. 우진은 손을 폈다 쥐며 아쉬운 듯이 빈손을 빤히 바라봤다. 직전의 경험은 그에게 생기를 불어넣었다. 황홀감에 젖어 여운을 즐길 틈도 없이 부딪혔던 사내는 격앙된 감정을 최대한 가라앉힌 채 입을 열었다.

"왜 남의 것을 함부로 만지죠?"

"죄송해요…. 저는 그냥 주워드리려 한 건데…."

"그냥 모르는 척하고 갈 길 가세요. 다음부터는 함부로 남의 물건 만지지도 말고."

"아아…."

한 번도 겪어보지 못했다면 차라리 괜찮았을 텐데. 목마른 사람에게 물을 주니 더욱 갈증이 날 수밖에 없다. 앞으로 다시 맞이하게 될 공허가 무서워 부딪혔던 사내를 붙잡으려던 찰나였다. 사내는 이미 사라진 뒤였다. 우진은 자리를 박차고 일어나 뒤쫓는다. 멀어져만 가는 그를 바라보며 허망함을 느낀다. 애써 돌기 시작했던 활기는 다시 죽어가고 있었다.

"제발… 안 되는데… 이렇게 가버리면…."

사내의 모습이 더 이상 비추지 않는다. 이대로 그는 영영 사라져 버렸다.

가라앉은 부정적인 감정의 침전물들이 표면으로 떠오른다.

"안 돼…! 안 된다고…!"

우진은 그대로 주저앉아 그가 떠나간 자리를 계속해서 보았다. 그는 지독한 외로움에서 탈출할 만한 단서를 쥐고 있는 사람이었다. 하지만, 다시는 볼 수 없었다. 풀이 죽은 눈으로 그곳을 바라보던 찰나에 한 고양이가 눈에 들어왔다.

만지면 살랑살랑 손끝을 반겨줄 것만 같은 촘촘한 흰털이었다. 노란색과 파란색의 오드아이를 가진 고양이는 유유히 서 있었다. 신비로움을 풍기는 고양이를 바라보았다. 그는 고양이 또한 자신을 바라보고 있다고 착각했다. 자리에서 일어나 다가가려던 순간이었다.

점점 고양이와 가까워질수록 우진은 위화감을 느꼈다. 멀리서 보았을 때 몰랐지만 고양이의 주위로 빛이 조금씩 새어 나오고 있었다, 미약하나, 직전에 본 빛과 흡사한 빛이었다.

"설마….."

심장이 빠르게 뛰며 그의 몸은 떨리기 시작한다. 다시 이어 나갈 수 있다는 마음에 떨리는 몸을 주체할 수가 없었다. 우진은 고양이에게 다가서지만, 고양이는 뒤로 돌아 멀리 도망친다. 얼마나 날쌘지, 바람을 가르며 뛰어간다.

"이번엔 안 돼!"

마지막 희망을 위해 쫓아간다. 직전의 일이 정말 꿈이 아니었던 건지 자신이 경험했던 일들의 현실성을 의심하며 뒤를 쫓는다.

고양이를 쫓아 골목까지 숨 가쁘게 뛰었다. 고양이는 헐떡이는 우진을 일별하고 좁은 골목 사이로 사라졌다. 우진은 놓칠 수 없다는 듯 좁아터진 골목을 비집고 들어간다. 점점 속이 울렁거리고, 손발이 붓는 기분이 들었지만 당장 닥쳐오는 신체의 변화를 신경 쓸 겨를이 없었다. 우진은 당장의 목표를 쫓는 것에 열중했다. 시야가 흐려지기 시작한다. 안개가 시야를 가리는 것인지 눈이 흐려지는 건지 알 수 없었다. 세상이 뿌옇게 변한다.

"헉헉… 가지 말라고!"

좁은 골목을 열심히 헤쳐나가니, 눈앞에는 생전 처음 보는 광활한 호수가 펼쳐졌다. 바다라 착각이 들 정도의 크기이다. 호수의 수면에 하늘이 비쳐, 마치 하늘의 구름이 세상의 전부인 듯했다. 생명력이 흘러넘치는 광활한 숲은 바라보기만 해도 활기가 차오르는 듯하다. 몇백 년은 족히 살았던 나무들은 하늘을 뚫을 기세로 솟아 있다. 숨만 쉬어도 수면이 일렁거릴 것 같은 매우 고요한 호수이다. 호수의 모습에 압도된 그는 평생 볼 수 없었던 압도적인 시야에 감탄하며 멈춰 서 있었다.

무아지경에 빠진 것도 잠시 빠르게 고양이를 찾으려 했다. 고개를 이곳저곳 돌려보다가 정중앙에서 시선이 멈췄다. 그곳에선 신비로운 흰색의 고양이가 파문을 일으키며 수면 위로 떠 있었다. 색이 다른 고결한 두 눈은 우진을 가만히 응시했다. 우진은 그 눈을 바라보며, 눈으로 빨려 들어갈 것 같은 느낌을 받았다.

풍덩–

고양이는 빠르게 사라졌다. 순간이동도 아니고 하늘로 솟아난 것도 아니다. 물에 빠졌을 뿐이다. 물에 빠진 고양이를 보며 다급하게 호수로 달려갔다.

호수의 깊이는 상관이 없다. 무모하게 호수에 몸을 던지기로 결심한다. 자연스레 자신도 물에 뜰 수 있다고 생각하며, 자세를 잡고 빠르게 뛰어든다.

"할 수 있어…. 할 수 있어…. 하나, 둘, 셋!"

세 번을 세고 눈을 질끈 감고 뛴다. 수면을 밟자마자 호수는 그를 받치기는커녕 발목부터 감싸기 시작해 점차 허리까지 차오른다. 세상의 소리는 사라지고, 시야는 점차 흐려져 간다. 빛은 굴절되어 우진에게 닿지 않는다.

"켁켁…! 안 돼…!"

입과 코에 물이 들이닥치기 시작한다. 숨이 안 쉬어지는 곳에서 호흡을 시도하니 매섭게 폐에 물이 찬다. 산소 부족으로 희미해지는 정신을 애써 붙잡는다.

'이대로 죽을 순 없어…. 제발… 제발…!'

[괜찮아. 조금만 참아봐. 모든 건 거짓이야.]

머릿속에서 처음 듣는 목소리가 울려 퍼진다. 우진은 지푸라기라도 잡는 심정으로 몸에 힘을 빼기 시작한다. 천천히 몸은 가라앉지만, 고통은 점차 줄어든다.

흐려진 우진의 시야가 다시 밝아지기 시작했을 때 감각은 다시 돌아온다. 알 수 없는 숲속에 떨어졌다. 상황 파악을 위해 멍한 머리를 겨우 들어 올려 주위를 둘러본다. 하늘의 해조차 가려버릴 정도로 광활한 나무가 주위를 둘러싸고 있다. 햇빛은 나뭇잎 사이에서 잘게 부서져 선선히 들어온다. 피부에 닿자 상쾌하게 다가온다. 손을 들어 올려 검지와 중지를 붙였다 떼며 햇빛을 가렸다가 바닥을 짚고 일어난다.

고개를 뒤로 돌리니 집채만 한 크기의 삼각형 오두막이 보인다. 오두막을 한 바퀴 둘러보며 탐색한다.

"여긴 도대체 어디지…? 오두막인가?"

우진은 이곳이 현실인지 사후세계인지 헷갈린다. 핸드폰을 꺼내 자신의 위치를 확인한다. 신호 없음이 뜨며 위치는 잡히지 않는다. 그는 일단 소리

쳐본다.

"고양이야! 여기 있니? 들릴 리가 없겠지…. 여긴 도대체 뭔데…!"

고으오 –

숲속에서 바람이 부딪히며 부서지는 소리만 들린다. 잠시 후, 바람 소리 사이로 목소리 하나가 머릿속을 비집고 들려온다.

[들어와라.]

침묵을 깨는 목소리에 놀란 우진은 상식적으로 이해해 보려 노력했다. 보통 상식이면 문을 열고 들어오라는 것 아닌가. 넓디넓은 숲속에서 찾을 수 있는 문은 딱 한 곳 있다. 바로 앞에 있는 오두막의 문이다.

무엇이 펼쳐질지 모르기에 떨리는 몸을 주체할 수가 없었다. 떨리는 오른손을 왼손으로 부여잡으며, 자신이 여기까지 온 상황은 필연적이길 바라고 있다.

"괜찮을 거야…."

철컥–

문고리를 잡고 오른쪽으로 돌렸다. 떨리는 몸도 잠시, 세상은 밝아지며 시야를 전부 가려버렸다. 그의 세상이 새롭게 태동하는 순간이었다.

보이는 것만이 진실이 아니다. 고작 몇 명 들어갈까 했던 오두막의 내부는 세상 모든 것을 담아낼 듯 웅장했다. 저 멀리 지평선이 흐리게 보일 정도로 넓은 언덕과 초원, 그리고 호수가 펼쳐져 있다. 지구가 그대로 간직하고 있는 대자연 그 자체를 맞이한 느낌이다. 이렇게 광활한 곳은 그에게 새로운 경험이었다.

오두막을 들어서자, 그의 감각은 이곳에 매료된다. 세상에 필터를 씌워놓은 것처럼 아름답게 보인다. 빛은 직선이 아니라 퍼지고, 채도가 낮고 은은하다. 여기서 본 시야를 사진으로 만든다면, 어느 장면을 짚어도 매우 아름답게 보일 것이다. 눈으로 세상의 첫인상을 맞이하자, 코끝으로 무언가가 스며든다. 제일 좋아하는 풀의 냄새, 포근한 섬유유연제 냄새가 흘러 들어온다. 누군가를 안았을 때 나는 은은하고 포근한 향기. 그것이 우진을 기분 좋게 감싼다. 숨을 크게 들이마시며 향기를 만끽하자니, 선선한 바람이 불어온다. 바람이 천천히 불어와 우진의 살결에 닿아 기분 좋은 감각을 만들어낸다. 아주 천천히 부서지면서도 불어오는 바람은 그의 몽환적인 경험을 완성한다. 그 순간, 우진은 이곳이 단순한 오두막이 아니라 또 다른 인생의 시작임을 직감할 수 있었다. 우진은 자신의 인생에서 변환점이 될 순간을 만끽했다.

자연의 모습을 뒤로한 채, 하늘을 올려다본 우진은 햇빛에 눈이 부셔 손을 들어 가렸다. 그 눈부신 광경 사이로 무언가가 빠르게 지나간다. 자세히 보려고 고개를 더욱 들어 올리니, 기다란 무언가를 타고 두 명이 날아간다. 날아가는 두 명은 남색 계열의 옷을 입고, 후드 모자를 머리에 뒤집어쓰고 있었다. 두 명은 길게 쭉 빠진 직선 형태의 파이프 같은 것을 타고 하늘을 질주한다. 하늘을 가로지르며 그들은 빛의 궤적을 남긴다.

"야! 얼른 따라와! 늦게 생겼어!"

"한결 교수님 아니야? 괜찮을 거야!"

우진은 넋이 나간 채로 빛을 바라본다. 계속해서 떨림을 주체할 수가 없었다. 그동안 겪어왔던 불안과 공포의 떨림이 아니다. 가라앉아 있던 자신을 끌어올려 줄 '희망'을 마주한 떨림이었다.

우진의 뒤로 흰색 빛이 날아다닌다. 반딧불이가 자유롭게 날아다니는 듯한 광경을 바라보는 우진은 계속 입을 벌린 채로 경악할 뿐이었다.

"내가 여기까지는 하겠는데, 그 이후로는 좀 어려워."

"그러면 내가 조정을 해줄게. 보조해 줄 테니까 다시 날려보자."

멀리 보이는 탑 옆으로는 코끼리가 걸어 다닌다. 우진은 자기도 모르게 지나가던 사람을 붙잡고 사람이 있는 곳에서 활보하고 있는 '저 코끼리'에 관해 물었다.

"저 혹시… 저기 있는 코끼리는 무엇인가요…?"

"넌 왜 교복도 안 입고 있어? 그리고 학교에 다니면 교수님들이 누군진 알아야 하지 않겠어?"

"교수라고요?"

"너 정말 아무것도 몰라? 곧 입학할 신입생이니?"

우진이 붙잡았던 사람은 이해 안 된다는 듯이 쳐다봤지만, 본인 딴에는 친절하게 설명해 주려 했던 것 같았다. 다만 문제는 우진은 이 세상에 대해 아무 지식이 없다는 것이었다.

"고리 교수님이잖아. 2연 연술 담당하시고."

"2연 뭐라고요…?"

"됐다. 너 혹시 여기 처음 와 봐? 그럼 모를 수도 있을 것 같은데. 학교에 처음 온 거면 저 뒤에 보이는 탑에 먼저 가봐."

"탑이요? 거기 가면 알 수 있는 게 있나요? 저는 어떤 고양이를 쫓아왔거든요."

"고양이라고 함부로 얘기하지 마. 엄연히 안지원이라는 이름이 있으신 학장님이라고. 근데 만나봤나 보네? 학장님은 아는 걸 보면."

"학장이요…? 아무것도 모르겠어요."

"그러면 일단 탑으로 가 봐. 거기서 네가 원하는 걸 찾을 수 있겠지. 난 수업에 가야 해서 이만."

"네. 일단 감사해요."

　친절한 듯, 귀찮은 듯, 간단명료하게 방향을 제시해 준 사람에게 가볍게 목례하고 탑을 향해 걸어갔다. 탑 뒤로는 꽃이 넓게 펼쳐져 있는 화단과 공원이 보인다. 그 중심에는 뿌리를 깊게 박고는 천 년 동안 그 자리를 지켰을 것만 같은 거대한 나무가 있다. 걷다 보면 시야가 점차 아래로 쏠리게 되는데, 여러 지형이 빛나는 계단으로 이어져 있었다. 4개의 작은 섬처럼 이어져, 그곳에는 여러 사람이 모여 있었다. 이것저것 감탄하고 나니 어느새 탑에 도착했다. 탑은 흰색 벽돌로 이루어졌기에 단조로워 보이지만 통일성에서 나오는 멋이 있었다. 높게 뻗은 듯하지만, 우진이 밑에서 고개를 올려다보았을 때 그 끝을 가늠하기 어려운 정도는 아니었다.

　우진은 상식을 시험당하는 기분이 들며 누가 봐도 '입구처럼 보이는 곳'에 들어갔다. 탑에 들어서고 '고양이'를 찾아가려면 어떻게 해야 할지 골똘히 생각했다. 통유리 천장에 햇빛만 들어올 뿐 내부에는 아무 문도, 아무 계단도 없었기 때문이다. 잠시 후에, 그의 앞에 빛과 연기가 모여들더니 반투명한 계단이 형성된다. 밟지 못하고 떨어져 버릴 것 같았지만, 천천히 발걸음을 떼보기로 결심한다.

　계단에 발을 디딘 우진은 천천히 심호흡하며 오르기 시작하였다. 빛의 계단을 지나 끝내 빛나는 문에 도달했다.

　문고리를 돌려 방에 들어선다. 광활한 대지에 어울리듯 방 또한 천장이 높고, 한눈에 담기지 않는 방이었다. 통창이 보이며 벽에는 수많은 책이 꽂혀 있다. 손이 닿지 않을 것 같은 곳까지 책이 꽂혀 있다. 수많은 지식의 범람 사이에서 귓가에는 천연한 피아노 소리가 흘러 들어온다. 방 안에서 흘러나오는 클래식이 무슨 음악인지 알 턱이 없었지만, 마음이 조금은 차분해지는 느낌을 받았다.

　전반적으로 목조 건물의 방이라 그런지 따스하고 온화하게 느껴진다. 통창 앞에는 책상과 고풍스러운 조명이 놓여 있다. 고요한 방 속에서 통창의 빛과 조명에서 나오는 빛은 어우러져 주위를 따뜻함으로 물들였다. 책들 사이로 빛이 흘러나오는 것 같은 착각을 느끼며, 통창 속 풍경을 바라본다. 책상 위에 조용히 앉아 있는 누군가의 모습을 그제야 발견하는 우진이었다.

"여긴 무슨 일이니?"

무게감 있고 차분한 인사말이 흘러나왔다.

"어떤 고양이를 쫓아서 여기까지 오게 됐어요."

"고양이? 여기엔 그런 거 없어."

그녀는 입꼬리를 올리며 능청스럽게 대화를 이어 나갔다.

"쫓아온 이유를 물어도 될까?"

"본 순간 직감했어요. 인생의 목적을 되찾으려면 저를 바라보고 있던 고양이를 쫓아가야 한다고."

"직감 하나로 여기까지 오기엔 멀리도 왔구나. 그 고양이가 너에게 무엇을 해줄 수 있다고 느꼈니?"

"저도 잘 모르겠어요…. 제게 일어난 일들이 사실인지 아닌지도 분간이 안 가는…."

우진의 말과 동시에 그녀의 눈이 빛나기 시작했다. 눈이 빛나며 그녀의 앞에 연기가 모이기 시작했다. 연기는 눈을 깜박일 때마다 점차 형태를 갖춰나가기 시작했다. 형태를 갖추기 시작한 연기는 지원의 빛에 의해 굳기 시작했으며 나팔의 형태가 만들어졌다. 만들어진 나팔을 지원은 힘차게 불기 시작했다. 나팔에서는 숨소리 같은 잔향의 소리가 흘러나왔으며, 물가에 돌멩이를 던져 파문이 일듯이 낮고 유연하게 퍼져나갔다. 그녀는 빛의 커튼 뒤에 숨어 고양이로 재탄생했다.

"안녕? 내가 그 고양이야. 이름은 안지원이니까, 기억하렴."

"으아… 아아… 아아아악…!" 우진은 경악스러운 광경에 자신도 모르게 고성을 질렀다.

"쉿. 분위기가 깨지잖아. 침착함을 유지하라고."

"이런 걸 보고 어떻게 안 놀라겠냐고!"

"미안. 두서없이 충격만 더했구나. 천천히 설명해 줄게. 넌 분명히 빛을 발산했을 거야. 그래서 나의 빛을 보고 이곳까지 왔고. 맞지?"

"맞아요. 어떤 물건을 만졌더니 갑자기 알 수 없는 환각에 휩싸이고 제가 '신'이 된 것만 같았어요."

"네 안이 충만하게 차오르는 희열도 느끼지 않았니?"

"맞아요…. 숨통이 트이는 것 같았죠."

"네 안에 차오른 건 '연'이야."

"연…? 그건 뭔데요?"

"연은 우리의 삶 그 자체이지. 네가 지금 있는 곳은 연술계란다. 네 입장에선 마법 세계 같은 곳이지. 한마디로 마법 세계로 넘어온 거야."

"뭐라고요? 마법 세계 같은 게 있을 리가 없잖아요." 우진은 이미 말도 안 되는 일들을 겪은 후지만, 애써 부정해 본다.

"마법 세계는 없어. 말했잖아. 이곳은 연술계라고. 이곳은 빛과 연기를 통해 신비를 부리는 자들의 세상이야. 어릴 적부터 느껴지는 무언가가 없었어?"

"어딘가 부족한 채로 살아오는 것 같긴 했죠. 방황하기도 하고, 어떨 때는 하루 종일 울기도 해보고요. 하지만, 속에 있는 공허함은 사라질 줄을 모르더라고요."

"모두 각자의 빛을 거느리고 살아가. 인간계의 사람은 빛이 미약할 뿐이지, 실제론 모두가 빛을 내고 있어. 너는 인간계의 미약한 빛 속에서 남들과 맞추어 살아가느라 제빛을 못 내고 살았어. 그래서, 마음 한편이 무너지고 공허했던 거야.”

지원은 나팔을 꺼내 들었다. 나팔은 끝에서부터 올라갈수록 넓어지는 긴 관의 형태로, 끝은 나팔 모양으로 벌어져 있다. 그녀의 나팔에서 은은한 빛이 흘러나오는 듯하며, 중심부에는 노리개가 묶여 있어 전통적인 모양을 자아냈다.

“이건 뭐죠?”

그 순간, 바닥에서부터는 연기가 기어 오기 시작했고, 지원은 나팔을 치켜들고는 방 안을 빛으로 가득 메웠다. 연기는 빛을 굴절시켜 방을 환상으로 꾸며내었고, 어둠으로 뒤덮었다. 우진은 갑작스러운 어둠에 손을 뻗어 이곳저곳을 더듬으며 자신의 위치를 자각하려 했다. 발을 떼려던 찰나 잿빛의 가루들과 짙은 남색의 구름이 점차 모여든다. 자신의 눈 앞에 펼쳐지는 광경에 눈을 뗄 수 없었던 우진은 울려 퍼지는 무거운 소리에 몸을 움찔했다.

[우주는 혼돈과 먼지로 이루어져 있단다. 그것이 뒤섞이면서 하나의 빛이 탄생하지.]

잿빛의 가루는 흐드러지고 짙은 남색의 구름이 모여들어 서로를 탐닉하며 하나로 뭉쳐진다. 뭉쳐진 곳에서는 점점 빛이 새어 나오더니 우주를 전부 밝혀버릴 것만 같은 눈 부신 빛을 내뿜는다. 우진은 눈이 부셔 앞을 제대로 쳐다볼 수 없었다.

[하나의 빛이 탄생하고 나면, 연기로서 죽어간단다.]

눈 부신 빛은 점점 자신의 빛을 거둔다. 그 옆으로는 연기가 기어들어 온다.

[그러고는 다시 혼돈과 먼지의 상태로 되돌아가지. 이렇게 모든 우주는 순환해. 그중에서 생명을 상징하는 빛. 빛이 남긴 잔향, 연기. 우리는 빛과 연기를 통해 신비를 부리는 자들이야.]

우주의 모습이 꺼지고 다시 어둠이 찾아왔다. 어둠 속에서 빛의 구체가 공중에 떠 있다. 빛 덕분에 아래로 기어 오는 연기의 모습을 확인할 수 있다. 두 가지의 것은 하나의 중심에서 모여 뒤섞이더니 귤빛을 이곳저곳 뿜어낸다. 우진은 눈앞에 놓여 있는 것에 닿을 수 있을 것만 같이 본능적으로 손을 뻗었다. 자신이 진정으로 쫓아오던 것이 '이것'임을 깨닫는 순간이었다.

[빛과 연기가 합쳐지면 하나의 '연'이 되지.]

'연'이라 불리는 귤빛의 구체는 어둠 속을 휘적거리며, 궤적을 남긴다. 남기고 간 궤적은 하나의 진을 완성해 나가며, 복잡한 고대의 문양이 그려져 내려간다.

['연'은 참으로 기묘한 존재야. 우린 이걸 통해 심신을 통제하고, 나에게서 벗어나 세상을 조종하고, 결국 세상 모든 만물을 어루만질 수 있게 된다. '연'은 존재의 의의, 그 자체야.]

마지막 말과 동시에 '연의 구체'는 하늘로 치솟았다. 그곳으로부터 어둠을 빨아들이기 시작한다. 주위 곳곳에 있던 칠흑색의 어둠은 본래 있어야 할 곳으로 되돌아가며, 천연의 모습을 돌려놓는다. 어둠이 걷히고 나니 우진의 표정이 드러난다. 압도적인 광경을 본 순간이었다. 그의 뺨을 따라 눈물이 줄기로 흘러내리고 있었다. 두 손으로 자신의 입을 틀어막으며, 감정을 호소했다.

"왜 눈물이 흐르는 거죠…?"

"연이란 말이야. 삶의 목적. 삶의 이유, 삶의 근원이야, 우리는 모두 빛과 연기에서 탄생한 존재들이지. 자신의 빛을 외면하고 살았다면, 인생의 방향에서 길을 잃어버린 것과도 같아. 어떻게 살아왔을지 생각하면 마음이 아리는구나."

지원은 동물의 형태를 유지 중이나 표정에서 감정을 읽어낼 수 있었다. 슬픔으로 가득 찬 그녀는 우진을 안쓰럽게 바라보았다. 목이 멜 정도로 울던 우진은 가까스로 진정했다.

"학교에 입학하렴."

"학교가 있어요…?"

"네가 지금 서 있는 곳이지. 이곳은 '연하광채'야. 빛과 연기를 통한 신비를 통제하고 길러나가는 곳이지. 여기서 너는 많은 것을 배워갈 수 있을 거야."

"입학한다고 해서 공허함이 채워질까요…?"

"그건 너만이 가꿔나갈 수 있는 거야. 최소한, 이곳에 오면 너를 이끌어 줄 수 있는 거지."

"그럼 입학할게요…. 하면 되잖아요. 제 손으로 채워 나갈게요."

"네가 입학하겠다는 의지만 있으면 된단다. 나머진 이 편지를 살펴보면 돼. 여기에 네가 필요한 모든 것과 궁금한 점들을 담아놓았단다. 아차. 부모님께 말씀드리는 것 잊지 말렴."

"부모님이요? 이런 걸 어떻게 말씀드리라고요…."

"걱정 마. 부모님은 다 알고 계실 거야. 네 이야기를 천천히 꺼내보렴. 부모님 또한 숨겨왔던 이야기를 해 주실 것이란다."

"어떻게 아세요? 원래부터 알고 있었어요? 말이 안 되잖…."

"직접 겪어보렴."

"일단 알겠어요…. 돌아갈게요. 설마 그 호수에 또 빠져야 하는 건 아니겠죠?"

"문을 열어주마. 여기 올 때 온몸이 붓고 시야가 흐려지지 않았니?"

"맞아요. 죽는 줄 알았어요."

"그건 차원 이동 간 멀미를 하는 거야. 갈 때는 보호 연술을 걸어줄 터이니 이리 와보렴."

우진은 지원의 앞으로 다가갔다. 지원은 우진의 머리 위로 나팔을 휘두르기 시작했다. 지원이 만들어낸 연은 우진의 이마에 머리띠의 형태로 둘러매졌다. 머리띠는 반투명했으며, 만질 수 없었다. 머리를 감싸는 이질적인 느낌에 이마에 손을 가져다 대지만 아무런 촉감도 느낄 수 없었다. 우진의 머리 위에서 나팔을 가져와 지원은 다시 공중에 휘둘렀다. 허공에 직사각형을 그리기 시작했고, 그리는 궤도에 따라 노란색 흔적이 남았다. 그 흔적은 문의 형태로 굳어졌고, 문고리가 생겨났다.

"이 문을 열고 들어가면 집이 있을 거야. 당황하지도 놀라지도 말고. 차분히 부모님께 말씀드리렴."

"알겠어요."

문고리를 열고 입장한다. 연하광채에 들어설 때와는 다른 감정이다. 두려움과 낯섦의 혼란 속에서 연하광채에 입장했다면, 돌아갈 때는 결의와 의문이 가득한 채로 빛의 틈으로 들어간다. 빛이 쏟아지는 문을 뒤로 눈을 감고 계속 걸었다. 걷다 보니 등 뒤와 다리에 이상한 가죽 같은 것이 닿는다. 눈을 떠보니 거실이었다. 거실 소파에 앉아 다리를 계속 움직이고 있었다. 꺼진 TV 화면에 우진의 모습이 비친다. 자신의 모습이 낯설어 보인다. 검은 화면 속 자신과 눈이 마주친 우진은 무인도에 홀로 표류한 기분을 느꼈다.

알 수 없는 미지의 세계. 덮쳐오는 불안감. 한 편으로는 '변화'에 대한 기대감.

2장
사랑으로 말하는

태초의 거인은 7일 동안 온 우주를 돌아다녔다. 자신
과 똑같은 생명체를 발견하기 위해서. 사무치는 외로
움을 달래기 위해서. 하지만, 우주에는 칠흑만이 가
득할 뿐이었다.

– '빛의 신전'과 '연기의 신전'의 기록 중 일부

해는 저물었다. 하루가 완전히 넘어가기 직전의 시간. 생각의 풍선은 계속해서 불어나 조금이라도 커지면 터질 것 같았다. 다리 떨기, 손톱 깨물기, 코 눌러보기 등 자신만의 방법으로 불안을 달래본다. 불안이 눈물로 승화되기 직전, 고통을 깨는 것은 도어락의 소리였다.

삑— 삑— 삐빅— 삑. 철컥.

우진은 소파에서 일어나 현관으로 달려 나간다. 문이 열리자마자 달려 나가 자신의 부모님을 끌어안는다. 긴장이 풀린 탓인지 다시금 목이 멜 정도로 울먹이기 시작하며 끝내 눈물을 흘린다. 훌쩍거리며 말을 이어 나간다. 등을 두드려주는 것은 부모님의 따스한 손이었다.

"무슨 일이야. 괜찮아? 진정하고 이야기하자."

우진의 아빠는 말없이 눈가의 눈물을 손으로 닦아주었다. 조금씩 울음이 가라앉으니, 거실에 다 같이 모여 앉은 가족이었다.

"언젠간 이런 날이 올 거라고 생각했는데."

"그러게."

넓은 마음으로 우진을 이해해 주는 부모님이었다.

"자기가 얘기해줄래?"

"내가 얘기하라고?"

"나보단 자기가 더 말을 잘하니깐."

"어휴. 알았어. 진아. 엄마가 얘기해줄게. 엄마, 아빠가 결혼한 지 얼마 안 되었을 때야. 영화를 보러 가던 날이었던 것 같은데. 〈살X의 추억〉 보러 가던 날이었나?"

"〈장화, X련〉이었을걸."

"〈살X의 추억〉이 맞아. 아무튼 이게 중요한 게 아니고. 영화관을 찾아가다가 길을 잠깐 잃었었거든. 상영 시간엔 늦을 것 같아서 골목길을 돌아가던 중이었어. 그날따라 동네가 으슥하고, 안개가 깔려 있던 게 이상하더라. 팔의 털이 오소소하게 삐쭉삐쭉 서는 기분이었어. 몸도 붓는 것 같은 이상한 느낌이었는데."

"맞아. 그날따라 좀 이상했었어."

"나도 오늘 겪었어. 차원 이동 간 멀미라던데…. 그때 연술계에 잠깐 들어갔다 온 것 아니야?"

"잘 알고 있네? 그래. 우리는 그날 결국 어느 숲에 도달했어. 동네에 숲이 있는 게 이상하잖아. 근처 공원이라 생각하고 있었는데 정말 이상한 광경이었어. 생전 그런 형태의 나무들과 자연은 보지 못했었거든. 그 숲을 나가려고 열심히 헤맸지. 길을 잃지 않으려고 나무에 스카프를 묶어 놨었는데, 알고 보니 같은 곳을 빙빙 돌고 있더라. 그 동네에 들어선 순간부터 느꼈던 기시감과 불안이 폭발하는 순간이었지. 그때 주저앉아서 영영 못 나가는 건가 하고 정말 엉엉 울었어. 엄마가 그렇게 울고 있는 동안 아빠는 어찌나 침착하던지 근처를 둘러보며 계속 상황 파악하려 노력하더구나. 그리고 나를 달래줬지."

“네 엄마 달래느라 진땀 다 뺐다.”

“네 아빠가 둘러보는 동안 난 멍하니 하늘을 올려다봤지. 하늘을 멍하니 보고 있다 보니, 구름의 중심에서 빛이 계속 새어 나오더니 눈이 부실 정도의 빛을 내면서 서서히 땅으로 떨어지더라. 나는 본능적으로 그 알을 받아서 안아 들었어.”

“설마… 내가….”

“맞아. 네가 그 알에서 나왔어.”

우진은 자신에게 더 이상의 새로운 충격은 예상하지 못했다. 그러나, 방금 자신의 태생을 들은 우진은 지금까지의 일을 아득히 뛰어넘는 충격을 받았다. 출생의 비밀은 인간이 겪을 수 있는 최대의 충격 중 하나 아니겠는가. 우진이 어쩔 줄 몰라 할 때, 우진의 엄마는 팔을 들어 그를 아주 세게 끌어안았다.

“잠깐. 넌 친자식이 아니란 것에 충격을 받았겠지만, 엄마, 아빠는 널 사랑으로 키웠어. 우리한테 너는 친자식이나 다름없어. 우리가 너의 진짜 엄마, 아빠가 아니란 사실에 충격받기 이전에 우리와 함께 있었던 순간들을 부정하지 말아 줘.”

우진은 숨이 안 쉬어질 정도로 포근하고 따스한 사랑 속에서 풀려났다.

“그랬었구나….”

“괜찮니?”

우진의 아빠는 묵묵하게 이야기를 듣다가 한마디를 건넸다.

“괜찮아. 조금 놀랐지만 안아줘서 괜찮아졌어.”

“그래. 다행이다. 이야기 계속해도 되지? 그 알을 받아 들고는 조금 있으니, 세상이 너를 위해서 만들어진 것처럼 움직였어. 빛이 쏟아져 나오는데 밝아서 볼 수 없었어. 그 알이 깨지고 빛이 사그라드니 그 속에서 울고 있던 너를 발견했단다. 세상에 처음 발을 디딘 순간이었어. 어찌나 못생겼는데 그리도 귀엽던지. 너를 보자마자 키워야겠다는 생각이 들었어. 너를 가족으로 맞이하고, 너에게 사랑을 주고, 네 미래를 보면서 우리는 늙어가야겠다고 다짐했지."

"엄마… 아빠…."

"우리가 고귀한 사람을 품어서 언젠간 헤어질 거라고 생각도 했었어. 하지만 부모는 자식의 앞날을 막지 않아. 그저 준비되면 보내주는 거지."

"그럼…?"

"지원 학장님과는 이야기를 전부 마쳤단다. 갔다 와. 네가 온전해지려면 학교에 가야지. 편지는 받았니? 편지에 전부 쓰여 있을 것이라 했는데."

자신의 오른쪽 주머니에서 편지를 꺼내 엄마에게 건넸다. 우진은 자신의 부모님과 헤어질 시기가 다가왔다는 것을 조금씩 직감하는 중이었다.

"연하광채의 입학을 축하하고… 준비물… 준비물… 여기 있다. 나팔? 그리고 또 뭐뭐 필요하지? 교복, 책, 가방 등등…. 내일 엄마, 아빠랑 같이 가서 사자. 학장님이 원래는 안 되는데 마지막 인사를 위해 쇼핑은 같이하게 허락해 주셨어. 내심 궁금하기도 하고. 마법 세계라잖아."

태연한 척 미소를 짓고 있었지만, 그들의 눈에는 체념과 슬픔이 담겨 있었다.

"다 알고 있구나. 나, 이대로 떠나버려도 되는 거야? 그동안 너무 힘들었어. 정말 정말 힘들었어. 학교에 입학한다고 했을 때 마음 편히 떠나버리고 싶었어. 이제야 진짜 나를 보여줄 수 있어. 근데 말이야…. 나는 아직 엄마, 아빠와 헤어질 준비가 안 된 거 같아. 그곳을 가고 싶어도, 내가 아무리 나아질 수 있어도, 엄마, 아빠는 나 없이 어떻게 살아."

"갔다 와. 우린 널 버리는 것이 아니야. 네가 성장할 수 있도록 너를 놓아

줄 뿐이야. 부모의 집착으로 아이가 성장하지 못한다면 안 되지. 그러니 나중에 인간계를 올 수 있다면 제일 먼저 찾아와서 우릴 꽉 안아 줘. 숨이 안 쉬어질 정도로. 그리고 가끔 연락은 주고받을 수 있을 거야. 엄마, 아빠는 항상 널 잊지 않고 생각하며 지낼 거란다."

지금까지의 고통은 눈 녹듯이 사라져만 간다. 여전히 의문이 가득한 채 집으로 돌아왔으나, 세상의 중심이었던 부모님은 우진의 고민과 감정을 어루만져 주었다. 마음의 짐은 덜어져 한결 가벼워졌고, 새로운 세상에 대해 희망만이 남게 되었다.

"진아. 일찍 자렴. 내일 필요한 것들 사러 가야지."

"알았어. 엄마. 아빠. 한 번만 더 안길게요."

우진은 말과 동시에 부모님에게 안겼다. 그러고는 다시 오열했다. 엄마는 우진을 다시 안아 주었고, 아빠는 단지 우진의 등에 손을 올려 토닥일 뿐이었다.

눈물이 거의 멎었을 때쯤 우진을 풀어주고는 얼른 자라고 독촉하는 우진의 부모님이었다.

우진은 마음을 다잡으며, 자신의 방으로 향했다. 감정을 한바탕 쏟아내고 난 뒤, 지쳐서 그런지 깊은 잠에 들었다.

"진아. 얼른 일어나서 준비하자. 나갈 준비해야지." 우진의 엄마는 침대에 걸터앉아 그의 머리를 쓸어내렸다.

"끄응…. 벌써 아침이야?"

"그렇다 해도. 얼른 일어나서 씻으렴."

"알았어."

우진은 졸린 눈을 비비고 일어나 더 자고 싶은 마음을 억누르는 중이었다. 세수하면서 잠에서 깨니 피곤함은 곧 설렘으로 변했다. 1초라도 서두르기 위해 급하게 옷을 꺼내입고, 머리도 대충 말리고 부모님 앞에 섰다.

"얼른 나가자."

"킥킥. 넌 참 어릴 때부터 장 보러 나간다고만 해도 좋아하더라."

"새로운 시작인데. 설레는 마음으로 나가야지. 그리고 '평범한' 준비물이 아닌걸."

"그래. 얼른 가자. 여명빛이라는 가게들이 모여 있는 상가가 있나 봐. 그 곳에 가서 물건들을 사라고 하더라. 이 편지를 보여주면 전부 무상으로 줄 거래."

"그러면 가게가 모여 있는 상가는 어떻게 가?"

"편지에 쓰여 있는데… 주문을 말하면 딱 한 번 왕복할 수 있다나 봐."

"주문이 뭔데?"

"'마닐마닐'이래."

주문과 동시에 거실이 휘몰아친다. 아니, 세상이 휘몰아치는 것이다. 눈 앞의 시야가 산산조각 난다. 벽이 부서지고, 가구들이 하나씩 분해된다. 세상이 무수히 많은 수의 벽돌로 분해되었다. 분해된 세상은 아무것도 존재하지 않는다. 텅 하고 비어 있을 뿐이다. 거실의 하얀색 벽은 하얀 벽돌로 부서졌다. 잠시 후, 알 수 없는 곳에서 나타난 빛과 연기가 벽돌을 휘감는다. 제각기 다른 곡선을 그리며 빛의 궤적을 남기고는 연기는 빛을 집어삼킨다. 연은 하얀 벽돌들을 삼켜 알록달록한 색으로 뱉어내었다. 비어 있는 구덩이에 흙을 채워 넣듯이 다시 벽돌이 차오르기 시작한다. 세상이 재조립되고, 눈 깜짝할 새에 가족 앞에는 세상의 모든 색의 향연이 펼쳐진 상가가 나타났다.

"이젠 좀 적응이 된 건가? 저번보단 놀랍진 않네." 우진은 무덤덤하게 공간 이동을 받아들였다.

"이런 경험을 해보다니, 참."

"이 안으로 들어가면 되나 봐." 우진의 아빠는 차분하게 방향을 제시했다.

대문에는 여명빛이라는 큼지막하고 화려한 네온 빛 간판이 달려 있었고, 대문 뒤로 건물이 줄지어 있었다. 입구에 들어서니 공중에 여러 가게의 간판이 떠다녔다. 간판을 보기만 해도 머릿속에 정보가 스며들었다.

"이게 뭐야!" 우진은 갑작스러운 정보 주입에 당황했다.

마래의 약국 [약사 마래가 운영하는 연술약을 파는 곳]

광휘서점 [연술계의 대부분의 서적을 만나볼 수 있는 곳]

츠렁한 옴니들 [연술사에게 필수인 나팔을 만드는 곳]

각오재락 [연술로 연결된 디지털 세상 오락실]

미르가르의 의복점 [미르가르가 연술로 제작하는 수제 옷 가게]

신비상가 옥상 [연술이나 꿈 파편을 팔기도 하는 열기구 노점이 늘어져 있는 가게들]

그들은 상가를 들어서자마자 벌어진 입을 닫을 수가 없었다. 벽이 끊임없이 변화하고 있다. 카멜레온이 피부색을 변화시키듯 살아 숨 쉬고 있었다. 건물은 이리저리 움직여지며 조합되고 분리되며 사람의 필요에 따라 움직인다. 살아 숨 쉬는 건 벽뿐만 아니었다.

"이 연술서 사흘 전에 샀는데! 앞부분이 누락돼서 읽을 수가 없잖아요!"

"지금 제가 염소라고 무시하나요? 매에-! 아이고, 동물들! 이 사람 좀 보세! 매에-!"

"야! 이 집이 맛있대! 얼른 이쪽으로 건너와!"

시장의 분위기는 활기로 가득 찬 곳이었다. 동물들은 사람처럼 살아 움직여서 '인간의 말'까지 하였다. 우진의 가족들은 말하는 동물들과 처음 보는 광경들에 감탄을 금치 못했다. 처음 겪어보는 장소이지만, 시장통에 북적거리는 느낌이 들어 어딘가 정겨운 느낌이 드는 곳이다.

"먼저 어디로 가야 해?" 우진이 물었다.

"음. 교복 먼저 맞추러 가볼까?" 그의 엄마가 대답했다.

"교복은 어디 가서 맞추면 되지?"

교복에 관한 이야기를 함과 동시에 빛의 계단이 그들을 이끌었다.

"이건 학장님을 찾아갈 때 봤던 연술인데. 여러 곳에서 쓰이나 보네."

"왜인지 이 계단을 타고 올라가면 아마 '미르가르의 의복점'으로 이어져 있을 것 같구나."

"어떻게 알아?"

"아까 너도 간판들 봤잖아. 진아."

"아. 그렇구나."

모두 첫 계단을 밟았다. 계단을 밟으니 단이 하나하나 앞으로 움직이기 시작한다.

"이거 그냥 계단이 아니라 에스컬레이터 같은데?"

"그러게. 자동으로 갈 곳을 알려주고 이동까지 시켜주다니. 참 좋구나. 앞으로 진이가 생활하게 될 곳이 부러워지는구나."

"엄마, 아빠도 같이 살면 되지."

"우린 연술을 쓰지 못하잖니. 우린 아무것도 할 수 없단다. 그리고 인간계의 멀쩡한 집이 있는데 우리가 어딜 가니."

우진은 알 수 없는 착잡함에 크게 숨을 내쉬며 호흡을 가다듬었다.

"그래도…. 휴우우우……."

"왜 남의 가게 앞에서 한숨을 팍팍 쉬니. 들어오던 복도 다 달아나겠네. 옷 사러 온 것 아니면 네 이산화탄소는 다른 곳 가서 마음껏 퍼뜨려라."

어느새 그들은 '미르가르의 의복점' 앞에 도착했다.

"하하. 죄송합니다. 저희는 옷 사러 온 것이 맞습니다." 우진의 엄마는 자연스레 무례를 받아넘겼다.

"옷이요? 저희는 예약 손님만 받아서, 다짜고짜 찾아오셔도 만들어드리기 어렵습니다. 전부 제가 직접 제작하는 옷들이거든요."

"어떻게든 안 될까요? 새로 교복을 맞추는 것이라서…."

"교복이요…? 혹시 연하광채에 입학하는 신입생입니까?"

"예. 그런데요."

"편지를 보여주십쇼."

"아… 진이 아빠. 편지 좀 꺼내 줘."

"응."

그는 자신의 가방을 주섬주섬 뒤지더니 지원의 편지를 꺼냈다. 편지를 꺼내서 앞에 보이는 괴팍한 자에게 건네주었다. 그는 편지를 확 낚아채 내용을 확인하였다.

괴팍한 자의 이름은 미르가르. 낡아 보이고 다 떨어지는 푹 눌러쓴 검은 벙거지와, 검은색 반팔, 찢어진 검정 청바지, 낡아버린 검은 부츠. 암흑의 의인화라고 해도 될 만큼 꾀죄죄하지만, 보고 있다 보면 하나의 패션처럼 보인다.

벙거지 틈새로 삐져나온 노란색의 브릿지 머리는 불규칙하게 빛난다. 보고 있다 보면 그에게선 천연한 빈티지함이 은은히 풍긴다. 푹 눌러쓴 모자 때문에 보이지 않던 눈이 보인다. 알고 보니 그는 콧잔등에 겨우 걸쳐 놓은 투명한 테 안경을 쓰고 있었다. 손가락으로 안경을 추슬러 올리며, 편지의 내용을 열심히 탐닉했다. 편지를 훑어보던 그는 표정이 점차 밝아지기 시작했다. 끝까지 읽고는 웃음이 터졌는지 박장대소를 하기 시작했다.

"킥킥… 킥… 푸하하하…!"

당황한 채 계속 쳐다보지만, 그는 무시하고 웃음을 멈추지 않았다.

"저기요…! 저기요…!!!"

우진은 마지못해 소리를 질렀고, 그제야 웃음을 멈추고 돌아보았다.

"후우… 죄송해요. 오랜만에 그녀의 의뢰라서요. 지원이 저한테 신경 써서 만들어달라더군요. 이런 식으로 다시 얘기하게 될 줄이야. 불손하게 대한 점 죄송합니다."

"아는 사람이에요?"

"전 여친인걸."

"네…?"

"그건 일단 차차 미뤄두고요. 시간이 없으니 빠르게 치수부터 잽시다. 너 연하광채 교복은 본 적 있어?"

"교복을 입은 사람이랑 대화하긴 했는데, 그 당시에는 교복에 집중할 수가 없었어요."

"연하광채의 교복은 옷의 정수가 담긴 명품이야. 수많은 기능이 들어가는데 한 벌 만들려면 꽤나 힘들지. 그래서 보통은 입학 6개월 전부터 제작을 맡기고는 하는데…. 지원은 그냥 빨리 만들라고 재촉하던데."

"그럼 제 것은 오래 걸리나요?"

"나를 뭐로 보고. 다른 가게 들렀다 와. 니가 집 가기 전까진 만들어줄게. 여러분도 얼른 가보십쇼! 살 것 많으실 텐데. 저는 이만 들어가 보겠습니다."

"저기요. 편지 돌려주셔야죠." 우진의 아빠는 못마땅한 듯 편지를 돌려받았다.

"아차차! 킥킥… 까먹을 뻔했는걸."

"영 찝찝한데…. 나팔 먼저 만들러 가자."

"그래. 알아서 잘 만들어주겠지."

미르가르는 문을 쾅 닫고는 가게 안으로 도망치듯 떠나버렸고, 가족들은 발걸음을 옮겼다.

츠렁한 옴니들. 인간의 조상은 호모 사피엔스이다. 인간계에서 밝혀진 사실로는 인간의 아종은 네안데르탈인, 헤르토인 등이 있었으나 전부 멸종했다고 한다. 그러나, 숨겨진 사실이 한 가지 더 존재한다. 인간의 아종은 '츠렁한 옴니들'이라 하여 한 종족이 더 있었고, 현재까지 살아남았다. 그들은 연을 더 많이 먹고 자라나 인간의 미약한 빛에 비해 더 많은 빛을 내뿜고 살아간다. 그들은 신비한 연술을 부리는 자인 연술사의 조상이 되는 종족의 이름이며, 또한 도구 제작 장인 춘향의 공방 이름이기도 하다.

"츠렁한 옴니들. 무슨 뜻이려나."

"그러게. 신기한 말들이 많구나."

우진네 가족은 춘향의 공방에 도착했다. 반구 형태인 공방의 창문을 기웃거리다, 문을 열고 들어간다. 문에 달린 방울이 그들이 들어왔음을 알렸다.

그들의 눈앞에는 한 여자아이가 서 있었다. 살구색 로브에 하늘색 자수가 새겨져 참으로 아름다운 문양이 새겨져 있다. 그런 로브를 입고 있는 아이는 끽해야 우진의 배꼽 정도 오지 않을까 싶은 키에 단발머리에 누가 봐도 이제야 갓 말을 떼기 시작한 아이처럼 보였다. 바닥에 질질 끌리는 로브 자락을 붙잡으며 그들을 맞이하러 걸어 나왔다.

"어… 나팔을 만들러 왔는데. 여기 사장님은 안 계시니?" 우진의 엄마는 다정하게 말을 건넸다.

"보이는 게 다가 아니라네."

"예?"

"내가 그 사장이라고. 이래 보여도 나이 60은 지긋이 넘었어."

"뭐라고요?!"

그녀는 믿을 수 없다는 듯 표정을 지으며 소리를 질렀다.

"고막 떨어지겠네. 일만 잘하면 되지. 뭘 그런 거에 놀라나."

"죄송합니다. 인간계에서 온 터라 저희가 잘 몰랐습니다."

그녀를 말리기 위해서 우진의 아빠가 나섰다.

"인간계에서 왔다고? 나는 그게 더 안 믿기는데. 구름은 어떻게 통과했는가? 어떻게 여길 들어왔어!"

다그치는 말투에 어찌할지 몰라 하던 우진네 가족이었다. 우진은 다급하게 편지를 꺼내 춘향에게 보여줬다.

"하하! 농담일세. 지원에게 이미 이야기 들었다네. 이건 또 뭔가."

"읽어봐 주세요….."

편지 내용을 빠르게 훑어간 춘향은 여러 정보를 얻어낸 것으로 보였다.

"인간계에서 넘어온… 연술 사용에 능하지 못한… 잘 부탁드리는… 그렇게 된 것이로구면."

"뭐라고 쓰여 있던가요?"

"지원이 잘 부탁한다고 적혀 있더군. 혹시나 얘기하는 건데, 이 편지는 보는 사람마다 다르게 읽히게 적혀 있어. 나만 읽을 수 있는 메시지가 따로 있다는 것이네. 자네의 프라이버시는 보지 않을 테니 걱정하지 말게."

존댓말이 어색했지만, 지금까지 겪은 일에 비하면 수긍이 빠른 편이었다.

"시간이 없네. 다른 곳도 둘러보아야 하지 않겠는가? 바로 시작하지. 자네들은 잠깐 나가 있어 주게. 나팔 제작은 사용자와 나팔 간의 신성한 계약이야. 다른 사람이 섞이면 안 된다고. 나는 보조하는 역할만 할 뿐이지 실제로는 저 애가 다 할걸세."

"다치거나 그런 건 아니죠…?"

"나가서 커피라도 마시고 오게나."

"걱정하지 말고 다녀와. 설마 다치기라도 하겠어? 문제없을 거야. 다른 사람들도 다 만드는데."

"정말 괜찮은 것 맞나요?"

"빨리빨리 나가야 나도 다음 손님을 받지!"

답답함에 크게 고함치는 춘향이었다. 놀란 우진의 부모님은 허둥지둥 가게 밖을 나섰다.

가게에 춘향과 우진만 남았다. 춘향은 아무 말도 하지 않는다. 가만히 응시한다. 우진은 어색함에 입을 열었다.

"저….."

"조용히 해. 바로 시작할 거야."

단호한 말에 놀란 우진이었다.

춘향의 앞에서 순간적으로 빛이 나더니 나각이 생겨났다. 나팔의 구조는 연술을 시전하기에 효율적인 구조이다. 그러나, 나팔만이 연술의 전부는 아니다. 특이체질에 따라 나각을 쓰기도 한다. 나팔 제작은 하나의 의식이며, 의식의 시작을 알리는 도구로서 나각이 적합하다. 춘향의 경우 도구 제작에 특화되어 있기 때문에 나각을 사용한다.

춘향은 나각을 흔들어 공간을 일그러뜨렸다. 무너지고 난 허공에 겹겹이 빛이 쌓여, 새 공간을 구축한다. 중앙에는 나무 한 그루가 우직하게 서 있었다. 우진은 처음 보는 나무지만 자신도 모르게 다가가 손을 뻗었다. 나무는 천천히 고개를 숙이며 맞이하였다.

부우우- 부우우- 부우우우-

춘향은 나각을 세 번 분다. 위엄 있고 숭엄한 소리가 흘러나온다. 첫 번째 소리는 의식의 시작을 알리며, 두 번째 소리는 나팔의 주인이 될 자에게 준비가 되었는지를 묻는다. 세 번째 소리는 연을 품은 나무, 연정목에게 몸을 내어줄 수 있는 것인지를 묻는 것이다. 세 번의 소리가 어우러지며 모든 것이 준비되면 연정목은 천천히 가지를 뻗는다. 춘향은 연정목의 가지를 잡고는 나무가 아프지 않게 빠르게 끊어낸다. 부러진 가지를 주무르기 시작하며, 천천히 나팔의 형태가 잡혀 나간다.

"지금부터 너의 광원을 조금 뗄 거야. 영구적으로 너와 나팔을 잇는 신성한 의식이지."

춘향은 나각을 공중에 띄우고는 손바닥을 앞으로 뻗어, 두 손을 교차시켜 나비 형태로 만들었다. 손가락 마디를 나비의 날갯짓 하듯이 움직이더니, 우진은 조금씩 볼이 붉어지기 시작한다. 얼굴이 붉게 상기되면서 이상한 감정을 느꼈다. 쉽게 표현할 수 있는 감정의 영역이 아니었기에 비슷한 표현으로는 '들끓는다'가 있을 것이다. 감정이 조절되지 않는다. 과거에는 알지 못했지만, 이제는 알게 된 '연'. 연이 차오르는 것과는 다른 종류의 것이다. 우진은 광원 그 자체가 되어간다.

우진의 신체는 빛나기 시작한다. 피부가 반투명하게 빛나며 목과 턱을 따라 황금빛의 고대 문양이 떠오른다. 머리는 자라고, 등에서는 빛이 퍼져 나간다. 등에서 퍼져나간 빛은 점점 날개의 형태로 자리잡혔다. 우진은 조금씩 공중으로 떠오른다. 빛은 공방을 환하게 비추며, 벽에 한 장면이 투영

된다. 장면 속을 바라보던 춘향은 다급히 소리치기 시작했다.

"이건…? 잠깐… 안 돼…!"

이만한 빛을 본 적이 없던 춘향은 다급히 나각을 붙잡고 의식을 종료하려 했다. 하지만, 그녀의 눈은 멀어버렸다. 장면을 바라보는 것을 멈출 수가 없었다. 그가 그려낸 장면에 빠져든다. 장면에는 자신을 태워 가며 우주의 저 끝까지 비추는 태양을 담고 있었다. 태양은 자신을 폭발시켜 보기만 해도 눈이 멀어버릴 것 같은 광활한 빛을 내뿜는다. 정제되지 않은 빛 그 자체이다. 수많은 별의 범람 속에서 빛은 매우 거세다. 과유불급. 지나침은 미치지 못함과 같다. 우진은 '자신이 아닌 것'과 하나가 되었다. 그의 심신은 아직 이런 힘을 감당하기 어려웠다. 감당할 수 있는 범위를 넘어 집어삼켜진다. 자아가 닳아가는 우진은 고통 속에 비명을 지른다.

"아아아아악!"

"아아…! 아아… 우주라니…!"

항성들의 노도는 바라보는 자 또한 집어삼키기에 바빴으며, 집어삼켜진 자들은 그대로 빛 안의 심연으로 가라앉는다. 춘향 또한 빛에 삼켜져 고조되는 기분을 느꼈다. 생명의 상징 그 자체의 태양을 바라보며 자칫하면 힘의 폭주로 이어진다. 춘향은 자신도 모르게 그의 모습에 압도되어 우진이 발산하는 빛에 빨려 들어간다. 자신도 태양의 일부가 될 수 있다는 깊은 환희가 차오르는 춘향은 손을 뻗으며 우진에게 발걸음을 옮긴다.

"너무나 밝구나…. 어찌 이런 빛이 존재할 수 있었던가…."

한 발짝, 두 발짝. 앞으로 나아가는 춘향의 눈에는 이미 우진의 태양이 그려졌다. 일개 인간이 참아 낼 수 없는 유혹을 계속해서 뿜어낸다. 그에게 다가가서 닿으려던 찰나, 춘향의 손에 들려 있던 나각이 경고하듯 크게 울어대었다.

부우우!

무겁고 낮은 소리가 공방 전체에 울려 퍼졌다. 춘향은 그제야 놓아가던 자아를 붙잡았다. 춘향은 나각을 붙잡고 입구에 입을 갖다 대더니 숨을 내뱉었다. 아득하게 멀어져 버린 정신을 가까스로 붙잡았다. 숨을 거칠게 몰아쉬며 표정에는 지친 기색이 일색이다.

"후욱… 후욱… 후우우….”

자신의 소임을 그제야 자각하는 춘향이었다. 춘향은 무한한 빛의 유혹에서 벗어나 제정신을 차리며 나각을 잡고는 다시 한번 불었다. 나각의 무겁고 진중한 소리는 맑고 청아한 소리로 변모한다.

소리와 동시에 우진에게서 세 개의 빛덩이가 흘러나온다. 힘차게 날아오른 반딧불이는 공중에서 아름다운 궤적을 그리며 장관을 자아낸다. 그리고, 천천히 가라앉는다. 세 개의 반딧불이는 연정목에 살포시 앉았다. 연정목은 자신의 가지를 흔들며 반딧불이를 맞이해 준다. 인사는 다 한 듯 잠시 전에 만들어두었던 춘향이 들고 있는 나팔을 찾아온다. 그곳이 자신의 집인 것처럼, 탄생의 목적이 그곳에 안착하기 위한 것처럼, 나팔에 스며들었다.

똑.

나팔에서는 맑고 영롱하며, 청아한 소리가 울린다. 소리가 처음 탄생했을 때의 꾸밈없고, 천연한 소리가 공방에 울려 퍼진다. 나팔은 춘향의 손에서 빠져나가 우진에게 다가간다.

우진과 나팔은 처음으로 서로를 직면했다. 서로가 낯설지만, 전생에서도, 그 전의 생에서도 만났던 것처럼 익숙하다. 우진은 자기도 모르게 나팔에 손을 뻗었다. 나팔을 잡아들고선 천천히 땅으로 내려온다. 이제, 우진은 무엇을 해야 하는지 알고 있다. 나팔의 취구에 입을 조심히 가져간다. 우진은 나팔을 불었다. 빛과 연기의 우주가 나팔의 소리에 깨어난다.

빛은 점차 사라져가고, 감정은 가라앉는다. 그러나, 소리는 울려 퍼졌다. 우진만의 맑고 깨끗한 소리가 울렸다. 퍼져나간 소리는 세상에 알렸다. '연우진의 나팔'이 세상에 움텄다고. 우진과 나팔의 영혼은 결국 하나가 되었다. 의식은 종료되었다. 의식의 종료로서 춘향은 마지막 소리를 불었다.

부우우…

나팔은 완성되었고, 의식은 끝났다. 자신이 무엇을 하였는지 모른다. 현재의 복잡다단한 상황 속에서 명징하게 이해하는 사실은 나팔만이었다. 나팔이 어떻게 만들어졌는가를 이해하지 못했지만, 그저 나팔 그 자체로 존중하고 받아들이는 중이었다. '연우진의 나팔'이 세상에 탄생하는 순간이다.

"후우… 꽤나 지치는구나. 이런 적은 또 처음이야."

"감사해요…. 후우…."

"나는 의식을 주관하는 사람일 뿐이야. 나팔을 만드는 건 오롯이 너의 몫이라고. 다만… 너의 광원과 온새미로는 생각보다 거대하더구나. 내 평생 그런 빛은 보지도 못했어. 너의 빛을 마주하기만 해도 나조차도 압도되었다."

멍하니 춘향을 바라보던 우진은 힘겹게 말을 이어 나갔다.

"의식이 조금 버거워 보이시던데 저는… 무언가 다른 점이 있었던 건가요…?"

"내 아직 너의 깊이를 가늠할 수 없다. 우린 본 지 이제야 한 시간이 겨우 넘었을 뿐이다. 그러나, 이것만은 얘기해줄 수 있다. 네 안에는 우주가 존재하는구나."

"우주라니… 저만 그런 건가요?"

"보통은 제각기 다르지만, 우주만큼 큰 건 처음 보지."

"알겠어요. 마지막 질문 하나만요. 나팔은 살아 있는 생명체인가요? 나팔과 연결된 그 감각을 말로 표현할 수 없어요. 비어 있던 마음 한구석이 채워진 느낌이랄까요."

"나팔은 너와 연결된 우정, 사랑, 동맹 그 이상이다. 표현할 수는 없지만 너의 인생에 큰 비중을 차지하게 될 것이야."

"알겠어요. 감사합니다. 다음에도 올게요."

"그러려무나."

마지막 인사를 남기면서 입꼬리를 살며시 올리며 미소 짓는 춘향이었다.

일찌감치 사라졌던 창문과 문은 원래대로 돌아왔다. 우진은 문을 열고 나섰다. 문을 열자마자 공방 앞 벤치에 앉아 있던 부모님을 보고는 천천히 다가갔다.

"다 끝났어."

"다치진 않았니? 생각보다 일찍 끝났네."

"아무 문제 없어!"

부모님이 걱정할까 봐 자세히 얘기하지 않은 것도 있지만 자신의 경험을 말로 표현하기 어려웠기 때문에 대충 얼버무리고 넘어갔다.

"어때? 나팔은 어떻게 생겼어? 보여줘 봐."

"자. 이렇게 생겼어."

나팔은 나무로 만들었지만, 오묘한 빛을 띠며 악기 '나팔'과 비슷하게 생겼다. 인간계에서 평범한 인간이 보기에는 단순한 금관악기로 인식할 것이다.

"생각보다 평범하구나. 이걸로 휘두르면 무엇을 할 수 있니?"

"휘둘러볼게."

　우진은 자신의 나팔을 휘둘렀다. 신비한 일이 일어나길 바랐지만, 나팔은 그를 실망하게 했다.

　"아직 내가 배운 게 없어서 아무것도 안 되나 보네."

　"아쉽네. 이제 가방을 사러 가자."

　"집에 있는 가방 들고 다니려 했는데. 다른 점이 있을까?"

　"연술계의 물건이랑 인간계의 물건이랑 비교가 되겠니. 어떤 기능이라도 있겠지."

　"알았어. 한번 가보자."

　가방을 사려고 돌아다니는 우진네 가족을 빛의 계단은 다시금 '그곳'으로 이끌었다.

　"미르가르의 의복점…? 여기서 가방도 팔았나?"

　"그런가 본데."

　"일단 들어가 볼까?"

　"엄마랑 들어갔다가 와라. 난 구경 좀 하고 올게."

　"그래….”

　우진의 아빠는 티 내지는 않았지만 내심 신비한 것이 넘쳐나는 세계가 신기했을 것이다. 한마디를 던지고는 사라져 버렸다. 그들은 의복점의 문을 열고 들어갔다. 괴팍한 사람이 만드는 옷은 어떤 옷일지 궁금해하면서, 두 모자는 옷이 일자로 전시된 복도를 따라 걷는다. 어떤 옷은 한복에 가까운 형태였으며, 어떤 옷은 빈티지함이 묻어났다. 또, 어떤 옷은 미르가르가 입고 있던 옷과 비슷한 스타일이었다. 어떤 옷은 양복에 가까운 스타일이었고, 어떤 옷은 코트 형태의 화려한 장식이 달린 것도 있었다. 우진은 그의 추구하는 바를 알기 어려웠다. 걷다 보니 복도의 끝에서 그의 작업실을 발견했다. 우진은 그가 옷을 만드는 모습을 발견하고는 홀린 듯이 멈춰 섰다.

미르가르는 마치 춤을 추듯이 손가락과 나팔을 놀리며 옷을 창조해 내고 있었다. 미르가르의 나팔이 놀려질 때, 피아노의 건반 소리가 들려왔다. 마치 클래식을 연주하듯이 뽑아내는 장인 정신이 여과 없이 보였다. 우진은 자신도 모르게 감탄사를 내뱉었다.

"오…."

집중하던 도중에 들려온 방해 때문에 화들짝 놀라며 고개를 돌린 미르가르였다.

"너 뭐야! 알아서 준비해 준다니깐 왜 쳐들어와!"

갑작스러운 윽박에 자기도 모르게 움츠러든 우진이다.

"아… 저는 그냥 가방을….."

"가방을 사려 했는데 이곳으로 또 보내주더군요. 여기가 잘하는 곳인가요?"

마지못해 우진의 엄마는 우진이 할 말을 가로챘다.

"그렇다면 잘 찾아오셨네요."

"뭐. 옷을 잘 만드는 것 그렇다 쳐도 손님 대응은 좀 잘해주셔야겠는데요. 그렇게까지 괴팍하게 구는 이유가 있나요?"

"괴팍이라고요…? 저는 최대한 예의를 갖춰 대했습니다. 다만, 무례에는 예의로 대응할 줄 모르는 것뿐이죠. 보통은 작업 중 팻말을 붙여놓으면 가게에 함부로 들어오는 사람은 없습니다."

"작업 중 팻말이 붙어 있었나요?"

"제가 걸어두지 않았나요? 이쪽으로 와서 보면… 어라? 걸려 있지 않네요. 이런. 무작정 고함을 지른 점에 대해 사과를 드리겠습니다. 너한테도 미안하구나. 대신 열심히 만들 테니 지켜봐다오."

"네…."

우진은 당장의 고함에 위축되었을 뿐 화나진 않았다. 미르가르의 춤을 다시 한번 보고 싶을 뿐이었다. 미르가르는 심심한 사과를 한 후에 작업을 이어 나갔다. 나팔에서는 빛이 뿜어져 나왔으며, 빛의 실을 계속해서 뽑아 낸다. 빛의 실은 스스로 제 자리를 찾아가 엮고, 엮인다.

"거의 다 됐다. 이제 마무리만 하면 된다."

우진은 앞으로 입게 될 눈앞의 '옷'에 모든 신경이 쏠려 있었다. 빛이 엮이고 나면 연기가 안감을 채운다. 각 요소가 조화를 이루니 세찬 빛을 내뿜는다. 활활 타오르니 빛은 점점 진정된다. 미르가르는 고요한 빛이 흐르는 옷을 완성했다. 남색 빛의 교복은 밤하늘을 연상케 했다. 상의와 하의 한 쌍이 방금 막 완성되었다. 상의는 저고리 형태로 우아하게 교차해 앞을 여미고 있었으며, 벨트가 중앙에 묶여 단정했다. 또한, 후드가 달려 있으며 빛나는 끈이 달려 있다. 하의는 고전적인 매듭으로 여미는 방식으로 만들어졌으며, 통이 넓고 발목에서 자연스레 좁아지는 형태였다. 현재의 교복도 단정하고 단순함이 주는 '미'가 있었으나 우진의 눈에는 아쉬워 보였다. 자신의 감정을 표현하기 위해 목까지 말을 끌어 올렸을 때, 미르가르는 씨익 웃고는 나팔을 다시 휘둘렀다.

휘두른 나팔을 따라 연기의 궤적이 생겨났다. 나팔을 원형으로 돌리며 그곳에서 빛을 뽑아내었다. 연기는 빛을 인도하였으며, 나팔에서 나온 빛의 조각들은 교복에 흐르기 시작했다. 고요한 암흑의 밤이 은하수의 향연으로 물들었다. 노란색 고대 문양이 소매를 따라 흐르며, 단순한 장식이 아니라 연을 새겨 나가는 듯했다. 문양은 마치 살아있는 듯, 보는 각도에 따라 조금씩 형태를 바꾸며 은은히 빛났다.

이 교복은 단지 제복이 아니라, 하나의 의식복이었다. 그것을 입는 순간, 우진은 이 세계의 한계를 벗어나 연술이라는 진리에 가까워지는 존재가 된다.

그 속에 담긴 수많은 이름 없는 연술사들의 역사와 전통, 연의 결속, 그리고 그 안에 깃든 의지.

"푸하… 끝났다…."

"생각보다 대단하신 분이셨네요."

"그럼. 날 뭐로 보고. 이거 원래 한 달은 작업해야 하는데, 내가 진짜 집중해서 갈아 넣은 거야."

"정말 감사해요. 교복이 정말 이쁘네요."

"이쁘기만 한 게 아니라고."

"무슨 기능이라도 있어요?"

"내가 여기에 문양을 새기는 건 단순한 외적인 것을 위해서가 아니야. 여기엔 연술이 걸려 있다."

"연술이 걸려 있다고요?"

"무슨 연술이 걸려 있을지 궁금해?"

감질나게 무슨 기능이 있는지는 알려주지 않는 미르가르였다.

"당연하죠. 알려주세요."

"비밀이다!"

"진짜 왜 그러시는 거죠…."

"미안. 그새 편해졌다고 장난 좀 쳐봤어. 이 교복에는 일단 보호 연술이 기본적으로 걸려 있어. 웬만한 거로는 다치지 않을 거야. 그리고 제일 중요한 기능이 있지. 바로 때가 타지 않는 거란다!"

중요한 기능이란 말과 본인이 생각한 기능 사이의 괴리 덕분에 실망감과 함께 뽀로통한 표정으로 대답하는 우진이었다.

"고작 그런 게요…?"

"너 생각보다 잘 몰라서 그러나 본데 세탁을 안 하고 계속 입고 다닐 수 있다는 것은 희대의 발명이야. 엄청난 것이라고. 인생의 소요가 얼마나 많이 줄어드는데.”

“생각해 보니 그런 것 같기도 하네요.”

“계속해서 은은한 꽃향기도 풍긴다. 옷의 먼지와 때와 악취만을 추적해서 따로 걸러내는 연술은 매우 어려워. 그리고 또 교복을 입으면 환경에 적응할 수 있단다. 평소엔 활동성이 좋은 옷일 뿐이지만, 극한의 추위와 극한의 더위에서도 버틸 수 있지. 그리고 또….”

“또 있다고요?”

“당연히 더 있지. 후드를 쓰게 되면, 존재감이 옅어져. 어딘가에 당장 숨거나, 세상에서 잠깐 사라지고 싶을 때 쓰렴. 돌멩이 정도의 존재감이 될 거란다.”

“생각보다 대단하신 분인가 보네요…. 이런 기능들을 넣어주고. 감사히 잘 입을게요.”

“그래. 그 앙큼한 고양이한테 가서 옷 자랑이나 해라. 겸사겸사 내 얘기도 하고.”

“앙큼한 고양이라고요…? 좀 듣기 거북한데요.”

“큼큼… 한번 해봤다. 불만 있냐.”

“없어요. 교복이나 완성해 주세요.”

미르가르는 나팔을 들어 공중에 떠 있는 옷을 우진에게 안착시켰다. 겉으로 보기엔 평소 입는 옷보다 커 보였지만, 우진에게 딱 알맞은 크기로 스며들었다. 자연스레 입혀진 교복을 바라보며 눈을 반짝이는 우진이었다.

“정말 편하네요. 후드를 쓰면 존재감이 옅어진다고요?”

바로 기능을 시험해 보기 위해 후드를 뒤집어썼다. 후드가 우진을 가리자, 세상에서 우진은 분리되어 나왔다.

"어머나. 진짜였구나."

"엄마, 나 보여?"

"어디 있는지 모르겠구나."

우진을 찾아다니려고 애쓰는 우진의 엄마였다.

"다만 돌멩이도 찾으려면 찾을 수 있는 법이야. 완전히 들키지 않는다는 게 아니야. 그리고 처음부터 돌멩이에 신경 쓰고 있었다면 그 돌멩이가 어딜 가든 찾아낼 수 있겠지? 무슨 말인지 알겠어?"

"누군가가 저를 인식하고 있을 때 후드를 써도 효과가 통하지 않는다는 거군요."

"그렇지!"

"목소리는 들리는데, 어디 있는진 정말 모르겠구나." 미르가르 또한 우진을 찾으려 시도했다.

성능 테스트는 이쯤 되면 됐다 싶었는지 후드를 벗고 마지막으로 소매의 냄새를 맡아봤다. 정말 소매에서는 은은한 라벤더의 향이 흘러나왔다.

"질문 하나만 더요. 소매는 왜 긴 거예요?"

"너무 많은 걸 물어보는데. 귀찮게시리. 소매 안에 나팔을 넣어 다니는 거야. 너도 나팔 있잖아. 꺼내봐."

"여기요."

"소매 안에 넣어봐. 아무 느낌 안 나지? 소매에도 연술이 걸려 있어서 나팔 수납이 잘 되거든."

"이런 기능까지 있다니 신기한데요. 마지막으로 하나만 더요."

"하…. 추가 비용 받을 거야."

"가방도 만들어갈게요."

미르가르는 못마땅하고 화난 표정을 지어보았지만, 응당한 요구를 거절

할 수만은 없었다.

우진과 가족들은 각자의 구경과 사야 할 것들을 산 뒤, 여명빛의 대문을 빠져나왔다. 큰 대문을 빠져나오니 시장의 생기가 다시 사그라들어 내심 아쉬움이 드는 그들이었다.

"오늘 이것저것 많이 구했네. 책도 사고. 가방도 사고. 나팔도 만들고."

"이제 정말 학교 갈 때가 된 것 같아 기분이 이상하네."

"걱정하지 마. 연락은 자주 할 테니까."

"그래. 믿고 있을게. 가방은 마음에 들어?"

"응. 많이 넣을 수 있어서 좋을 것 같은데. 사람도 들어가려나?"

우진은 자신의 등에 걸린 호주머니를 보며 신기해했다.

"아공간이 들어 있다는데. 여기에 사람도 넣어다닐 수 있겠네."

"친구가 생긴다면 데리고 다녀보렴."

"입학식은 언제더라?"

"바로 당장 내일이란다."

"벌써 내일이라고? 당장 내일부터 학교생활을 한다고…?"

"금방 적응할 거야. 네가 원래 있을 곳이었잖아. 그러니 오늘 짐 다 싸놔. 내일 놓고 가는 거 없게."

"알았어. 집으로 돌아가자."

편지에서 쏟아져 나온 빛은 우진네 가족을 본래 있던 인간계의 집으로 이끌었다. 따스한 빛은 넓게 퍼져 나와 모두를 감싸안고는 저 멀리 날아가 버렸다.

"피곤하다. 얼른 씻어야지."

"그래. 빨리 씻고 일찍 자렴."

자신이 뿌리를 박고 있던 곳을 떠나 새 흙으로 옮겨갈 준비를 다 마쳤다. 우진은 부푼 설렘을 겨우 잠재우며 자신에게 내일은 어떤 날이 될지 상상하며 겨우 꿈나라로 떠났다.

다음 날이 되어, 우진은 설렘과 불안을 간직한 채로 출발할 준비를 마쳤다. 어젯밤 무슨 짐을 쌀지 열심히 고민하면서 밤을 새울 뻔했지만, 엄마의 중재로 인해 필요한 짐만 싸갈 수 있게 되었다.

"편지에 보니 내가 너를 데려다 줄 수 있는 곳은 '구름'이라는 곳인 것 같구나."

"그게 어딘데?"

"그건 나도 모르겠네. 다만 편지에서 가라는 곳으로 따라가다 보면 구름으로 도착할 것이라 했어."

"거긴 어떻게 가는데?"

"저번에 네가 들어간 골목길로 가면 될 거라던데?"

"아, 거기…?"

"응. 거기."

"그래…. 다 같이 거기로 가보자."

"나가기 전에 짐 두고 가는 거 없는지 잘 확인해 보고."

우진을 집을 나서기 전 마지막으로 둘러보고 왔다. 자신의 침대. 수건의 냄새. 흐트러져 있는 옷가지들. 거실의 TV. 짐을 챙겨 나온 그들은 전에 우진이 보았던 골목길을 향해 갔다. 골목길에서는 여전히 연기가 자욱했다. 골목을 들어가니 안개가 심해진다. 자세히 보니 쉽게 흩어지지 않고 솜처럼 뭉쳐 있었다. 이는 구름이었다. 구름의 집합은 시야를 끈질기게 막아대었지만, 곧 사람의 형체가 나타났다. 사람의 형체는 차분한 목소리를 내며 말을 꺼냈다.

"입계심사는 이곳에서 하겠습니다."

"입계심사요? 여기가 연술계로 가는 입구 맞나요?"

"오늘 인간계에서 연술계로 입계하는 사람 총 5명 있는데, 그중 연우진 님 맞으십니까?"

"네. 맞아요."

"나팔을 꺼내주시면 감사하겠습니다."

우진과 입계심사를 하는 사람은 동시에 나팔을 꺼내 들었다. 그는 자신의 나팔을 들어 작게 축소한 뒤, 엄지와 중지로 잡아들었다. 나팔에서 삐져나온 빛은 우진의 나팔을 열심히 비췄으며, 그는 꼼꼼히 나팔을 들여다보았다. 나팔을 손가락 끝으로 느끼고, 귀에 가까이 가져다 대며, 갖가지 감각으로 느꼈다. 우진은 자신의 나팔에 너무나 집착하는 것 같은 심사원이 맛을 보려 혀를 내밀까 봐 조마조마했다. 잠시 후, 나팔을 탐색하는 것이 끝난 그는 우진에게 나팔을 건넸다.

"확인되셨습니다. 연우진 님, 이 구름문을 통과하시면 되겠습니다. 일행 분들은 뒤쪽 문으로 돌아가 주시면 됩니다."

"돌아간다고요? 여기까지 왔는데 들여보내 주지 않는다고요?"

"저번 여명빛 출입은 학장님의 일시적인 권한으로 잠시 드나들 수 있던 겁니다. 본래는 인간계의 사람이 연술계에 드나들 수 없습니다."

"진아. 아쉽겠지만 여기서 헤어져야겠네…."

"어어… 학교 앞까진 보고 가야지…."

"됐다. 어차피 평생 같이 살 것도 아니었는데 무슨 상관이냐."

"아빠까지 왜 그래. 같이 가야지!"

갑작스러운 헤어짐에 눈물을 글썽이는 우진이었다.

"진아. 우리도 힘들어. 그렇지만 네가 독립하는 시기가 빨라졌을 뿐이지, 언젠가는 일어나야 했을 일이야. 마지막으로 한 번만 안아보자."

우진은 달려가 자신의 모든 것을 품어주었던 품에 안겼다. 고개를 파묻은 채 세상이 떠나가랴 열심히 울었다. 그런 우진의 부모님은 손을 등에 올려 조심스럽게 쓰다듬어 주었다.

"이별이 있어야 만남의 의미가 있을 수 있는 거야. 앞으로 울지 않겠다고 해줘. 그래야 엄마, 아빠가 걱정하지 않고 떠나지. 새로운 세상이 낯설고 떨리겠지만, 너는 잘 해낼 아이라는 걸 우리는 알고 있어."

"조심해서 다녀와."

한참을 울다가 그제야 눈물을 그치고 진정했다.

"자주 놀러 올게. 오지 못하더라도 계속 전화할게."

"그래. 많은 걸 배우고, 많은 친구를 사귀고, 너의 세계가 넓어졌으면 좋겠어. 잘 다녀오렴."

우진은 마지막 안녕을 남기고는 구름문으로 뛰어들어 사라져 버렸다. 그들은 항상 우진에게 무너지지 않고 우직한 모습만을 보여주며 살아왔지만, 그들도 사람이었다. 더 이상 버틸 수 없는 상태에서 문을 바라보며 잠시 바닥에 앉았다. 멍하니 바라보며 다시 돌아오지는 않겠느냐며 생각해 보지만, 이것이 부모의 숙명일 것이라며 마음을 다잡고는 겨우 일어났다.

"사랑해, 진아. 정말 보고 싶을 거야."

"사랑한다, 진아."

3장
찬란하게 눈 부신
빛으로 뛰어들어

혼돈과 먼지 속에서 빛이 탄생했음은 곧 혼돈과 먼지
가 훨씬 상위의 개념임을 시사한다. 빛이 꺼져가면서
잔향을 남기게 되면, 마지막 숨결은 자연에 스며들어
순환한다. 우리는 그렇게 빛과 연기를 합쳐 '연'을
탄생시킨다.

– '빛의 신전'과 '연기의 신전'의 기록 중 일부

구름문 너머로 호수가 펼쳐졌다. 숨이 턱 막혀오는 광경이다. 그리고 매우 고요하다. 우진은 아무리 다시 봐도 호수의 광경에 적응이 되지 않았다.

“또 여기네….”

“정말 인간계에서 사람이 넘어왔구나!”

적막을 깬 건 우진이 아니었다. 들려온 곳에는 나무에 기대어 또래의 아이가 서 있었다. 둥근 얼굴에 산발의 머리를 휘날리는 투박한 소년이었다. 검은 산발의 머리 사이로는 흰색의 강이 흐르고 있었다. 멀리서 보면 새치라고 생각할 법하나, 가까이서 보면 브릿지를 넣어놓은 듯하다. 그는 까무잡잡하며 두툼한 입술로 천진난만한 말을 쏟아냈다.

“인간계에서 왔다고 해서 걱정했는데 다를 바 없구나. 아, 미안…! 기분 나쁠 수도 있겠네. 소개가 늦었어. 나는 호맹이라고 해. 호는 성이고 맹은 이름! 너는?”

깊은 갈색의 눈을 반짝거리며 말을 걸지만, 순수한 웃음기가 깃들어 있는 얼굴. 그 속을 들여다보면 밝게 끊임없이 빛날 것 같다. 연술계에 들어와 처음으로 말을 섞어보기에, 긴장하며 인사말을 건네는 우진이었다.

“안녕. 나는 연우진이라고 해. 근데 왜 여기 있어?”

“너를 데려가려고 있었지.”

“날 데려간다고…?”

우진이 지어 보이는 기겁하는 표정에 호탕하게 웃음을 터뜨리는 호맹이었다.

“푸하핫! 납치 같은 게 아니야. 학장님이 너를 데리고 와달라 했어. 저번에 그냥 물에 빠졌다가 죽을 뻔했잖아.”

“어차피 가라앉는 건 가짜라며?”

“아…. 여긴 실제로 호수가 맞아. 학장님이 너한테 설명해 주시는 걸 까먹었나 보네. 그냥 급하게 보호 연술 걸어주느라 둘러댄 거짓말일 거야.”

“뭐라고? 그럼 나 진짜 죽을 뻔했던 거야?”

“음… 노코멘트 할게. 아무튼 연하광채에 가려면 단순히 물에 빠지는 게 아니라 익사해야 해! 아니! 뭐라는 거야! 미안. 가고 싶은 곳을 상상하며 천천히 걸으면 돼. 보통은 물에서도 숨을 쉴 수 있도록 보호 연술을 걸고 가긴 하는데… 너는 쓰는 법을 모르니깐.”

“그래서 네가 도우러 온 거라고?”

“그래. 아! 그리고 우리 동기야. 나도 이번에 입학하거든.”

“진짜로? 잘됐다. 걱정이 많았거든.”

“걱정하지 마. 모두 혼자 올 거야. 너만 혼자가 아니야.”

“그래? 그럼 다행이고. 그래서 학교까지는 어떻게 가?”

“오늘은 내 소환수를 타고 갈 거야.”

“소환수라고…?”

“응. 내 소환수.”

“너는 이제 학교 입학을 하는데 벌써 소환수가 있어?”

“조금 복잡한 이야기니까 나중에 해줄게.”

"나도 그런 거 할 수 있나?"

"이건 우리 가문 대대로 내려오는 연술이라 다른 사람들은 어려울 거야."

"소환수. 가문. 벌써 그럴듯한 단어들 나오네. 아직도 실감 나지 않는단 말이지."

"킥킥. 마법 세계에라도 온 것 같아?"

"여기는 그런 곳이잖아. 인간계에서 있다가 온 거니깐 당연히 신기하지."

"알겠어. 알겠어. 슬슬 출발해야 하니 서두르자. 입학식에 늦으면 안 되지."

"오늘 입학식이었어?"

"응. 알게 됐으면 빨리 움직이자고."

우진과 맹은 호숫가로 걸어갔다. 발에 물이 조금씩 차인다. 맹은 신발을 벗기 시작하는데 무엇인가 기억났다는 듯이 잠시 멈춰 서서, 말을 꺼냈다.

"생각해 보니까 가기 전에 교복으로 갈아입고 가야 해."

"그렇네?"

가방에 깊숙이 손을 넣어 자신의 물건들을 더듬어보는 우진이었다. 손가락 끝에 닿는 감각을 생각하며 교복의 촉감처럼 느껴지는 것을 집으려 노력했다. 팔을 끝까지 넣은 우진을 보더니 답답함을 느꼈는지 맹은 진의 팔을 잡아 뺐다.

"왜?"

"이렇게 일일이 뒤져볼 필요 없어. 내가 하는 거 잘 봐봐."

맹은 나팔을 들어 가방의 입구에 가져다 댔다. 눈을 감고 잠시 가만히 기다리더니, 교복이 튀어 올라 맹은 그것을 낚아챘다. 교복을 손에 쥐고는 우진에게 건넸다.

"자. 얼른 입어." 우진은 튀어 올라온 옷을 받으며 경악했다.

“어…… 어… 어떻게 한 거야?”

“크게 힘들일 필요 없이 그냥 가방의 기능이야. 네가 바라는 물건을 눈감고 상상해 봐. 그럼 그 물건을 나팔이 끌어당길 거야.”

“한 번만 해볼게. 잠깐만.”

우진은 자신의 가방에 나팔을 갖다 대고 가장 좋아하는 고양이가 그려진 티셔츠 한 장을 열심히 떠올렸다.

“끄응… 끙….”

아무 일도 일어나지 않아 포기하려던 찰나 가방이 흔들리는 것을 느꼈다. 흔들리는 가방은 흰색의 옷을 뱉어내었다. 뱉어낸 옷은 하늘 높이 치솟았으며 땅에 떨어지기 전 가까스로 우진은 낚아채었다.

“다 끝났어? 이제 가자. 사소한 거에 벌써 신기해하면 안 되지. 이제 시작인데.”

“알겠어….”

뒤늦게야 연술계에선 당연한 일이었다는 걸 깨닫고는 부끄러움이 밀려오는 우진이었다.

“지금부터 놀라지 마. 위험하지 않으니깐. 그리고 큰 소리 내면 놀랄 거야.”

“안 그러도록 노력해 볼게….”

맹은 호숫가의 얕은 곳에 가 발목까지 물이 잠기게끔 하였다. 물이 서서히 잠기기 시작하며 그의 주위로 물이 사라져간다. 마치 맹이 밀어내는 것 같다. 모세의 기적이 일어나듯이 주위로 물이 갈라진다. 비어버린 공간으로 빛이 차오른다. 숲에서부터는 천천히 연기가 모여든다. 빛과 연기는 천천히 뭍에서부터 기어들어 와 제 역할을 다하기 위해 소진되기 시작한다. 그것들의 역할은 호수의 괴물을 현실로 데려오는 것이다. 괴물의 이름은 ‘키채비’. 키채비를 소환하는 것은 호맹만의 고유 능력이다. 모인 빛과 연기는 괴물을 빚어낸다. 눈앞에 바위만 한 크기의 괴물이 자라나고 있다.

"키아아아아아아악!"

괴물은 포효하며, 못 듣는 이가 없도록 자신의 존재감을 퍼뜨렸다. 완전한 모습으로 세상에 현현한 키채비는 하늘을 담아놓은 것 같은 푸른 비늘을 빛내며, 세상 어디든지 닿을 수 있을 것 같은 기다란 목과 세상 어디든지 헤엄쳐 갈 수 있는 네 개의 지느러미가 달려 있다. 장경룡의 모습과 설화에 나오는 용의 모습을 합쳐 놓은 것 같은 문자 그대로 '괴물'의 모습이다.

"진짜 괴물 같네."

"괴물 맞으니깐. 이건 내 안에 살아가는 키채비라는 괴수야. 일부러 너 놀라지 말라고 차만 한 크기로 소환했는데, 이래도 무서워?"

"안 무서워해 볼게. 잠깐만 근데 네 안에 살아간다고?"

"말하자면 긴데… 우리 가문은 태어날 때부터 키채비를 품고 자라."

"무슨 가문이길래 그런 대단하면서도 솜털이 오소소해지는 관습이 있는 거야?"

"차차 얘기해줄게. 일단 등에 올라타. 고개 좀 숙여줘."

키채비는 얕은 호숫가에 유유히 떠 있었다. 파문조차 일으키지 않은 채 고요한 호수에 고요한 괴물이 잠들어 있는 것 같았다. 키채비는 고개를 천천히 땅으로 떨구었고, 자신의 몸을 가라앉혀 사람이 타기 쉽게 만들었다. 우진은 조심스럽게 목을 쓰다듬었다. 키채비는 갑작스러운 사람의 촉각에 몸을 움찔거렸지만, 그를 안심시키기 위해 참는 듯했다. 맹은 먼저 키채비 위로 도움닫기도 없이 뛰어 바로 올라탔다. 우진은 낑낑거리며 맹의 손을 잡고 한쪽 지느러미에 발을 받치고 겨우 올라탔다.

"헉헉… 한번 탔을 뿐인데 힘드네. 근데 겉에 보이는 모습이랑 다르게 비늘이 되게 부드럽다."

"그치. 나도 심심하면 가끔 소환해서 만진다니깐."

"좋겠다. 키채비는 뭘 할 수 있어?"

"금방 보여줄게. 출발하자."

우진과 맹을 등에 업은 키채비는 호수의 중앙으로 헤엄치기 시작했다. 갑작스러운 움직임에 휘청거리며 넘어질 뻔했지만, 가까스로 중심을 잡았다. 신기하게도 격렬하게 물을 치는 지느러미에도 파문은 일지 않았다. 호수는 여전히 잠잠했다. 호수의 중앙에 도착한 뒤 키채비는 잠시 멈춰 섰다.

"자. 이게 키채비가 할 수 있는 거야."

맹의 말과 동시에 그의 갈색 눈은 바다를 담아 놓은 듯 푸르게 빛나기 시작했다. 키채비는 목을 위로 치켜든 뒤 포효했다.

"코오오! 코오…!"

키채비의 포효는 호수와 공명하여, 그들 주위로 소용돌이가 치기 시작했다. 소용돌이는 점차 위로 상승하더니 물기둥이 되어 끝을 모를 정도로 계속해서 치솟았다.

키채비의 주위로 얇은 물의 막이 생겼다. 분명히 존재하나, 인식하기 어려운 정도의 정말 얇은 막이었다. 물의 막에는 기름이 떠다니는 것처럼 은은한 빛이 어려 있었다.

"방어막 같은 게 생긴 건가?"

"응. 우린 지금부터 물속으로 들어갈 거거든. 사실 보호 연술만 걸어주고 대충 데려가도 되지만, 호수가 어떤 곳인지 보여주고 싶어서. 꽉 잡아."

"응?"

맹의 말이 끝나자마자 키채비는 물속으로 달려들었다. 우진은 빠른 속도에 자신의 몸을 주체하지 못했다. 자연스레 눈을 질끈 감는 우진이었다.

"으아아아악!"

"킥킥. 괜찮아 눈 떠."

우진은 숨이 쉬어지는 것과 입으로 물이 들어오지 않는다는 걸 확인한 뒤 조심스럽게 눈을 떴다. 우진의 눈앞에는 새로운 풍경이 펼쳐졌다. 고요한 호수 위와 달리 수면 아래는 매우 놀라웠다. 해는 열심히 호수 아래를 비추지만 호수의 수면 위에서부터 흩어지고 깨져 바닥엔 조각만이 남는다. 경이로운 생명력으로 넘쳐나, 바다의 생태계가 펼쳐져 있다. 비눗방울을 닮은 투명한 빛의 물고기는 떼를 지어 다니고, 세상의 모든 푸른 계열의 색들을 전부 나열해 놓은 것 같은 큰 고래가 그들의 머리 위로 헤엄친다. 호수 바닥에 있는 수중 식물들은 좌우로 흔들리며 그들을 맞이해준다. 꽃들은 가지각색의 색을 이루며 바다의 화원을 만들어냈다. 불가사리와 해파리, 금붕어, 연어 등 바다 호수 가릴 것 없이 모든 물에 살 수 있는 생물들이 한데 어우러져 사는 모습은 장관이었다. 우진은 절대 알 수 없었던 호수 밑의 생태계에 감탄했다.

"내가 이래서 일부러 키채비로 널 데리고 가려 한 거야. 보호 연술로만 데려가도 되지만, 이 광경은 나만이 볼 수 있는 거거든. 이 모습을 보여주고 싶었어. 연술계에 처음 들어온 순간인데 이 정도는 돼야 기억에 오래오래 남지 않겠어?"

"정말 인상 깊게 남을 것 같은데. 이런 광경 보여줘서 고마워."

"별거라고. 학교 들어가면 어차피 소문은 나겠지만… 당분간은 내가 키채비를 소환할 수 있다는 건 비밀로 해줘."

"왜? 이유가 있어?"

"귀찮은 걸 피하고 싶어서랄까!"

"귀찮은 게 뭐길래… 일단 알겠어…."

"그래그래. 네가 비밀만 지켜주면 언제든지 태워줄게."

“고마워.”

물속을 세차게 휘젓고 나아가는 키채비는 멈춰 섰다. 잠시 호흡을 가다듬는 듯하더니 눈앞에 빛의 문으로 달려들었다. 문으로 들어서면서 빛은 시야를 가린다. 안개가 다시 자욱해지는 느낌이다. 눈 부신 빛이 앞을 가리고 나니 다시 숲과 오두막이 펼쳐졌다. 키채비는 지느러미를 팔딱거리며 내리라는 시늉을 하는 듯했다.

“알았어. 내릴게.” 우진은 지느러미를 붙잡고 낑낑거릴 동안, 맹은 가뿐히 뛰어내렸다.

맹과 우진은 키채비에서 내렸다. 우진은 오두막 쪽으로 걸어갔다. 계속해서 걸어가던 도중 옆에 맹이 보이지 않아 자신이 걸어온 곳을 쳐다보는 우진이었다. 쳐다본 곳에는 호맹과 키채비가 서로의 얼굴을 맞대고 교감하고 있었다.

“데려다줘서 고마워.”

“쿠르릉! 쿠르릉⋯!”

“들어가서 쉬고 있어.”

방금까지만 해도 맹의 앞에 살아 있던 존재는 다시 연기로 흩어진다. 빛의 가루를 흩날리며 자연스레 맹에게 흘러 들어간다. 맹은 키채비의 목을 잡고 있다가 자연스레 놓아주었다.

“우와⋯. 정말 신기해. 완전 포X몬 같은데.”

“모습은 디X몬이 더 잘 어울릴걸.”

키채비를 다시 품은 뒤 맹과 우진은 오두막으로 걸어갔다.

“정식으로 이곳에 다시 오니 떨린다.”

“걱정하지 마. 앞으로 이곳이 너의 집인걸. 집을 무서워하면 안 되지!”

산발의 머리를 뒤로 넘기고는 해맑게 웃으며 조언하는 맹이었다. 우진이

문을 열지 말지 머뭇거리는 순간, 맹은 우진을 밀어내고 먼저 나서서 문을 열었다. 문을 열자마자 향기가 들이닥친다. 연하광채에 들어서면 가장 좋아하는 냄새가 먼저 난다. 우진의 경우는 자연의 풀 냄새, 섬유유연제 냄새를 특히나 좋아하여 포근하고 개운한 초여름의 향기가 우진을 따스하게 맞이해준다. 맹의 경우는 갓 구운 빵과 커피의 코를 천천히 자극하는 고소한 냄새를 좋아하기에, 따뜻한 냄새가 맹을 감싼다.

"흐으으읍! 하아….."

"연하광채는 냄새가 참 좋은 것 같아."

"원래 각자가 좋아하는 향이 나거든. 나중에 다른 친구 생기면 물어봐봐."

"그런 거였구나. 여길 만들 때 세심하게 고민하셨겠네."

"냄새 말고도 펼쳐진 풍경을 봐."

"속이 '뻥' 하고 뚫리는 기분이야."

그들의 눈 앞에 펼쳐진 광경은 신이 세상을 만들 때 아름다움을 듬뿍 첨가하여 만든 듯했다. 바람에 살랑거리는 꽃들과 풀, 그리고 나무들. 저마다 깔깔거리며 따뜻한 햇살을 듬뿍이 만끽한다. 세상의 쏟아지는 빛은 단순히 눈이 보기만을 위한 도구가 아니라 아름다움의 도구로서 여겨지게 만든다. 향수(鄕愁)를 담고 있는 뿌연 빛은 자연물을 천연의 모습 그대로 두되, 더욱 빛나도록 포장한다. 잘게 부서져 연못 위에서 빛나는 윤슬은 선선한 바람에 찰랑거리며 다시 하나로 합쳐진다. 선선한 바람이 피부에 닿는 감각은 이 장소에 존재했었다는 기억을 머릿속에 확연히 각인시킨다.

"어떻게 이런 경험을 시켜줄까."

"뭐, 전부 연술이지. 이 정도 공간 연술에 이런 기능을 하게 하는 술식을 집어넣으면 꽤나 복잡하고 어려울 텐데. 역시 초대 학장님은 대단하신 분이야!"

"지금 학장님이 초대가 아니라고?"

"안지원 학장님은 2대야. 초대는 따로 있어."

"그렇구나…. 입학식은 어디 가서 해?"

"설명하느라 정신이 팔렸네. 입학식은 오늘 오후에 중앙 탑에서 한다고 했어."

"그렇구나. 입학식 때 뭘 하는지 알아?"

"다 같이 의식을 할 거야. 나팔을 들고 불어 보는 거지. 개인마다 소리가 다르게 나는 거 알아? 너는 나팔 만들 때 어떤 소리가 났었는지 기억해?"

"나는 되게 맑은… 소리였던 것 같아. 표현할 단어가 안 떠오르네."

"그래? 아무튼 각자의 고유한 소리를 불어 보면서 연을 머리 위로 쏘아 보는 거야. 입학했다는 걸 알리면서도 기숙사 룸메이트도 짝지어줄 거야."

"이상한 사람이 걸리면 안 될 텐데."

"괜찮아. 잘 맞는 사람을 골라줄 테니까. 입학식 시작하기 전에 학장님이나 뵙고 오자. 너 잘 데리고 왔다는 것 보여드려야 하니까."

우진과 맹은 탑으로 걸어갔다. 우진의 호기심 때문에 가다가 멈추기를 반복하여 맹을 지치게 했지만, 맹은 일절 화내지 않았다. 인간계에서 와서 이해하려 노력했기 때문이다. 그저 흐뭇하게 바라볼 뿐이었다. 자신을 바라보는 맹의 모습에 우진은 부끄러움을 느꼈지만, 계속되는 신비한 것들에 눈을 뗄 수가 없었다.

"저기 나팔 들고 싸우는 것 같은데…? 위험한 것 아니야?"

"보호 연술 걸려 있기 때문에 괜찮아. 아마 비무 동아리일걸?

"비무 동아리?"

"서로 겨루어 보는 거지. 그 대신 다치지 않게 보호 연술을 전체적으로 걸어 놓고 해를 입히지 못하는 상태에서….”

"어…? 나팔을 검의 형태로 만들어서 싸우는데? 저런 것도 가능해?"

자신의 말을 끊어버린 우진에게 짜증 하나 내지 않은 채 차분하게 대답을 이어가는 맹이었다.

"저것도 1학년 수업 중에 배울 거야. 2연 연술이거든."

"미안. 조금 전에 말을 끊어버렸네."

"괜찮아! 놀랄 만하지."

"나중에 실컷 볼 테니까 얼른 걸어가자."

계속 걷다 보니 어느새 그들은 탑의 입구에 도착했다.

탑의 입구에 들어서자마자 자연스레 빛의 계단이 떠올랐다. 그들은 계단을 한 걸음 한 걸음 올랐다. 우진은 땅이 꺼질까 봐 조심스레 걸었지만, 맹은 떨어지든 말든 상관없다는 듯이 신나 하며 뛰어 올라갔다. 그들은 빛의 포화 속으로 뛰어들었다. 들어간 곳에는 학장실과 인간의 모습으로 책상에 앉아 업무를 보는 지원이 있었다.

"안녕하세요."

"안녕하세요! 학장님! 오랜만이에요!"

어색한 우진과 천진난만한 맹의 인사를 받아주며 쓰고 있던 안경을 벗어 내려놓는 지원이었다.

"오랜만이구나. 다들 잘 지냈니?"

"잘 지냈어요."

"잘 지냈습니다!"

"맹이는 여전히 밝아서 좋구나. 어렸을 때부터 보던 네가 벌써 우리 학교에 입학하다니 시간이 참으로 야속하구나."

"헤헤. 감사합니다. 시간 참 빠른 것 같아요."

"키채비는 어땠니, 우진아?"

"꽤나 부럽던데요. 저는 그런 것 못해요?"

"그건 호씨 가문의…."

"으아악! 학장님! 제가 차차 이야기할게요."

지원은 입꼬리를 가볍게 올린 채로 맹을 가만히 응시하며 전음을 보내왔다.

[얘기하지 못할 이유라도 있니?]

[구름 수호자인 걸 알고 나면 친구 하기 부담스러울 수도 있잖아요! 저는 아무것도 모르는 친구랑 친해져 보고 싶었다고요!]

[알겠단다. 그렇지만 결국엔 다 밝혀질 텐데.]

[친해지고 나서 얘기할 거예요.]

[그러렴.]

잠깐 대화의 공백이 발생하자 영문을 모르겠다는 듯이 가만히 서로를 바라보고만 있는 맹과 지원을 두리번거리며 쳐다보았다.

"왜 아무 말도 안 하세요?"

"무슨? 난 계속 말했단다."

"푸하하하하!"

여전히 영문을 모르겠단 표정으로 맹과 지원을 이리저리 쳐다보는 우진이었다.

"미르가르가 학장님한테 교복을 자랑하라고 했어요."

"나중에 만나면 내가 따로 대답을 전하마. 전해줘서 고맙구나."

"별거 아닌걸요."

"미르가르라면 그 여명빛에 있는 의복점 사장님?"

"응."

"에엥? 그분이 직접 교복을 만들어 줬다고?"

"응. 다 거기서 만드는 것 아니었어?"

"거기는 예약이 꽉 차 있어서 아무나 못 만들어! 나도 1년 전부터 예약해서 겨우 만든 거였는데!"

"예약이 꽉 차 있다는 얘기는 듣긴 했는데 그 정도일 줄은 몰랐네⋯. 학장님의 부탁으로 빨리 만들어주신 거야."

"그래? 학장님이랑 미르가르가 그렇게 친하세요?"

"그건 비밀이란다. 하하."

"비밀이라고요⋯?"

[우리만의 비밀도 있으니, 우진이와 나와의 비밀도 있는 게 공평하지 않겠니?]

여전히 영문을 모르겠단 표정으로 미르가르와 맹을 번갈아 가며 쳐다보는 우진이었다.

"아무튼 오늘 행사는 차질 없게 진행하자꾸나."

"그럼요!"

"네⋯."

"맹이가 옆에서 우진이에게 무엇을 해야 하는지 말해주렴."

"넵! 설명 잘해주겠습니다!"

크고 씩씩하게 대답하는 맹이었다.

"이제 슬슬 나가주어야겠구나. 나도 이제 준비해야 해서."

"예! 얼른 나가보겠습니다!"

"어어⋯?"

맹의 떠밀림에 같이 끌려 나가는 우진이었다. 빛의 문으로 다시 들어가니 어느새 탑 밖에 도착해 있는 그들이었다. 우진은 긴장해서 아침에 도통 아무것도 먹지 못했다. 그런 우진은 배를 부여잡기 시작했다.

“슬슬 배고픈데….”

“오른쪽으로 가면 식당이 나오는데 일단 밥부터 먹고 갈래? 밥 먹으면서 입학식에 관해 설명해 줄게.”

“난 당연히 좋지. 일단 뭐라도 먹자.”

“오케이! 따라와!”

“근데 너는 길을 어떻게 잘 알아? 너도 처음 와 보는 것 아니야?”

“어릴 때 견학을 몇 번 왔었어.”

“하긴 그러겠구나. 아무튼 뭐 먹을 거야? 내가 인간계에서 먹던 것이랑은 다르나?”

“그건 걱정하지 마. 네가 먹고 싶어 하는 건 다 있을 거야. 뭐 좋아하는데?”

“고기도 좋아하고… 파스타도 좋아하고… 단 것도 좋아하고….”

“많이도 좋아하네. 킥킥.”

“맛있는 게 있었으면 좋겠다.”

소소한 대화를 하며 탑에서 나와 식당 쪽으로 향하고 있었다. 우진은 처음 만나는 사람과의 어색함을 느끼지 못했다. 호맹은 이상하도록 편안함이 느껴지는 사람이었다. 그의 밝은 분위기 때문인지 우진은 빠르게 마음을 열었다. 연술계에서 처음 마음을 열게 된 친구라는 사실 덕분에 맹과는 오래 갈 인연이라고 속으로 생각하는 우진이었다.

“여기가 식당이야.”

“되게 넓네. 어떻게 이용하는 거야?”

“음! 그건 말이야. 메뉴판을 보고 들어가서 저기 단상 위에 서서 먹고 싶은 걸 상상하면 돼. 그러면, 자동으로 연이 결제되고 앉아 있으면 시킨 음식을 전송해 줄 거야.”

“연을 결제한다고…?”

"아직 잘 모르겠구나. 연술계에서 화폐는 연이야. 단위는 나중에 설명해 줄게. 하지만 밥 같은 건 간단한 연으로 결제해도 돼. 아직 너는 연을 만들 어내는 법을 모르니깐, 내가 대신 사줄게. 뭐 먹고 싶어?"

"크림제육덮밥…."

"푸핫! 맛있는 것도 먹네. 나는 육회비빔밥 먹어야겠다. 결제하고 올게. 내가 하는 거 잘 봐."

그는 중앙에 놓여 있는 단상으로 올라섰다. 단상으로 올라선 뒤 눈을 감 고 집중하기 시작한다. 그에게서도 빛이 나기 시작한다. 빛이 나는 호맹은 연기를 끌어오기 시작했으며, 두 가지 힘은 균형에 의해 연으로 창조된다. 두 손을 모아 모인 연을 하나의 구슬 형태로 다시 빚어낸다. 열심히 빚다 보니 하나의 구가 완성되었고, 완성된 빛나는 구슬을 하늘로 높이 들어 올 린다. 구슬은 점점 들어 올려지더니 천장에 닿았고 그대로 스며들더니 가 루만 흩날린 채 사라져 버렸다. 맹은 단상에서 자신의 할 일을 끝마친 뒤 내려와 우진에게 다시 말을 걸었다.

"어땠어. 신기하지."

"와… 나도 할 수 있으려나?"

"걱정하지 마. 곧 배울 테니까."

"대신 내줘서 고마워."

"나중에 네가 한 번 더 사줘."

"알았어. 자리는 아무 데나 앉아도 되나?"

"응! 아무 데나 가서 앉아도 돼. 저기로 갈까?"

"그래."

비교적 사람이 없어 보이는 자리를 향한 둘은 자리에 앉았다. 우진은 물 컵이나 수저를 놓으려 식탁 주변을 두리번거렸지만, 아무것도 찾을 수 없었다.

“물컵이나 수저 찾아?”

“어떻게 알았어? 생각이라도 읽어?”

“네가 두리번거리길래.”

“하하… 그렇게 보였나 보네.”

“맞아. 준비 안 해도 돼. 음식 전송될 때 같이 나올 거야.”

“그래? 그럼 기다려야겠다.”

그들은 잠시 침묵했다. 침묵 동안 우진은 자신의 경험을 정리하였다. 우진의 평소 일과는 늦잠 자고 일어나서 무기력하게 누워 있던가, 집에서 하루 종일 게임만 하며 보내는 것이다. 하지만, 불과 사흘 만에 수많은 일이 일어났다. 연술계에 입문하고, 연술을 배우게 되고, 연술 학교에 입학하게 된다. 자신에게 일어난 일들을 천천히 곱씹어보며 무의식으로 밀어 두었던 믿을 수 없는 일들을 천천히 떠올려 본다. 생각을 차분히 정리하고 입학식에 갈 마음 준비를 마치고 나니 눈앞에 광채를 내뿜는 음식이 차려졌다. 따끈따끈한 김이 올라와 우진의 코를 스윽 자극하고 가니, 배에선 꼬르륵 소리와 함께 입에 침이 돌았다.

“으윽….”

“푸흡. 괜찮아. 부끄러워 안 해도 돼. 얼른 먹자.” 애써 웃음을 참는 맹이었다.

“그래. 맛있게 먹자. 사 줘서 고마워.”

“별말씀을.”

감사 인사를 주고받은 뒤 우진은 한 숟가락 떠 입에 넣었다. 크림과 제육은 인간계에서 좋아하던 것이었다. 천천히 뜨끈한 크림으로 뒤덮인 제육과 밥을 떠서 입에 넣으니, 혀가 데는 느낌과 함께 크림의 달콤함과 제육의 매콤함이 입안에 맴돌았다.

"똑같네…. 맛있다…."

"뜨거우니깐 천천히 먹어…!"

"알았어. 정말 맛있다."

음식을 다 먹은 우진은 쟁반에 같이 딸려온 냅킨으로 입을 닦았다.

"후아… 배부르다. 배고파서 너무 허겁지겁 먹었네."

"그러게. 너 되게 빨리 먹더라. 슬슬 다 먹었으면 일어날까?"

"그럴까? 탑으로 이제 가면 되나?"

"응. 아마도 거기에 다 모여 있을 거야."

탑으로 향한 그들은 다른 사람과 부딪히며 겨우 탑에 다가갈 수 있었다.

"입학생이 이렇게나 많다고?"

"응. 한 200명은 넘을걸."

"와… 진짜 많네. 다 연술계 사람인 거지?"

"응! 여기서 인간계에서 온 건 너뿐이야. 어? 이제 시작하나 봐."

탑의 위에서 구름을 타고 내려오는 지원이 보인다. 하늘에서 내려오던 그 자태는 신선과도 같았다. 지붕 위에 신기한 균형감각으로 천천히 곧게 서더니, 나팔의 취구 쪽을 목에 갖다 댔다. 그 순간, 박수 소리와 환호성은 천둥처럼 터져 나왔다. 우진은 그 소리에 흠칫 놀라며, 지원의 인기를 그제야 실감하게 되었다.

"학장님! 너무 멋져요!"

"와…. 실물이 훨씬 고풍스러운데."

"너무 떨리는데. 진짜 내가 여기를 입학한다고?"

이곳저곳에서 소리와 말들이 터져 나오니 주위는 시장통으로 변했다. 너무나 시끄러워서 지원의 말이 들릴지 걱정하던 찰나에, 지원은 자신의 검지를 들어 입술에 갖다 댔다. 지원의 모습을 바라본 예비 신입생들은 떠든 적 없었다는 듯 바로 묵념하였다. 갑작스러운 침묵에 우진은 당황하였지만, 지원의 목소리가 넓게 울려 퍼지기 시작하였다.

"연하광채에 입학하시게 된 여러분 모두 축하합니다. 이제부터 입학식이 거행될 예정이오니 모두 탑을 둘러싸 주시기를 바라며, 나팔을 꺼내기를 바랍니다. 이는 하나의 신성한 의식이며, 연하광채의 신입생으로서 등록하게 되는 과정입니다. 모두 진중하게 임해주기를 바랍니다."

탑을 주위로 빛이 사라지기 시작했다. 어둠이 빛을 집어삼키기 시작했다. 세상이 암흑에 삼켜진 것처럼 아무것도 보이지 않아 놀랐지만, 가만히 자리에 서서 다음에 올 일을 기다렸다. 안 보이는 것이 답답했지만, 아무 소리도 들려오지 않기에 고요한 침묵을 유지한다. 잠시 후, 지원의 말소리가 들려온다.

"이제부터 나팔을 불어내세요."

어둠 속에서 손끝 감각으로만 나팔을 찾아낸다. 소매를 더듬거리며 나팔을 꺼낸 뒤에 뾰족한 부분을 찾아 입에 갖다 댄다. 소리가 나지 않을 것처럼 생겼지만, 일단은 숨을 한 번 크게 들이쉬고는 나팔을 불어본다.

우진의 나팔에서 청아한 소리와 함께 빛이 나기 시작한다. 어둠 속에서 이곳저곳에서 하나둘씩 빛이 나기 시작한다. 미약한 빛이 모여 하나의 강을 이룬다. 선율의 흐름 속에서 어떤 소리는 바이올린 소리와 같으며, 어떤 소리는 첼로의 소리와 같으며, 어떤 소리는 피아노의 소리와 같다. 우진의 옆에 있는 학생의 나팔에서는 하프의 소리가 나기도 한다. 각자의 소리는 제각각이라 불협화음밖에 들리지 않았다. 지원이 나팔을 휘두르며 지휘하자 불협은 곧 질서가 되고, 질서는 화음이 되어 웅대한 음악으로 변모했다.

차이코프스키 바이올린 협주곡. 신입생 중에서 이 노래를 알지 못하는 이들도 있다. 심지어는 악기에 대한 이해도가 무지한 사람도 있다. 그저, 지원의 지휘에 따라 천천히 나팔을 연주할 뿐이었다. 우진 또한 자연스레 나팔을 불어내며 빛과 소리를 완성해 나갔다. 자신의 나팔에서 소리가 나는 게 신기했던 우진은 놀람을 숨길 수 없었다.

바이올린 소리는 폭발적으로 달려 나가며 기교 넘치는 선율들을 연주해 낸다. 음악은 중반부에 접어들며 고음 플루트 소리와 심장을 두드리는 듯한 타악의 울림과 함께 팡 터진다. 그 터짐은 듣는 이로 하여금 가슴이 벅차오르게 한다.

모든 선율이 절정을 향해 치닫는 순간, 일순간 소리가 전부 사라졌다. 오직 한 명의 학생만이 나팔을 불어내며 홀로 무대를 장악했다. 흔히 '카덴차'라 말하는 바이올린의 독주 부분. 바이올린은 암흑을 찢어 갈기며 폭발적으로 자신의 선율을 연주해 낸다. 우진은 그 학생이 누군지 보려고 고개를 갸웃거린다.

엄청난 바이올린의 선율이 끝나고 나니 다시 뒤에서 몇 명이 나팔이 합류하기 시작한다. 그 중엔 우진도 포함이었다. 우진은 자연스레 연주하는 자신을 신기해했다. 우진은 어느새 나팔의 소리에 자신의 영혼을 맡겼다.

바이올린은 점차 고조된다. 조금씩 단계를 쌓아가며 마지막을 터뜨릴 준비를 하고 있다. 모두 이 마지막 영광스러운 순간만을 기다리며 자신이 맡은 소리를 열심히 연주해 낸다.

펑. 모두의 음악이 한데 어우러져 감정을 고조시키고는 하늘에 높이 올라가 터졌다. 이곳에 있는 모든 이들의 가슴이 울리기 시작한다. 우진은 연의 일부분이 된 것 같은 감각을 받았다. 자신이 이 순간에 함께하고 있음에 영광을 느끼며 눈가에서 눈물 한 방울을 흘려내었다.

연하광채에 울려 퍼지는 오케스트라는 신입생들을 단합시키며, 또한 여러 가지를 시험한다. 연의 자질, 연의 특성, 룸메이트 등 수많은 특징을 파악해 낸다.

지원은 지휘를 멈추고는 탑 주위로 나팔을 휘둘러 환상을 펼쳤다. 늘 해만 떠 있을 것 같은 하늘이 칠흑으로 칠해졌다. 그곳에는 별들이 하나둘씩 생겨난다. 칠흑으로 칠해진 하늘은 곧 은하수가 되었다.

"저 은하수를 보십시오. 수많은 별은 곧 연하광채가 길러낸 제자들의 흔적입니다. 여러분 또한 이곳이 키워낸 빛나는 별이 될 것입니다. 나팔을 들어, 여러분의 빛을 하늘에 쏘아 올리십시오!"

모두 나팔을 위로 들어 빛을 쏘았다. 빛의 화살이 땅에서부터 솟구친다. 우진도 방법은 몰랐지만 자연스레 나팔을 들어 올렸다. 그저, 빛이 나가길 바랐다. 결국, 나팔에서 아주 작았지만, 천천히 빛이 흘러나와 하늘로 올라갔다. 올라간 빛의 비는 은하수의 별들을 더욱 빼곡하게 채웠다.

세상을 가리던 어둠의 장막이 걷힌다. 하늘은 붉은 노을이 천천히 지평선 밑으로 떨어진다. 연하광채의 장엄한 전경이 드러난다. 저물어가는 주황빛을 받아낸 연하광채를 보고 있자니 처음 보는 풍경임에도 우진은 말로 표현할 수 없을 것 같은 그리움이 차올랐다. 노을은 주황빛을 열심히 퍼뜨려놓고는 점차 하강하면서 빛을 거두어가기 시작한다.

우진은 이제야 깨달았다. 어딘가 마음속에서 부족함을 느끼며 무언가를 갈망이 바로 '연에 대한 갈망'이었음을.

무릇 사람이라면 빛을 내며 살아가야 한다. 빛을 숨기며 평범함에 안주하던 삶은 끝이다.

이제 우진은 자신의 무한한 빛을 온 세상에 비춰낼 것이다.

"별이 모여 은하수가 되듯, 이곳에 모여 빛을 펼쳐내세요. 입학하신 걸 축하드립니다."

지원은 나긋한 말로 마지막 말을 남겼다. 잠시 후, 우레와 같은 함성이 쏟아지기 시작한다. 함성은 끝을 알 수 없이 넓어 보이는 연하광채를 가득 메운다.

"우오오!"

"제발 한 번만 내려와 주세요!"

"이런 경험을 하다니… 정말 눈물 날 것 같아."

함성은 식을 줄을 몰랐다. 지원은 군중의 열기를 잠재울 생각을 하지 않고 그들이 마음껏 배출해 낼 수 있도록 아무 말도 하지 않았다. 우진 또한 이 열기에 동참해 자신이 하고 싶은 말을 쏟아내었다.

"심장이 터질 것 같아요! 제발 한 번만 더!"

시끄러운 군중 소리에 묻혀 우진의 말은 하나도 들리지 않았다. 지원에게도 닿지 않았을 것이다. 평소라면 아무 말도 하지 않았을 테지만, 지금이야말로 군중 소리에 묻혀 자신이 하고 싶은 말과 감정을 다 쏟아낼 수 있는 시간이라고 생각했다. 함성 말고는 아무 소리도 들리지 않던 우진에게 머릿속에서 명징한 소리 하나만이 들려왔다.

[너구나. 연우진이.]

순간적으로 울린 목소리에 당황한 우진은 고개를 돌려보았다. 시끄러운 소리 속에서 자신이 잘못 들은 건가 싶어 다시 지원을 올려다보았다.

[너 부르는 거 맞아.]

우진은 목소리가 환청이 아니었음을 깨닫고는 계속해서 두리번거렸다. 하지만 눈에 닿는 곳에는 모두 지원만을 바라볼 뿐 자신을 바라보는 사람은 찾아낼 수 없었다. 자신의 머리에 목소리를 울린 범인을 찾아내려 고개를 이리저리 돌려보던 중에 누군가 우진의 오른쪽 어깨에 손을 올려놓았다. 우진은 흠칫하며 범인을 놓치지 않기 위해 손을 붙잡으며 뒤를 돌아보았다. 뒤에는 누군가가 서 있었다.

리프 컷을 하고 있는 또래로 보이는 장발의 소년. 이목구비가 시원시원하며 누가 봐도 잘생겼다고 할 법한 얼굴이다. 키는 우진보다 약간 작았지만, 마르고 비율이 좋아서 그런지 우진과 비슷하게 보이기도 하였다. 눈동자에 담긴 반짝거림을 보고 있자니 호맹이 생각나는 우진이었지만, 호맹의 밝음과는 결을 달리하였다. 이것이 '수림'과의 첫 만남이었다.

[놀라지 마. 그저 전음일 뿐이야.]

"난 답장하는 법 모르거든? 그러니 육성으로 말해줄래?"

[내가 육성으로 말하면 군중 소리가 너무 커서 이야기가 들리지 않을걸. 난 소리 지르기 싫거든.]

"넌 누구길래 나를 찾아낸 거야?"

[네 나팔을 봐봐. 빛나고 있지?]

"어라…?"

우진의 나팔은 수림의 나팔과 공명하며 푸르른 빛을 띠고 있었다. 무슨 의미인지 알 턱이 없던 우진은 수림에게 또 다른 질문을 던졌다.

[이건 우리가 룸메이트가 될 거란 뜻이야.]

“뭐라고?”

[말 그대로인걸. 기숙사로 가면 자세한 이야기를 해줄게.]

지원은 마지막 말을 남기고 엄숙한 의식을 끝마쳤다.

“이제 여러분에게 기숙사에서 같이 살게 될 짝이 지어졌을 겁니다. 연의 특성과 성격을 고려해 짝을 지었으니, 1년 동안 잘 지내시기를 바랍니다. 이제 모두 기숙사로 돌아가 짐을 풀고, 쉬세요.”

지원은 연기로 흩어져 사라져 버렸다. 지휘자가 사라진 군중은 빠르게 흩어지기 시작했고, 수림은 우진의 팔을 이끌고는 달려 나가기 시작했다.

“일단 따라와!”

“아아! 팔 아파!”

“빨리빨리!”

수림과 우진은 탑의 반대 방향으로 넓은 초원을 달려 나갔다. 연하광채의 바람은 선선하고 기분 좋게 불어온다. 가쁘게 불어오는 바람 사이를 가르며 숨차게 뛰어가 기숙사에 도착했다.

“잘 도착했다. 그치?”

“힘들어 죽겠네……. 왜 뛴 거야?”

“조용한 곳에서 이야기 좀 나누고 싶어서 그랬지. 얼른 짐도 풀어야 하고.”

“그래도 뒤 좀 봐가면서 뛰지….”

“일단 미안! 소개가 늦었어. 나는 박수림이라고 해. 우린 앞으로 1년을 같이 살게 될 룸메이트야.”

“너 되게 활발한 애구나. 자연스럽게 대화를 이끌어 나가네.”

“하하. 그런 이야기 많이 들어. 아무튼 기숙사를 봐봐. 참 멋지지 않아?”

기숙사는 여타 건물과는 달랐다. 글램핑 텐트가 쭉 이어져 모양은 제각각이지만, 조화를 이루어 캠핑장처럼 보였다. 자연이 드넓게 펼쳐진 연하광채의 기숙사란 단순 건물이 아니라 자연과 어우러지면서도 개인의 공간이 보장되는 텐트의 형태이다. 그러나, 불편함은 텐트 수준이 아니었다. 안은 자체 공간 연술이 걸려 있어 사용자의 입맛대로 꾸밀 수 있다. 초기 설정은 대략 개인 방 두 개와 화장실 하나, 주방 하나, 공용 거실로 이루어져 있었다. 밖에서 볼 때는 그다지 크지 않았지만, 천막을 걷고 안으로 들어서니 연하광채의 따스한 햇살이 들어서는 거실이 펼쳐졌다. 텐트 안은 훨씬 넓었다. 연하광채에 처음 들어섰을 때와는 다른 기분 좋은 향이 코에 스며든다. 아늑함의 향기가 코끝을 찌르며 포근하게 우진을 감싸안는다. 우진은 자신이 살게 될 곳을 바라보며 가슴이 쿵쿵거리기 시작했다. 평생을 살아오던 집에서 떠나 좁은 기숙사에서 살 수라도 있으면 다행이라고 생각했었다. 하지만, 걱정과는 달리 넓고 쾌적한 곳에서 살 수 있다는 사실에 감탄하였다. 혹시나 문이 개방되어 있어 남들이 들어오지 않을까 걱정하던 우진이었지만, 머릿속이라도 꿰뚫어 봤는지 수림은 바로 의문을 해결해 주었다.

"걱정하지 마. 보호 연술도 걸려 있어서 주인 말고는 함부로 못 들어와."

"뭐야? 너도 생각이라도 읽는 거야?"

"미안. 습관이 돼버려서."

"아까 전음도 어떻게 한 거야? 나도 알려줘."

"이건… 사실 좀 어려운 건데… 하하…."

"너도 신입생인데 아무렇지 않게 하잖아?"

"나는 좀 특별해서…."

알려줄 수 없으면 대놓고 말하면 되지, 자랑으로 응수하는 수림에게 어이가 없는 우진이었다. 하지만, 말끝을 흐린 걸 보면 말 못 할 이유라도 있을 것이라며 애써 궁금증을 달랬다.

"말 못 해주는 거야?"

"그건 아닌데, 차차 얘기해줄게. 얼른 짐부터 풀자."

"그래…. 짐은 어디에 가져왔어?"

등 뒤에 매고 있던 가방을 앞으로 둘러메 보여주는 수림이었다. 수림은 마술사가 모자에서 토끼를 꺼내는 것마냥 가방의 입구를 보여주더니, 손을 넣어 가방 안을 휘휘 뒤적였다. 우진은 가방에서 무엇을 꺼낼까 기대하며 같이 안을 들여다보았다. 수림은 눈치를 한 번 살피고는 가방 안에 손을 더욱 깊숙이 집어넣어 이것저것 휘젓더니 우진이 가까이 다가오자, 손을 확 당겨 놀라게 했다.

"짠!"

"뭐야! 붓인 건 나도 알겠는데, 갑자기 꺼낸 이유가 있을 거 아냐."

"이건 말이야…. 바로 '신비한 일'을 할 수 있지. 나는 짐을 챙겨올 필요 없이 붓 하나만 챙겨왔어."

수림은 오른 소매에 왼손을 뒤적거리더니 나팔을 꺼내 들었다. 수림은 꺼내 든 나팔을 허공에 한 번 던져 띄웠다. 떨어지는 나팔을 낚아채고는 끝을 잡고 허공에 회전시키듯이 돌린다. 놀랍게도 나팔은 떨어지지 않고 허공에 고정되어 계속해서 돌아간다.

"나팔 돌리는 게 신기한 일이야…?"

"지금부터 시작이야."

나팔은 공중에서 세차게 돌아가면서 빛이 나기 시작한다. 우진은 확연히 인지할 수는 없었으나, 자신의 곁으로 연이 다가오는 것을 조금씩 느낀다.

"이렇게 연이 모이고 나면… 바로 이런 일이 가능하지."

수림은 허공에 붓으로 선을 그었다. 붓 모양을 따라 허공에 먹이 칠해진다. 흑색의 선이 지나간 자리에는 계속해서 검은색 선이 유지되며, 수림은 알 수 없는 그림을 허공에 그려대었다. 우진은 믿기지 않는다는 듯이 멍하게 바라본다. 수림은 그런 우진을 보고는 씨익 웃어 보이고는 그림의 완성 도를 높여간다. 점차 완성되어 가는 그림은 얼핏 보니 책상이었다.

"설마….."

"맞아. 그 설마야."

수림은 책상의 그림을 허공에 그려대고는 마무리로 나팔을 한 번 휘저었 다. 나팔의 빛은 선만 땄던 그림에 색을 입혀내었으며 그림은 현실의 물건 으로 변하였다. 현실의 물건으로 변한 책상은 수림의 방에 자리 잡았다.

"너 진짜 다재다능하구나."

"너도 한번 해볼래?"

"나도 해봐도 돼? 다음엔 뭐 그리면 돼?"

"거실에 가서 소파를 그려보자. 그릴 줄 알아?"

"소파라… 일단 한번 해볼게."

그들은 방을 뒤로하고 거실로 나와 소파를 어디에 둘지 논하였다. 채광 이 잘 드는 창문을 등지는 것이 좋은지, 창문 너머 연하광채의 광경을 바라 볼 수 있도록 창문 맞은편에 소파를 놓을지 열띤 토론을 이어 나갔다. 둘은 십 분이나 지속한 뒤에야 겨우 고민을 끝마쳤다.

"자. 이제 그려봐."

"생각해 보니 연을 끌어와야 하는 거 아니야? 아까 너는 나팔을 꺼내서 썼잖아."

"맞아. 연을 끌어오면 이 붓은 연술을 쓸 수 있도록 도와주는 보조도구 야. 아직 내 나팔이 돌아가고 있으니 걱정 말고 해봐."

우진은 침을 삼켰다. 흔히 마법이라 부를만한 신비한 일을 겪기만 하던 우진은 이제 직접 실천하는 능동적인 수행자가 되었다. 우진은 떨리는 손 으로 허공에 선을 그었다. 그림을 그리는 법은 잘 모르지만, 자신이 아는 소파의 모습을 상상하며 선을 그어가니 어느새 소파의 형상이 갖추어졌다. 수림은 소파를 보고는 나팔을 가져와 색을 입혔다. 스케치만 된 소파는 하늘색 그림으로 완성되었다.

"나는 베이지색이 좋은데."

"여긴 하늘색이 잘 어울려."

"아닌 거 같은데. 니 맘대로 해라."

"고마워."

"나도 이제 짐 풀러 가봐야겠다."

우진은 당장 짐 푸는 것이 매우 귀찮게 느껴졌다. 그래서 당장의 필요한 물건만 꺼내기로 한다. 일단 방으로 들어가 교복을 벗어 옷걸이에 걸어 벽에 가지런히 걸어두었다. 그러고는 자신이 가져온 옷으로 갈아입고 세면도구, 이불, 베개를 꺼냈다. 물건을 이리저리 휘적거리며 방을 나름대로 꾸며보기 시작했다. 필요한 짐을 꺼내고는 앞으로 입을 옷 몇 가지를 꺼내어 서랍 속에 정리하였다. 우진은 거실에서부터 자신에게 점점 뛰어오는 소리가 가까워짐을 느낀다.

"쟤는 무슨 애가 저렇게 촐싹대지."

문을 쾅 하고 열어젖힌 수림은 우진에게 정보전달로 포장한 고함을 질러대었다.

"까먹고 말 안 해준 게 있네! 벽지랑 가구 색은 네가 정할 수 있어."

"그래…. 그렇게까지 다급하게 뛰어와서 얘기해줄 정도의 정보였네."

"고맙기는."

"고맙다고 아직 안 했는데…."

"아무튼 어떻게 하냐면 내가 하는 거 잘 봐봐."

"나팔을 들고 단순한 상상만 해봐. 내 자신이 기숙사와 연결되어 있다는 이미지. 기숙사는 너의 생각과 연결되어 있어."

우진은 수림의 말을 따라 눈을 감고 자신과 기숙사가 연결된 상상을 하였다. 무슨 말인지 도통 알 수 없었지만, 나팔을 만들던 순간이 떠올라, 그 경험을 연료 삼아 상상에 보태본다.

"했어."

"이제 '벽지를 바꾸고 싶다'라고 생각하면서 나팔을 휘둘러봐."

"벽지를 바꾸고 싶다…."

우진의 생각이 기숙사에 닿았다. 벽은 이윽고 파란색 배경에 귀여운 공룡들이 요리조리 배치된 벽지로 바뀌었다.

"푸핫! 너무 귀여운 거 아니야?"

"아. 어릴 때 내 방 벽지야. 나도 모르게 이걸 상상해 버렸네."

"미안 미안. 비웃은 거 아니다? 그냥 귀여워서."

"안 귀엽거든."

우진은 수림이랑 만난 지 두 시간 채 되지 않았다. 곰곰이 생각하다 보니 자신의 벽을 쉽게 허물어버리는 수림의 붙임성에 손짓 한 번에 쉽게 바뀌는 귀여운 벽지보다도 더욱 감탄했다.

"대충 정리 다 했으면 학교나 구경하고 오자."

"그럴까? 실은 구경해보고 싶었거든."

우진과 수림은 교복을 벗어두고 편한 옷으로 갈아입은 뒤 기숙사에서 나와 연하광채의 언덕길을 걸어 올라간다. 천천히 올라가면서 달라지는 시야에 이런 곳에서 자신이 살아갈 수 있다는 사실에 기뻐하였다.

"저기 밑에는 뭐야? 내려가는 곳 같은데."

"우리가 수업할 장소들이야. 아마 저기는 4학년 수업하는 곳일걸?"

"그렇구나."

“너 정말 몰랐어? 교수님들이 즉석에서 교실을 만들어 내시거든. 취향껏 하거나 아니면 필요에 따라 만드셔. 우리 수업 중에서 정신 연술이랑 점성 연술 담당하시는 구연 교수님은 철학자들을 좋아하시는지 엄청 크고 웅장한 신전 같은 걸 만드신다고 하더라고.”

“그런 것도 다 연술의 일종이겠지?”

“그렇다고 볼 수 있지.”

“아, 맞다. 궁금한 거 있어. 교수님들은 다 동물이야?”

“너 진짜 아무것도 모르고 왔구나.”

“인간계에서 넘어온 지 얼마 안 돼서 그래.”

“뭐라고?”

수림을 가던 걸음을 멈추고 서서는 휘둥그레진 표정으로 우진을 바라보았다.

“말 그대로지. 뭘. 혹시 인간계에서 왔다 그러면 차별하고 그래?”

“아니 아니. 그런 게 아니라. 인간계에선 몇백 년 동안 연술사가 발견되지 않았는걸. 학장님은 이미 만나봤겠네?”

“학장님이 데리러 와주셨어.”

“와. 진짜 부러운데. 나도 편지가 아니라 직접 만나 뵙고 싶어.”

“그렇게 대단하신 분이야?”

“말로는 다 설명 못 하지. 연술계에서 유일무이 연술 학교인 연하광채의 학장으로 있다는 것은 영향력이 어마어마하다는 증거라고. 그나저나 너는 인간계에서 어쩌다 연술을 쓴 거야?”

“나는 그냥 지나가던 사람이랑 부딪혀서 뭐 좀 주워드렸는데⋯ 갑자기 빛이 나더니 이상한 일이 일어나더라고.”

“이상한 일이라⋯ 아무튼 연술을 써보긴 해본 거네.”

“그런가?”

“아무튼 축하해. 결국 여기 와서 나랑 만나게 되었다는 건 정말 축복받은 일이라고.”

“하하. 퍽이나 축복이겠네.”

“이번에 입학생 중에 구름 수호자도 있다던데.”

“구름 수호자는 또 뭐야?”

“너 연술계로 넘어올 때 어떻게 왔어?”

“나야 뭐… 무슨 구름 같은 곳이 모여 있는 곳을 지났는데… 어? 설마 거길 구름이라고 불러?”

“뭐야. 이미 알고 있잖아. 연술계랑 인간계를 가로막는 벽을 구름이라 불러. 거길 수호하는 사람들을 구름 수호자라 그러고. 이번에 호씨 가문의 구름 수호자가 신입생으로 들어왔다는 소문이 있더라고. 나도 그런 유명인을 눈앞에서 보고 싶은데.”

“호씨 가문…? 무언가 중요한 걸 까먹은 느낌인데… 호… 호… 호맹…!”

“맞아. 호맹이 이번에 입학한 구름 수호자야. 지나가다 만나면 사인이라도 해달라 해야지.”

“안 돼! 입학식 끝나고 정신없이 니가 끌고 와서 인사도 못 했잖아!”

“그게 무슨 말이야? 누구랑 인사하는데?”

“호맹! 걔가 먼저 여길 안내해 주고 있었다고!”

“잠깐만… 인간계에서 온 것도 모자라서… 너 호맹이랑 아는 사이야!?”

“어! 같이 있었는데 니가 끌고 왔잖아!

“나 한 번만 소개해 줘. 제발!”

“알았으니깐. 일단 걔 좀 찾으러 가보자. 나 인사도 못하고 왔어. 지금 계속 나 찾아다니고 있으면 어떡해.”

“제발… 실물은 어떠려나….”

두근거리는 마음을 좀처럼 감출 생각이 없어 보이는 수림이었다. 그들은 계속해서 걷다 보니 벽조 건물이 줄지어져 있는 곳에 도달했다. 그곳은 동아리가 모여 있었다.

동아리 동에는 많은 학생이 북적이며 입학식 열기가 피어올랐다. 자신의 동아리 건물을 찾아가는 학생. 무슨 동아리에 들어갈지 기웃거리는 신입생들. 저 멀리서 나팔을 타고 날아다니는 학생들. 우진은 그제야 자신이 연술을 배우러 온 것뿐만 아니라 자신이 진짜 ‘학교’에 입학했다는 사실이 실감 나기 시작했다.

“여기는 동아리 동이야. 진짜 많은 동아리가 모여 있거든.”

“이런 곳이 있네…. 와…. 진짜 활기가 피부로 느껴져.”

“뭘 그럴 것까지야. 아무튼… 나는 곧 가입 공지가 뜨면 비무 동아리에….”

“신입생 상대로 이렇게 연을 날리는 게 말이 된다고 생각하세요?”

수림의 말을 끊고는 자신의 화남을 숨기지 않겠다는 듯이 분노를 표출하며 지르는 소리가 그들에게 들려왔다. 비록 그들을 향한 분노가 아닐지라도, 갑작스러운 소란에 소리의 원인을 바라보았다. 그곳에는 한 신입생이 서 있었다.

바닷바람에 그을린 듯 까무잡잡하게 타버린 피부를 가진 그녀는 어깨까지 오는 머리를 묶어 걸리적거리지 않게 하였다. 큰 덩치에 근육질 체형을 가지고 있던 그녀는 자신의 학교 선배에게 따지고 있었다.

“야. 그 정도는 너도 피할 수 있었잖아.”

“피하는 건 내 맘이고요. 사과부터 하시라고요!”

“여기 얘가 맞을 뻔했잖아요. 그리고 피할 수 있었다고요? 제가 다급하게 바마라도 쳐서 다행이지. 그거 아니었으면 애 크게 다쳤어요.”

“그래서 미안하다고! 언제까지 물고 늘어질 건데.”

“그거야 모르죠! 선배가 진심이 하나도 안 느껴지는데 어떡하라고요!”

“야…. 나는 괜찮아…. 그냥 가자….”

“뭘 가! 사과 받아내기 전까지는 절대 안 가.”

우진과 수림은 자신의 자아를 강렬히도 주장하는 그녀를 보며 자신들의 의견을 펼쳐나갔다.

“쟤는 신입생인 거 같은데 첫날부터 저런대.”

“무슨 일 있는 거 같은데?”

“진짜 성격 억세 보인다.”

“야…. 들리겠다….”

“이 정도면 꽤 멀어서 안 들릴걸.”

“거기 너네!”

우진은 ‘거기 너네!’라는 말이 자신들을 향하는 것이 아니기를 바라며, 조용히 뒷걸음질 치기 시작했다.

“하하! 거기 너희 말이야! 쟤가 부른다!”

수림은 아직 상황 파악이 덜 된 탓인지 천진난만하게 지나가던 다른 학생들을 불러세웠다.

“아니, 쟤네 말고 너네.”

“쟤 설마 이쪽으로 다가오는 거 아니겠지…?”

한창 선배에게 분노를 토해내던 그녀는 목표를 바꾸어 그들에게로 천천히 발걸음을 옮겼다.

“너희 뭐야? 갈 길이나 가면 되지. 왜 시비를 걸지?”

“그게 들렸다고? 괴물 귀네.”

“뭐라고? 괴물…? 괴물 귀…?”

수림의 말이 방아쇠라도 된 듯이 그녀는 분노를 참을 수 없다는 듯이 몸을 떨기 시작한다.

“괴물 귀? 에이. 괴물 귀는 괴물 귀라 해야지?”

“그만해…. 화내겠다….”

“걱정 마. 화내더라도 얘가 어쩔 건데. 설마 때리기라도 하겠… 어?”

“그래. 딱 한 대만 때려도 괜찮지?”

“딱 한 대라… 그래 그 정도는… 뭐…?”

말과 동시에 그녀의 손 주위로 빨간빛이 돌기 시작했다. 주위를 붉게 물들일 만큼 환하게 빛나는 빛이 주먹으로 흐른다.

수림은 빛을 감지하기 전부터 달리기 시작했다. 자신의 시야에서 갑자기 사라진 수림을 찾아 우진도 뒤늦게 알아차리고 쫓아간다.

“야! 왜 혼자 가는데!”

“아니! 쟤 미쳤어! 바로 주먹에 연 담는 거 못 봤어? 식겁했다고!”

“그 전에 도망쳤잖아! 이 겁쟁아! 니가 시비 걸어놓고!”

“나도 쟤가 저렇게 진심으로 나올지 몰랐지! 야. 됐고 그냥 빨리 죽어라 뛰어! 쟤 육체 강화가 예사롭지가 않아!”

“안 돼! 나 못 뛴다고!”

그녀는 먼 거리를 한 번에 뛰어올라 날았다. 그러고는 도망가는 그들을 막아섰다.

“니네가 먼저 시비 건 거다?”

“미안해!”

우진과 수림이 움찔하며 손을 들어 올려 막을 때, 그들을 구제해 준 건 누군가의 목소리였다.

“잠깐만! 지우야! 안 돼!”

지우의 붉게만 빛나는 주먹은 그들의 코 앞에서 멈춰 섰다. 우진과 수림은 눈을 떠 주먹을 멈춘 것을 확인한 뒤 뒷걸음질 치기 시작했다. 저 멀리서는 익숙한 누군가가 다가오고 있었다.

“우진아. 어디 갔었어. 계속 찾아다녔잖아.

“어! 맹아! 미안. 나도 얘한테 끌려갔어.”

“설마 그러면 여기 내 눈앞에 있는 이 사람이… 호맹…? 미친! 제발 사인 좀 해주세요!”

수림은 간절한 눈빛으로 호맹에게 매달려 사인을 구걸했다.

“아아… 해드릴게요. 그러니 바지 좀 놔주세요.”

“이런. 죄송합니다.”

“니가 뭔데 막아서는데!”

“너무 뭐라 하지 말라고. 얘는 우진이라는 애인데 나랑 친구 하기로 했단 말이야.”

“그… 저도… 친구….”

“넌 가만히 있어. 너 때문에 그런 거잖아.” 우진이 수림을 막아섰다.

“나 봐서라도 넘어가 주라.”

“그래그래! 미안하게 생각하고 있다고!”

“하아… 빨리 내 눈앞에서 꺼져.”

“그래! 안녕!”

수림은 천진난만하게 웃으면서 우진의 손을 잡고 저 멀리 뛰어가 버렸다. 뛰어가던 도중 우진은 수림의 손을 뿌리쳤다.

“그만 좀 해! 왜 자꾸 이리저리 끌고 다니는 거야. 나 좀 혼자 다니자.”

“미안. 화났어?”

“화 안 났으니깐. 먼저 들어가 있어. 호맹이랑 이야기 좀 하고 갈게.”

“그럼 내 얘기 좀 잘 해줬으면….”

“아! 그냥 좀 들어가!”

“하하…. 알겠습니다. 저는 먼저 들어가 볼게요.”

수림은 우진의 면박에 주눅들지 않고 자신의 발걸음을 다시 재촉했다. 우진은 그런 수림을 뒤로 동아리 동으로 다시 걸어가서 호맹에게 다가갔다.

“미안. 이리저리 끌려다니느라 오늘 고맙다는 이야기도 잘 못했었네.”

“저 친구는 누구야?”

“내 기숙사 룸메이트래. 친해질지는 모르겠다. 잘 맞는 사람끼리 배정했다는데.”

“괜찮아. 저 친구는 너랑 잘 맞는 친구일 거야.”

“그나저나. 내일부터 바로 수업 시작하는 거야?”

“그렇다 볼 수 있지.”

“다짜고짜 끌려와서 나는 어떤 수업이 있고, 어떻게 진행되는지 하나도 몰라.”

“음. 일단 1학년은 수업을 들을 게 다 정해져 있어. 시간표를 공유해 줄게. 몽로 꺼내봐.”

“몽로…? 그게 뭔데?”

“아. 맞다. 자꾸 까먹네. 몽로는 연락 수단이야. 이거 봐봐.”

호맹은 말과 동시에 자신의 소매에서 각져있는 회중시계를 꺼내 들었다. 남색과 연노색의 테두리에 줄이 달려 있고 별빛 같은 보석 장식이 곳곳에 박혀 있다. 호맹은 몽로를 열더니 우진의 손을 올려두게 하였다.

“연 모으는 법 알아?”

“아직 모르는데.”

"너는 빛을 낼 수 있으니깐 이곳을 온 거야. 어려울 것 없어. 내 안의 빛을 방출하고 자연에 흩어져 있는 연기를 너에게 끌어온다고 생각하고 조그만 구체를 만들어봐."

"알았어."

우진은 크게 심호흡하고 눈을 감았다. 가만히 서서 지나가는 바람이라도 느껴보려 했지만 우진에게는 다가오는 것이 없었다. 우진은 평생 연을 만들어본 적은 없지만, 인간계에서 '갓'을 만졌을 당시에 단 한 번 체험했었다. 그때의 감각을 되짚어가며, 천천히 빛을 내려 노력한다. 우진의 노력에 반응하듯, 조금씩 빛이 흘러나온다. 흘러나온 빛은 하나의 중심으로 모여 구체가 되었으며 그곳에 바람에 따라 흩날려오는 연기가 뒤섞여 하나의 귤빛의 구체가 되었다. 자신의 손 위에 무언가의 존재감을 느끼고 있자니 우진은 조심히 눈을 떴다.

"됐어…! 됐다고!"

"맞아. 그게 연을 모으는 느낌이야. 너는 할 수 있는 사람이니, 이곳에 온 거야. 그러니 연을 모으는 건 꾸준히 노력하면 돼."

"고마워."

"이제 그 연을 여기 몽로에 불어넣어봐."

"불어넣으면 어떻게 되는데?"

질문하면서 우진은 몽로에 자신의 연을 불어넣었다. 연을 불어넣음과 동시에 눈앞에는 믿기지 않는 광경이 펼쳐졌다. 공중에 인간계의 홀로그램이 펼쳐지듯이 이상하면 화면이 펼쳐졌다. 호맹을 처음 만났던 호수의 모습이 비치며 그곳에 여러 구름이 호수 바로 위에 모여 있다. 마치 보고 있자니 컴퓨터 화면을 연상시킨다.

"이게 뭐야? 완전 컴퓨터 같은데."

“인간계에선 컴퓨터가 있다면, 연술계에는 몽로가 있지.”

“연술계에서도 인간계의 물건에 대해 알고 있어?”

“연술사들도 지구라는 같은 뿌리에서 탄생했어. 분리되어 있지만 우리도 인간계의 음악도 즐겨 듣는다고. 이걸 통해서 연락도 하고, 사람들끼리 소통도 할 수 있지. 영상이나 사진도 볼 수 있다고.”

“연술계 스마트폰이구나. 나도 갖고 싶어. 어떻게 사야 하지?”

“음. 약속 하나만 지켜준다면 내가 먼저 사줄게. 그리고 나중에 갚아.”

“그렇게까지 해줄 필요는 없는데…. 내가 모아서 사도 돼.”

“어차피 학교 생활하면 필수일 거야.”

“알았어. 어떤 약속이길래?”

“연술 수련에 정진해줘. 연을 열심히 모아서 나한테 나중에 갚아 줘.”

맹은 눈을 감고 집중하더니 두 손을 손바닥을 보인 채 공중에 들어 올렸다. 두 손 위로 빛이 나더니 하나의 구체가 만들어져 점점 형상을 갖춰 나간다. 구체는 맹의 손으로 떨어져 손 위에 놓였다. 호맹은 빛의 껍질을 벗겨내 그 물건을 우진에게 건네주었다.

“정말 고마워…. 진짜 이쁘다. 이게 몽로라는 거야?”

“맞아. 한번 들어서 직접 구경해봐. 최신형에 이쁜 디자인으로 골랐어.”

우진은 이리저리 뒤집어가며 회중시계를 구경하였다. 마치 낡고 오래된 유물처럼 생겨, 은은한 연노란색의 빛을 머금은 테두리가 시계의 외곽을 각진 모양으로 감싸고 있었다. 전면과 후면은 짙은 남색 위에 기묘한 문양이 그려져 있어 보는 이에게 고풍스러움을 자아내었다. 호맹의 것과 비슷해 보였지만 우진의 것은 뒷면에 하얀 십자별 보석이 크게 박혀 있었다.

“초기 설정은 네가 알아서 기숙사 가서 해보고, 지금은 슬슬 날이 저무니깐 시간표부터 보내줄게. 확인해 봐봐.”

“알았어.”

우진은 자신의 몽로에 연을 불어 넣어 화면이 뜸을 확인하고 호맹이 시간표를 보내주기를 기다렸다.

띠링—.

[담당교수]

연술의 기초, 기초 비행 연술 : 하린

기초 신체 연술 : 성우

기초 치유 연술 : 미요

기초 정신 연술, 점성 연술 : 구연

	월	화	수	목	금
1교시	연술의 기초	연술의 기초	연술의 기초	연술의 기초	연술의 기초
2교시	기초 신체 연술	기초 정신 연술	기초 신체 연술	기초 정신 연술	기초 신체 연술
점심 시간					
3교시	기초 치유 연술	기초 치유 연술	기초 치유 연술	기초 치유 연술	기초 치유 연술
4교시	기초 비행 연술	점성 연술	기초 비행 연술	점성 연술	기초 비행 연술

“이게 시간표구나. 생각보다 과목이 별로 없네?”

“1학년은 들어야 하는 수업이 그렇게 많지 않아.”

“재밌겠다. 보내줘서 고마워.”

“걱정 마. 어렵더라도 옆에서 도와줄게. 오늘은 여기서 헤어지자. 내일 수업 늦지 않게 오고.”

“알았어. 오늘 하루 종일 정신 없었는데 정말 고마웠어.”

해가 뉘엿뉘엿 저물어간다. 연술계의 일원이 되었다는 사실에 벅찬 우진은 기숙사로 터벅터벅 향했다. 기숙사에 돌아와 자신의 짐을 풀고는, 다음 날 있을 첫 수업을 고대하며 잠을 설쳤다.

4장
목마른 나무에 물을 주듯

'하늘바람지기'를 통해 미래를 읽어내는 것은 '연의 흐름을 읽어낸다.'라는 단순한 개념일 뿐이다. 하지만, 시간에 담겨 있는 연을 읽어낸다는 것은 단순하지 아니하다. 계속해서 흐름을 인지하고, 시간을 바라본다면 시간선에서 튕겨 나올 것이다. 그렇기에, 우린 단순한 한 장면만 떠올려내는 것이 최선이다. 그 이상을 바라보려는 자, 멈추어라. 죽는 것 이상의 비참함을 당하고 싶지 않다면.

- 시간과 점성술의 대가, 발랑의 수기
『턴지딩』중 일부 발췌

“야! 박수림! 일어나.”

“으… 뭐야…. 벌써 아침이야?”

“늦었어. 얼른 준비하고 수업 가야 해.”

“알았어…. 조금만 더 자고 일어날게….”

“안 된다고! 일어나라고!”

제법 거칠게 수림의 이불을 젖히며 우진은 그를 세차게 흔들어 깨웠다. 우진은 나갈 준비를 마저 마치며, 자신의 짐을 챙겼다.

“우리 교과서 필요하려나?”

“교과서는 필요 없어…. 하암… 어차피 필요한 자료가 있을진 모르겠지만, 정 있으면 몽로에 올려주실 거야.”

“알았으니깐! 얼른 일어나!”

우진은 수림이 꽉 안고 있는 이불을 낚아채었다. 수림은 그 여파로, 바닥으로 굴러떨어졌다.

“아악! 아프잖아!”

“그니깐 얼른 일어나라고! 우리 늦었다고!”

“일어났다! 뭐해! 안 나오고!”

"하…."

수림은 어느새 옷을 갈아입고 기숙사 밖에 서 있었다. 우진은 제멋대로에 구제불능인 수림 때문에 벌써 힘에 부치는지 이마를 짚었다.

그들은 기숙사에서 나와 빛의 계단을 타고 1학년 구역으로 내려갔다. 수업하는 곳이 어디 있는지 몰랐지만 자연스레 웅성거리는 소리가 들리는 곳으로 걸어갔다. 우진은 사람들이 모여 있는 곳에 다가가 누군가를 붙잡고 질문을 건넸다.

"안녕하세요. 혹시 여기가 연술의 기초 수업 장소 맞나요?"

"어. 맞는데? 넌 이름이 뭐야?"

"전 연우진이라고 해요. 혹시 그쪽은?"

"난 어남준이라고 해. 동갑인 거 같은데 말 편하게 해."

"안녕! 내 이름은 박수림! 나도 인사해 줘."

"어… 안녕…. 생각보다 밝구나."

"말 편하게 하랬으니 편하게 할게. 오늘은 뭐 하는지 알아?"

"아마도 크게 뭐 하진 않을 거 같은데."

"그렇구나. 고마워. 앞으로 잘 지내보자."

"그래."

"그래야지!"

"저기 교수님 오시는 것 같은데."

"어디에 계시는데?"

모두 날아오는 교수를 지켜보는 가운데, 우진은 유일하게 교수를 발견하지 못했다. 교수는 자신의 몸을 넓게 펼친 채 허공에서 유유히 활공하고 있었다.

"교수님이… 날다람쥐야…?"

"어제 네가 먼저 입으로 교수들이 동물이냐고 물어봤잖아."

"그건 맞지만… 막상 내 눈으로 보니 신기한걸."

날아온 하린은 중앙에 놓여 있는 나무 그루터기에 착지했다.

"여러분. 안녕하세요. 모두 입학식은 잘 치르셨나요? 어디 보자… 눈앞에 학생 소감을 한번 얘기해주겠어요?"

"저는 정말 벅차오르고 재밌었어요."

"연술을 써본다는 건 참으로 벅차오르는 일이죠. 하지만 그런 연술도 독이 될 수 있는 법이랍니다. 이곳 연술의 기초 수업에서는 여러분이 연에 대한 기본적인 지식을 알아갔으면 해요. 모두 이곳 그루터기 중심으로 모여서 둥글게 감싸주세요."

학생들은 교수의 말을 듣고 중심으로 모였다. 하린은 나팔을 꺼내 들었다. 그녀의 몸집에 맞는 작은 나팔을 꺼내 들고 공중에서 휘두르니, 빛이 모여들기 시작했다. 빛이 주위에 놓여 있는 물체를 전부 감싸고 나니 연기가 그곳에 섞여 들어갔다. 이윽고 주위는 꽃밭으로 탈바꿈했다.

"와…! 이래서 교실이 필요 없다는 거구나."

"우리는 마음대로 못 바꾸나?"

"아마 교수들 고유 권한일걸."

동산으로 변한 수업 장소에서 하린은 다시 나팔을 휘둘러 학생들에게 그루터기 의자를 하나씩 만들어주었다. 이어서 공중에 화면이 나타났다.

"일단 자리에 앉아서 이야기를 시작할까요?"

모두들 자신의 자리를 찾아서 하나둘 앉기 시작했다.

"우진아. 우리 맨 앞에 가서 앉자."

"좀 부담스러운데…."

“괜찮아! 얼른 와!”

수림은 또 제멋대로 우진의 팔목을 이끌고는 맨 앞에 가서 자리를 앉아 버렸다.

“나는 중간에 앉고 싶다고!”

일순간 우진의 큰 소리에 모두가 그를 쳐다봤다. 하린 또한 그를 가만히 응시했다.

“무슨 일 있나요?”

“아무 일 아니에요….”

“마침 잘됐네요. 앞에 나올 친구가 필요했는데. 앞으로 나와볼래요?”

“진짜 너 때문에…. 하….”

“킥킥. 괜찮아. 얼른 나갔다 와.”

우진은 얼굴이 빨갛게 상기된 채 앞으로 걸어 나갔다. 하린은 그런 우진을 세워둔 채 이야기를 이어 나갔다.

“자. 연이 빛과 연기가 모인 것이라는 건 다들 알고 있어요. 그런 빛은 광원이라는 심장으로부터 나오죠. 연기는 어디서부터 나오죠?”

하린의 질문에 일제히 모두가 손을 들었고, 하린은 그중 한 명을 골랐다.

“연기는 자연으로부터 나와요. 빛을 내면 그 주위로 모여든 연기를 뭉쳐 연으로 만들어내는 거죠.”

“고마워요. 그런 연으로 온새미로를 통해 연술로 사용하는 것이죠.”

우진은 자신을 쳐다보며 킥킥거리는 웃음소리를 들으며 붉어지는 얼굴을 감출 수 없었다.

“본격적인 수업에 들어가기 전에 우리는 한 가지 해야 할 것이 있어요. 연이라는 건 말이죠. 참으로 매혹적이고 아름다운 것이지만, 실로 위험하기도 하답니다. 빛과 연기의 균형을 맞추어야 연이 완성되는 것인데, 조절하지 못하고 연을 크게 만들어내겠다고 더욱 많은 연기를 끌어온다면 빛은 계속 빨려 나가 결국 탈진하고 말아요. 생명이 위험해지죠. 그런 불상사를 막기 위해서 오늘은 모두에게 탈진을 막아주는 보호 연술을 걸 겁니다. 일정 한계 이상으로는 연을 모으지 못하게 하는 것이죠. 4학년까지 계속 걸려 있을 테지만, 학년이 올라가면서 그 한계가 점점 늘어날 테니 걱정하지 마세요. 먼저 이 친구에게 걸어보죠. 나팔을 꺼내볼래요?"

우진은 처음 순번이 자신이 된 것에 떨려 하며, 자신의 나팔을 꺼내 굳게 쥐었다. 하린은 자신의 나팔을 꺼내 날아다니며 이리저리 우진을 살펴보더니, 나팔을 가볍게 우진에게 휘둘렀다. 그 순간 우진의 팔목 부근으로 빛이 모이며, 하나의 팔찌 형태로 굳어갔다.

"이렇게 팔찌의 형태로 남아 계속해서 여러분을 탈진으로부터 지켜…."

말이 다 끝나기 전에 우진의 팔찌는 점차 금이 가기 시작했다. 금이 점점 심해지더니 이내 완전히 부서져 버렸다. 빛은 꺼져버리고 연기는 제 갈 길을 잃어버렸다.

"어라? 다시 한번만 해볼게요."

하린은 의아한 표정으로 나팔을 휘둘러 우진에게 보호 연술을 걸려 시도했다. 이번에는 빛이 모여들지도 못하고 바로 깨져 빛의 파편이 사방으로 튀었다.

"뭐지?"

"쟤는 연술도 못 쓰는 거 아니야?"

갑작스러운 광경에 우진은 당황하고 모두는 그를 바라보며 웅성거리기 시작했다.

"여러분, 잠시만요. 이럴 리가 없는데."

하린은 화면 뒤쪽으로 돌아가 잠시 모습을 감추었다. 소란이 끊기지 않을 무렵 다시 화면 뒤에서 나와 말을 이어 나갔다.

"우진 학생 맞나요?"

"네."

"학생은 지금 바로 학장님에게 찾아가 보세요."

"네? 무슨 일 있는 건가요?"

"그건 아니고 학생에게 도움 될 만한 분을 찾아가라는 것뿐이에요. 걱정 마세요."

"그런가요…. 지금 바로 가면 될까요?"

"네. 바로 찾아가면 돼요."

우진은 영문도 모른 채 수업 구역을 걸어 나왔다. 소란이 끊기지 않은 채 우진은 걸어가면서 학생들의 웅성거리는 소리를 들을 수 있었다.

우진은 다시금 빛의 계단을 타고 올라 중앙 탑으로 향하였다. 중앙 탑으로 향하는 길은 기억하고 있다. 탑에 도착하자마자 비눗방울의 얇은 기름막처럼 투명하게 빛나는 계단이 형성된다. 계단을 밟으며 천천히 올라선다.

"떨어지진 않겠지…."

[안 떨어지니깐 얼른 올라오렴.]

"으어… 으아…… 으아아아아악!"

갑작스레 머리에 들려온 음성에 놀라 우진은 발을 헛디뎠다. 바닥으로 추락하면서 우진은 본능적으로 소리를 질렀다.

"으아아아아악! 구해주세요!"

소리 지름과 동시에 우진이 떨어지는 곳 밑에 연기가 천천히 기어 오며 모이기 시작했다. 연기가 모이더니 밟으면 부서질 것 같지만 폭신해 보이는 구름이 형성되었다. 구름은 가까스로 우진을 받아내었다. 우진은 처음 느껴보는 구름의 촉감이었지만 생각보다 푹신하지 않아 실망했다.

[여러모로 귀찮게 하는구나.]

"누가 먼저 놀라게 했는데요…!"

[다시 올려줄 테니, 계단을 천천히 밟고 올라오거라.]

"네…."

구름은 천천히 우진을 들어 올려 계단에 안착시켰다. 계단에 발을 다시 디딘 우진은 천천히 심호흡하며 오르기 시작하였다. 빛의 계단을 지나 빛나는 문에 도달했다. 우진은 빛이 쏟아지는 곳으로 들어갔다.

"왔니?"

지원은 통창 너머로 보이는 연하광채의 전경을 감상하다가 의자를 뒤로 돌려서 우진을 맞이했다.

"여기까지 부르신 이유가 있나요? 제게 보호 연술이 걸리지 않아서요?"

"알고 찾아왔구나. 이유가 무엇이라고 생각하니?"

"사실 제가 연술을 쓰지 못하는 거 아닐까요…."

"왜 그렇게 생각했니?"

"죄송해요. 갑작스럽게 제게 많은 일들이 일어났어요. 당장 제겐 너무 낯선 것들뿐이에요. 근데 벌써부터 실패했어요. 수업 중에 보호 연술을 걸어주시는데 걸리지가 않았거든요. 잘 이겨나갈 수 있을까요…."

우진은 그대로 자리에 주저앉아서 말을 이어 나갔다. 말을 하면서도 눈을 질끈 감고는 눈물을 참는다. 지원은 그런 우진을 안쓰럽게만 보았다. 하지만, 그에게 당장 필요한 말은 감정적 지지가 현실적 조언이었다. 그녀는 그런 사실을 이해하고 있었다.

"일어나. 네 심신은 오묘에 휩싸여서 단지 약해졌을 뿐이야. 천천히 회복하는 중이라고. 네가 연의 재능이 없었다면 이 학교에 올 수 없었어."

우진은 주저앉은 채 가만히 고개 먼저 들어올렸다.

"일어나라니까. 이제라도 연술계에 와서 배울 게 산더미인데 벌써 포기를 한다고? 이럴 거면 인간계에서 평생 살지 그랬니?"

"그런 게 아니란 걸 알잖아요. 단지, 아직은 적응하는 기간일 뿐이에요…."

"그럼 마음 굳세게 먹어. 여긴 네가 알던 곳과는 달라. 연술계만의 지식과 우주의 원리, 법칙, 규율 등 여러 가지가 차원이 다르다고."

"그게 가능할까요…."

"일어나봐. 네 연을 얼마나 모을 수 있는지 온새미로를 확인해 보자. 일어나서 나팔을 들고 너를 중심으로 연을 모아봐."

"저번부터 교수님도 그렇고, 춘향 님도 그렇고, 온새미로라는 걸 자꾸 말하시던데, 그게 뭐죠?"

"연술을 쓰려면 세 가지가 있어야 한단다. 연, 나팔, 그리고 '온새미로'. 온새미로란 건 사람의 심상 공간을 의미한단다. 그곳에 연술을 저장해놓고, 쓸 때마다 나팔을 통해 감응하며 연술을 쓰는 거야. 각자마다 모습도 다르고, 크기도 다르고, 저장하는 방식도 다르지. 나의 경우는 잘 알려지지 않았지만, 너에게만 특별히 말해주자면 '어스름의 집'이 나의 온새미로이고, 그곳에 방의 형태로 연술이 쌓여 있단다. 너의 온새미로도 확인해 보려 하니, 연을 한번 모아보렴."

"한번 해볼게요."

우진은 심호흡을 하고는 눈을 감았다. 자신의 나팔을 쥔 오른손을 높이 들어 올렸다. 우진은 눈을 감고는 아무것도 느낄 수 없었다. 잠시 후, 바람이 살결에 닿는 느낌이 들었다. 그는 이것이 연기임을 직감하고는 그대로 빛의 인력을 활용해 끌어들였다.

"잠깐만! 우진 군! 멈춰!"

　다급하게 지원은 멈추라 외쳤지만, 우진은 멈출 수 없었다. 처음 끌어 당겨보는 연기는 계속해서 모여들었다. 모여든 연기는 우진의 빛을 허겁지겁 빨아들였다. 마치 굶주린 맹수가 음식 앞에 침 흘리는 것처럼.

　"이대로 가면 전부 빨아들일 거야!"

　"멈출 수가 없어요!"

　지원은 급하게 나팔을 꺼내 들어 연기를 자신 쪽으로 유도하며, 방 안에 모아진 연을 흩뜨렸다. 우진의 거셌던 빛은 다시 줄어들었으며, 천천히 감았던 눈을 떴다.

　"미안해. 이렇게까지 거셀지 몰랐는데. 연 모으는 감각에 대해 먼저 설명해 주어야 했는데."

　"맹이가 조금은 알려줬어요."

　"다시 해보자. 요번에는 빛을 낸다고만 생각하고 나팔을 통해 빛만 뿜어보렴."

　우진은 다시 나팔을 들어 올려 빛을 내기 시작했다. 그의 몸으로부터 황금빛이 흘러나온 모습을 본 지원은 다시 연기를 덜어내어 적당량을 우진에게로 이끌었다. 우진이 자연스레 만들게 된 연은 벽에 그의 심상 세계를 비추어냈다. 우진이 그려낸 자신의 공간은 바로 '우주'였다. 태양만이 존재하며 아직은 빛만이 전부인 곳.

　"이런 크기의 광원이 존재했다니…. 한 번도 본적이 없어."

　"무슨 일 있나요…?"

　"너에게 건 보호 연술이 깨진 건 네가 재능이 없어서가 아니야."

　"다른 이유가 있었던 걸까요."

　"너의 광원은 생각보다 거대해. 우주의 모습을 담고 있는 자는 처음 봤어…. 나도 자칫하면 휘말릴 뻔했다니까. 너에게 모여드는 연기가 많은 것은 당연한 일이야. 어떻게 그만한 빛을 보고 쫓아오지 않겠어. 그런 빛을 내지도 못하고 죽이고 살았으니, 네가 우울해지는 건 당연지사였어."

"그렇다면….."

"네가 모을 수 있는 연의 양을 가늠할 수 있겠어. 내가 직접 보호 연술을 걸어줄게."

지원은 나팔을 휘두르며 우진에게 연을 감았다. 귤빛의 연은 우진의 왼쪽 감겨들어 하나의 팔찌가 되었다. 눈을 감고 깨지지 않길 간절히 바라던 우진의 바람이 닿았는지, 보호 연술은 성공했다.

"드디어 됐네요….."

"그래. 다른 학생들에 비해서 한계치를 높게 잡았어."

"감사해요. 학장님."

"다만… 네가 이 정도로 거대한 빛을 담고 있음에도 인간계에서 살고 있던 건 이해가 가질 않는구나. 조사를 조금만 해볼 터이니, 다른 친구들에겐 비밀로 남겨주렴."

"그런가요…. 일단은 여러모로 감사해요. 이것도요. 저것도요. 전부 다요."

"고마워해 줘서 고맙구나. 얼른 다음 수업 가 봐야지. 성우 교수의 신체 강화 수업일 텐데."

"다시 한번 감사해요. 저는 이제 내려가 볼게요."

우진은 고개를 숙여 진심을 표현하고는 문을 열고 나갔다. 지원은 문을 멍하니 바라보며, 잠시 고민에 잠겼다.

"우주는 본 적이 없어…. '지'나 가질 법한 온새미로의 크기였는데…."

우진이 지원에게 다녀온 사이 어느새 연술의 기초 수업은 끝났다. 웅성거리며 모여 있는 학생들 사이를 비집으며 수림을 찾아갔다. 다른 학생과

이야기 중이던 수림은 우진을 발견하고는 반갑게 손을 흔들었다. 손을 흔드는 수림을 보며 한숨을 쉬며 다가가는 우진이었다.

"너 진짜…."

"우진아! 괜찮아? 보호 연술은 왜 깨진 거래! 학장님은 보고 왔어?"

"너 때문에 괜히 처음으로 걸렸잖아. 주목받기 싫었는데…."

"하지만 그 덕분에 네게 무슨 일이 생길지 미리 알았지! 보호 연술은 잘 걸렸냐니깐?"

"잘 걸고 왔으니깐 신경 쓰지 마."

"걱정해 줬는데도… 너무하네…."

수림의 어깨는 축 처지며, 고개를 떨구었다.

"아, 왜. 또 삐지는 건데. 걱정해 준 건 고마워."

고개를 팍하고 쳐올리더니 오른손으로 브이를 지어 보이며 실실 웃어대는 수림이었다.

"히히. 알았어."

"뭐야. 삐진 것도 아니었잖아."

"난 함부로 삐지지 않는다고. 우진 군. "

"됐다. 슬슬 지친다. 다음 수업이나 넘어가자."

"아, 맞다. 그리고 오늘 비행 수업은 넘어간대."

"그래? 아쉽네. 다음 수업은 신체 수업이었지?"

"맞아. 운동이나 잔뜩 할 거 같은데."

"모처럼의 연술을 쓰는 학교인데 연술을 쓰는 신체 관련 수업이겠지."

학생들은 잠시 쉬는 시간을 가지고 다음으로 온 교수를 맞이했다. 그의 본래 모습은 양이지만, 왜인지 인간형의 모습을 하고 왔다. 만화에서나 볼 것 같은 아프로 머리에, 탱크톱 민소매를 입고 터져 나올 것 같은 근육을 자랑하는 그의 이름은 성우였다.

"나는 긴말 안 하겠다. 모두 뛰어!"

"뭐라는 거야…. 지금 뛰라고…?"

"이런 이런. 내가 실수했군. 잠깐만 모두 기다려."

성우는 자신의 나팔을 꺼내, 수업 구역을 새로운 장소로 변화시켰다. 그들의 눈 앞에 펼쳐진 광경은 넓게 펼쳐진 축구장에 길게 깔린 육상레인이었다. 그리고 중앙에는 큰 스피커가 놓여 있었다. 잠시 뒤, 중앙에서는 학교 전체를 울리는 듯한 거대한 테크노 음악이 터져 나왔다. 터져 나오는 소리에 모두 화들짝 놀라고는 상황 파악을 못 하고 있었다. 성우는 재빠르게 자신의 나팔을 확성기로 바꾸어낸 뒤, 스피커의 음악이 묻힐 정도로 크게 소리를 질렀다.

"내 말이 안 들려! 뛰라고!"

모두 화들짝 놀라 성우의 말에 따랐다. 우진과 수림 또한 영문도 모른 채 뛰기 시작했다.

"이게 뭐야!"

"나 못 뛰는데!"

"강력한 빛은 강력한 육체에서 나온다! 소개할 시간 따위는 없어! 모두 연의 흐름을 느껴라!"

그들은 계속해서 달렸다. 수림과 우진은 다른 학생들에 비교적 쳐지기 시작했다.

"자네들은 뭐지? 왜 달리고 있지 않은 거야!"

"헥헥… 달리고 있어요…."

"숨찰 시간도 없어! 더 빠르게 달려!"

쪼아대는 성우를 뒤로 우진은 최대한 자신의 젖 먹던 힘을 짜내 앞으로
달려 나간다.

“우진아, 나도 잘 모르긴 하는데 내가 하는 거 잘 봐봐.”

수림은 우진의 속도를 맞춰주며, 옆에서 나란히 뛰고 있었다. 수림은 자
신의 다리를 가리키더니 다리 주위로 평소에 알고 있던 색과는 다른 연이
모여든다. 불그스름한 빛이 나더니 다리 주위로 얇게 흩어지며 에워쌌다.

“이건… 저번에 우릴 때리려던 애가 주먹에 모으던 연이랑 비슷한데…?”

“잘 알고 있네. 걔가 한 건 육체 강화야. 대부분 숨 안 차고 달리고 있잖
아? 연을 모을 수 있게 되었으면, 몸 안에 흘려보낸단 이미지로 흘려보내
봐. 적은 양이여도 돼. 일단 해봐.”

“흘려보내 보라고?”

“이해가 안 가면 몸 안에 돌고 있는 피를 따라 연도 같이 순환한다는 느
낌을 상상해 봐.”

“알았어….”

우진은 자신의 심장에서부터 퍼져나가 피가 흐르는 혈관을 상상하며, 연
을 모으려고 노력했다. 우진에게서 빛이 흘러나온다. 보이지 않는 연기가
그를 휘감아 어느새 귤색의 빛이 완성되었다.

“헉헉… 빨개지지는 않는데…?”

“미안! 한 가지 말을 안 했네. 간절함이 있어야지. 너의 신체를 강화하고
싶다고 간절하게 생각해 봐.”

“간절은 무슨! 힘들어 죽겠는데.”

우진은 속는 셈 치고 눈을 감은 채 호흡을 고르게 하고, 다리를 강화하고
싶다고 빌었다. 잠시 뒤, 연은 그의 소원에 순응하듯, 조금씩 붉어지기 시작
했다. 우진은 붉어진 연을 보고 처음으로 연술계에 온 뒤로 미소를 지었다.

"야! 됐어! 됐다고!"

"되기만 하면 뭐해! 얼른 다리에 흘려보내!"

"헥… 헥…! 흘려보내는 건 어떡하는데!"

수림이 자신의 방법을 전수하려고 하던 찰나, 노래가 멈추고 성우의 목소리가 크게 울려 퍼졌다.

"자! 인제 그만! 모두 땀 좀 났나?"

"다짜고짜 뛰는 게 어딨어요!"

"교수님! 첫날에는 수업 소개하지 않나요!"

"다들 원성이 많을 줄 알았다. 하지만 난 이미 수업 소개를 했어. 조금 전 달리기가 앞으로 너희들이 하게 될 전부다. 단련된 육체에 강한 빛이 깃드는 법이야. 우리는 연의 흐름을 느끼고 신체를 강화하고 무기를 만들 수 있는 적색 2연 위주로 배울 것이다. 질문 있는 사람?"

숨을 고르느라 질문할 여력이 남아있지 않던 탓인지 질문은 아무도 나오지 않았다.

"질문은 없는 거로! 마지막으로, 중간고사와 기말고사를 위한 돌덩이를 나누어 주겠다. 중간고사는 여기 있는 바위를 들어 올리는 것이야!"

어느새 성우는 나팔을 쥐지 않은 반대 손으로 집채만 한 바위를 들어 올리고 있었다. 그 모습을 지켜보고 있던 다른 학생들은 경악을 감추지 않았다.

"저게 사람이야… 괴물이야…."

"양이잖아. 신체 강화로 우리가 저 정도까지 가능하다고? 말도 안 돼."

"다만 이 바위는 부피가 크니 실제 무게를 구현해 놓은 돌덩이를 나누어 주겠다. 여기 쌓여 있는 보자기는 무게를 덜어내 준다. 연습하지 않을 때는 편하게 보자기에 싸서 다니도록! 오늘 수업은 여기까지다. 고생했다! 다들 힘찬 박수로 수업을 끝내겠다.”

모두가 손뼉을 쳤지만, 열정적으로 치는 이는 한 명도 없었다.

“앞으로 이런 짓을 계속해야 한다고?” 우진은 숨을 헐떡이며 다리를 후들거렸다.

“제대로 연을 써보기도 전에 끝나서 아쉽네. 네가 좀 더 신체 강화를 즐겨야 했는데.”

“수업마다 쓸 일 많겠지. 난 이제 지쳐서 못 움직여.”

축구장 크기의 운동장이 놓여 있던 수업 구역은 어느새 본래의 초원으로 돌아왔다. 우진은 그 모습을 바라보며, 순식간에 지나가 버린 수업들에서 배운 점들을 떠올리려 노력했다. 우진이 머리를 싸매고 열심히 생각하는 동안, 허기가 졌는지 배에서는 알 수 없는 소리가 들려왔다.

“우진아, 많이 배고파?”

“조용히 해. 어쩔 수 없으니까.”

“밥이나 먹으러 가자. 점심시간이야.”

“그렇네. 빨리 먹으러 가자. 죽겠어.”

각자가 원하는 음식을 시키고 나오기까지 기다리는 중이었다. 수림은 떡라면을 시키고, 우진은 김치볶음밥을 시켰다.

“어떻게 인간계의 음식과 똑같지?”

“연술계도 지구라는 똑같은 뿌리에서 갈라져 나왔어. 인간계와 연술계는 또 알고 보면 닮은 점이 많아.”

“그렇구나…. 맹이도 똑같은 말을 하던데. 그나저나, 오늘 제대로 된 연술 하나쯤은 써보고 싶었는데, 이래저래 정신없이 흘러갔네.”

“아직은 뭔가를 해보기엔 이르지. 그러니깐 우리 동아리 들어가자.”

“동아리? 설마 비무 동아리 말하는 거야?”

“맞아! 제발 같이 들어가자. 응? 응?”

“거긴 정확히 뭐 하는 곳이길래 다들 얘기하지?”

“다들이라 해봤자, 너 친구 나랑 호맹밖에 없잖아. 설마… 호맹도 들어간
대?”

“들어간다곤 안 했고. 잘 알고 있는 것 같아서.”

“거기 들어가면 너도 많은 연술을 배울 수 있을 거야.”

“그래? 좀 끌리긴 하는데….”

“오케이. 가입하기다?”

“나 아직 한다고 안 했는데.”

“4교시 끝나면 바로 달려가는 거야!”

둘의 대화가 마무리 지어지고 나니, 바로 음식이 나왔다. 모락모락 김이
피어오르는 김치볶음밥과 짠 내로 코를 자극하는 라면의 냄새는 허기진 그
들에 의해 순식간에 사라졌다.

계단을 타고 1학년 수업 구역으로 내려가던 도중, 우진과 수림은 멀리서
부터 본 적 없는 건축물을 발견한다. 초원은 다시 돔의 형태로 변신하였다.
족히 수백 명이 들어갈 만한 크기의 큰 돔이 생겨났고, 그곳에 리클라이너
의자까지 준비되어 있었다. 우진은 돔에 입장해 자신의 힘든 몸을 겨우 가
누며, 시트에 쓰러지듯이 누웠다. 누워서 천장을 바라보고 있자니 돔의 천
장에서 별들이 흐르기 시작한다. 모두 감탄하며 천장을 바라보던 도중, 앞
쪽 좌석에서 어떤 소리가 들려왔다.

“이곳은 플라네타륨을 모방한 돔이야! 그리고 모두가 편하게 수업을 들
었으면 해서 리클라이너로 준비했는데 다들 졸면 안 돼!”

발랄하고도 상쾌하게 인사를 나누어주는 이가 앞에서 껑충하고 튀어나와 자신의 소개를 하기 시작한다.

"안녕! 내 이름은 미요. 이번 1학기 동안은 치유 연술인 시그머루에 대해 파고들 거야. 그리고 우리가 시그머루에 관해 공부하기 전에 기본적으로 신체에 대한 지식이 있어야 해. 중간고사는 전부 이론 시험으로 볼 테니까 다들 공부 열심히 하라고? 첫날부터 시간을 낭비할 수 없으니깐 바로 수업 시작할게. 몽로로 자료를 보낼 테니까 필기할 거면 알아서 해!"

"저 교수님은 배려가 많은 듯 부족하시네. 첫날부터 수업이라니."

"제발 잠들지만 않았으면 좋겠는데."

미요는 가차 없이 광원을 설명하면서 심장에서부터 빛이 흘러나와 어떻게 어느 기관으로 이동하는지에 대해 설명했다. 한 단어, 한 문장을 읊을 때마다 전 수업의 피로 때문인지 한 명씩 쓰러진다. 우진과 수림도 예외는 아니었다. 수업이 다 끝나갈 즈음에는 일어나 있는 이는 단 두 명밖에 없었다.

"이런! 다들 잠들어버렸네. 이러면 여러분을 깨우려고 과격하게 할 수밖에 없어요!"

미요는 나팔을 휘둘러 돔 내부에 먹구름을 불러일으켰다. 모인 먹구름은 이곳저곳을 쏘다니며 비를 뿌리기 시작한다.

"으악! 이게 뭐야!"

"웬 비야! 갑자기!"

"그러니깐 제가 졸지 말라 그랬죠?"

먹구름은 비만 몰고 다니지 않았다.

우르르… 쾅쾅!

곧이어, 눈이 부실 정도의 빛이 번쩍였다. 그리고 이어지는 천둥소리에 모두가 화들짝 놀라 좌석에서 굴러떨어지거나 팔걸이에 머리를 부딪혔다.

"깜짝이야! 갑자기 번개를 쏘는 게 어딨어요!"

"흠흠. 그러게, 누가 수업 시간에 잠들라고 했나요? 배려해 줬으면 수업을 듣는 배려 정도는 학생들이 해주어야 하지 않을까요?"

"아…."

다들 미요의 괴팍한 성격에 충격을 받은 듯 그 자리에서 일어나지 못하고 있었다.

"여러분, 오늘 수업은 여기서 마칠게요! 다들 고생했어요! 다음 시간부터는 본격적으로 이론에 들어갈게요."

"어떡하냐…. 이건 다른 의미로 버티기 힘들겠는데."

"난 모르겠다…. 그냥 벼락 맞고 잘게."

돔은 다시 조각조각 해체되어 사라지기 시작했고, 본래의 초원으로 돌아왔다.

"4교시까지 우여곡절로 지났네."

"하… 힘들었어…. 얼른 가자."

"어딜?"

"동아리 가입하러 가기로 했잖아."

"아…. 그랬었지."

"바로 가자!"

또다시 우진의 팔목을 잡고는 신나서 멀리까지 달려버리는 수림이었다. 그들은 붉은 벽돌 건물이 줄지어져 있는 동아리 건물에 도착했다. 비무 동아리의 이름 '어항 속 물고기'가 적혀 있는 간판을 바라보며 고민 중이었다.

"진짜 들어가?"

"막상 들어가려니깐 조금 떨리는데."

"아. 니가 끌고 왔잖아."

“모르겠다! 그냥 들어갈게!”

수림은 눈을 질끈 감고는 문고리를 들려 안으로 입장했다. 안에서 펼쳐진 광경은 믿을 수 없었다. 눈앞에서 치열하게 싸우고 있는 두 명을 보았다. 그리고, 주위로 사람들이 모여 있었다. 자세히 보니 싸우는 두 명은 이들이 아는 사람들이었다.

“설마… 맹이랑… 지우…?”

“그 여자애랑 호맹이랑 붙고 있다고? 어디 어디! 나도 구경하자!”

그들이 싸우고 있는 곳은 높은 돌기둥들이 솟아 있어 발 디딜 곳이 극히 적은 지형이었다. 그들은 아무렇지 않게 높이 솟아 있는 기암괴석들을 밟고 다닌다. 여러 색의 빛이 튀겨가며 그들의 싸움을 더욱 화려하게 만들어 주었다. 마침 심리전의 차례가 다가온 것인지 그들은 각자의 자리에서 멈춰 섰다. 잠깐의 침묵 후에, 지우가 발밑에 빨간 연을 두르고는 높이 튀어 올라서 오른쪽 다리로 호맹을 가격했다. 호맹은 아무렇지 않다는 듯이 하얀색의 반투명한 비눗방울처럼 보이는 막을 전개해 그녀의 다리를 막아냈다. 우진은 그들의 싸움을 지켜보며 자신의 몸이 떨리는 것을 느꼈다. 이번에는 두려움이 아닌 호승심 때문이었다.

“저런 게 가능하다고? 말도 안 돼.” 우진은 그들의 능력을 보며 경악했다.

“호맹은 좀 더 특별한 존재지.”

지우는 자신의 자리로 돌아와 태세를 가다듬은 뒤, 다리가 아닌 주먹에 연을 모았다. 다시 뛰어올라 호맹에게로 달려드는 그녀의 주먹은 붉은빛으로 환하게 빛났다. 호맹은 질세라 자신의 나팔을 들어 빛을 거세게 내기 시작한다. 평소에 내던 빛과 다르게 그에게로 많은 양의 연이 모여든다. 모여든 연은 다시금, 점점 형태를 갖춰나가니 물로 탄생했다. 물은 하나의 구체로서 회전하며 점점 거대해졌고, 방대해진 물은 기암괴석의 바닥으로 쏟아졌다.

"야! 뭐하냐! 포기하려는 거야?"

"지켜봐 봐."

끝없이 깎아지른 암석 위에서 물을 쏟는 것은 밑 빠진 독에 물 붓기와 다름없었다. 하지만, 기암괴석의 지형은 물로 가득 메워졌다.

"어떻게 한 거야! 물로 가득 채우는 건 연 소모량이 클 텐데….."

"다 방법이 있지. 자, 간다!"

호맹은 지우를 등지며 뒤를 돌아, 나팔을 공중에 돌렸다. 다시 돌아 지우를 바라보며 맨손으로 물을 조종하기 시작한다. 솟구쳐 오르는 물기둥은 점점 커지더니, 두 손의 형태로 변하였다.

"잠깐만, 이건 반칙이지."

"모든 전력을 쏟아 넣은 발차기를 찬 너도 반칙 아닐까 싶은데!"

물의 손은 깍지를 낀 채 망치처럼 지우에게로 쏟아졌다. 어마어마한 크기의 질량은 지우를 압박했다. 지우는 저 멀리 밀려나 물속으로 빠졌다.

"이제 항복해."

"쳇. 오늘만 봐준다."

맹은 암석을 겨우 잡고 버티고 있는 지우를 물속에서 나온 손으로 들어 올렸다.

"이게 진짜 연술이구나." 우진은 감탄을 자아냈다.

"아니, 아니. 쟤네가 좀 더 대단한 거지. 우린 아직 신입생이라고."

"나도 저렇게 될 수 있으려나."

"안 될 게 뭐 있어!"

"그래. 노력해 봐야지."

지우는 주먹을 쥐고는 연을 통해 교복에 묻어 있는 물기를 증발시켰다.

그리고 비무 장소에서 내려오려던 찰나, 우진과 수림을 발견했다. 지우는 급기야 자신의 다리를 강화하고 곧장 그들에게로 뛰어들었다.

"잘됐다. 너희 또 만났네! 마침 져서 짜증 나던 참이었는데."

"우리 그때 안 때리기로…." 우진은 자신의 앞까지 날아온 지우에 놀라 말을 잇지 못했다.

"빨리 와. 안 아프게 때릴 테니까." 그 와중에 수림은 또다시 줄행랑칠 준비 중이었다.

"흠흠. 우린 다시 나가볼게."

"어디 가냐고! 이리 안 와?"

"이런. 동아리 가입하러 온 사람을 방해하면 안 되지. 지우 맞나? 안 그래, 지우야?"

멀리서부터 들려온 목소리에 그들은 목소리가 들려온 곳을 바라보았다. 그곳에는 처음 보는 이가 서 있었다. 그는 손가락을 튕겨, 지우와 맹이 싸웠던 지형을 단순한 흰 벽으로 다시 바꾸어냈다.

"안녕. 가입하러 온 거 맞지? 나는 '어항 속 물고기' 회장, 김재현이야."

"안녕하세요…." 우진은 부끄러운 듯 수줍게 인사했다.

"안녕하세요!" 수림은 당당하고 힘차게 인사했다.

지형이 본래의 모습으로 돌아오자, 호맹도 이곳으로 달려왔다.

"이곳이 어떤 동아리인진 알고 왔니?"

"여긴 비무 동아리잖아요! 연하광채에 입학하기 전부터 소문이 자자하죠. 무조건, 입학하면 비무 동아리에 들어가라고. 그곳에서 배울 수 있는 건 학교 수업에서 배울 수 있는 것과는 다른 것들이라고."

"잘 알고 있네. 우리 동아리 '어항 속 물고기'는 비무 동아리야. 초대 회장이 설립하고 나서 동아리방에 보호 연술을 걸어 두어서, 마음대로 연술을 난사할 수 있지. 지형도 마음대로 고를 수 있다고. 조금 전에 3구역에서 싸우고 있던 애들도 너네처럼 신입생인데, 한번 체험하게 해줬어. 구름 수호자의 싸움이라는데 어떤지 궁금하잖아? 여기 지우도 만만치 않던데. 이미 신입생의 범주는 벗어난 거 같더라고. 아무튼 가입할 거니?"

"저는 무조건 가입할게요!" 수림은 신난 듯이 외쳤다.

"저는… 보고만 가려 했는데…."

"그럼 너도 체험해 보자. 저기 2구역으로 와. 나랑 대련해 보자."

"제… 제… 제가 대련이요…?"

"못 할 이유라도 있어?"

"그건 아닌데… 제가 연술을 써본 적이 없어서요…."

"괜찮아. 네가 하고 싶은 거 다 펼쳐봐 봐. 난 막기만 할게."

"아… 이게… 참…."

"얼른 올라와!"

"맹아… 나 올라가도 되는 걸까?"

"킥킥. 괜찮아. 올라가서 연을 모은 다음에 날리기라도 해봐."

"날려보라고…? 그런 게 가능해?"

"일단 해봐!"

호맹은 우진의 등을 떠밀었다. 어느새 우진은 2구역 위에 올라오게 되었다.

"자. 지형은 따로 필요 없을 거 같고. 나는 막기만 할 테니깐 네가 할 수 있는 건 다 해봐."

"그럼… 일단… 연만 모아볼게요…."

우진은 동아리를 찾아온 것에 후회하며, 수림을 째려보았다. 수림은 우진의 마음 따윈 알지도 못한다는 듯이 방긋 웃으며 손을 흔들었다.

“야. 쟤는 뭐 하는 앤데, 연 모으는 것도 어려워해?”

“무려 연우진은 인간계에서부터… 온… 으악! 뭐야. 너 나한테 말 걸어도 돼?”

지우는 인상을 잔뜩 찌푸리며 대답하였다.

“용서해 줄 테니까, 묻는 말이나 대답해.”

“인간계에서 와서 연 모으는 게 좀 서툴러. 그래도 학장님이 직접 데려오셨으니깐 뭐가 있지 않을까?”

“학장님이 직접 데려오셨다고? 인간계에 애초에 연술사가 남아 있기나 했어?”

“나야 모르는데. 뭐가 있었겠지. 오. 슬슬 모으려나 본데.”

우진은 자신이 무엇을 할 수 있을지 걱정한다. 다른 세계에서 넘어와 할 수 있는 것이 없다는 열등감. 우진은 떨리는 마음을 최대한 가라앉힌 채 빛을 내는 데 집중했다. 잠시 후, 그의 몸에서부터 빛이 흘러나오기 시작한다. 심장으로부터 뻗어 나와 온몸 구석구석을 빛내는데, 집중한 우진은, 손끝에서부터 닿아오는 연기를 느껴본다. 만질 순 없지만, 부드럽게 손을 살랑살랑 반겨주는 연기를 끌어오며 하나의 귤빛 연으로 탄생시킨다. 우진이 당장 만들 수 있는 구체 형태로 만들어본다. 그리곤 다시 눈을 떠 연의 공을 손으로 잡아서 자세를 잡은 뒤 힘껏 재현에게로 던진다. 속도는 느리나 천천히 공기를 유영하며 앞으로 나아간다. 재현은 크게 자세를 취하지도 않고 자신의 나팔을 든 손만 움직여 흰색의 반투명한 막을 펼쳐 공을 흡수시킨다. 우진은 자신의 연이 무력하게 사라져가는 모습을 보며 당황하기 시작했다.

“안 돼!”

“왜? 너무 쉽게 사라져서?”

"제대로 만들어 본 연이었단 말이에요."

"네가 아직 미숙해서 그런 거지. 봐봐."

재현은 재빠르게 나팔로 원을 그렸다. 원은 흰색의 연의 구체가 되어 빠른 속도로 우진에게 쏘아졌다. 맞은 우진은 저 멀리 밀려나 벽에 부딪히고는 떨어졌다.

"안 돼! 우진아!"

걱정하던 호맹은 빠르게 우진에게 달려갔고, 지우와 수림은 회장의 갑작스러운 공격에 당황했다.

"바마도 제대로 못 치는 애인데 너무한 거 아니에요?"

맹은 불의를 보고 못 넘어가겠다는 듯 재현에게 따지고 들었다.

"너무하긴 무슨. 가서 우진이나 봐봐."

시야를 가리던 먼지가 사라지자, 우진은 자신의 교복을 툭툭 털어냈다. 모두 그를 걱정하며 달려갔으나, 그들의 걱정과는 달리 우진에게는 아주 작은 생채기라도 보이지 않았다.

"우진아! 괜찮아?"

"어… 하나도 안 아픈데?"

"안 아프다고? 네가 붕 떠서 저기까지 날아갔는데?"

"내가 말했잖아. 뭐가 너무하냐고. 보호 연술이 다 걸려 있는데."

"아…! 그렇군요. 보호 연술이라는 게 고통 완화도 있었나 보네요."

"정확히는 차단이지. 서로를 다치게 하지 않고 최대한의 싸움을 하기 위해서 고안된 거야."

재현은 우진에게 손을 내밀며 다시 말을 건넸다.

"우진아. 네가 이곳에 들어와서 많은 걸 배웠으면 좋겠다. 고민할 필요 없어. 그냥 들어오겠다는 말 한마디면 돼."

우진은 입술을 물고는 고민에 잠기는 듯한 표정이었다.

"들어갈게…요….”

"좋아. 너희 모두 동아리원이 된 걸 축하해.”

"아자잣!"

수림은 지우에게 하이파이브를 시도했지만 지우는 그를 무시한 채 고개를 돌려버렸다. 갈 곳을 잃어버린 수림의 손은 자신의 반대 손과 손뼉을 마주했다.

"자. 이렇게 된 김에 다 같이 여명빛이나 놀러가자. 다들 수업은 다 끝나서 할 거 없지?"

"저는 좋아요! 우진아…. 그… 호맹한테도 설득 좀….” 수림이 우진에게 말했다.

"그건 쟤 마음이지. 내가 왜 설득해.” 우진은 시큰둥하게 대답했다.

"저도 가요?" 지우가 재현에게 말했다.

"선배가 사주는 거예요?" 맹 또한 재현에게 물었다.

"하하. 다들 따라와. 오늘은 내가 산다!"

"가자! 가자!"

한껏 들뜬 맹과 수림은 서로 어깨동무하며 밖을 나섰다. 그 모습을 바라보는 지우는 크게 한숨을 쉬고는 문을 열고 밖으로 나갔다.

5장
빛은 모여들고

나팔은 빛과 연기의 균형을 맞춰주는 중요한 도구이다. 기원은 알 수 없으나, 연술계가 발전함에 따라 자연스레 발전했다. 취구로는 나의 광원으로부터 퍼져 나온 빛을 내보내며, 나팔로는 자연에 스며들어 있는 연기를 받아들인다.

– 나팔 제작 장인, 춘향의 논문 중 일부 발췌

“그럼 우리 어디로 가는 거야? 여명빛에 놀 곳도 있어?” 우진은 넌지시 물었다.

“거긴 상가라고. 네가 모르는 가게들이 생각보다 많아.” 수림은 당연한 걸 왜 묻냐는 듯 어깨를 으쓱했다.

“얘들아. 날아가야 할 거 같은데 너희 하늬바람 쓸 수 있어?”

“저는 못 써요.” 우진은 주눅이 든 채로 말했다.

“저는 쓸 수 있습니다!” 수림은 당당하게 자랑했다.

“저도 쓸 수 있어요.” 맹 또한 당연한 듯이 얘기했다.

“쟤 빼고 다 쓸 수 있을걸요.” 지우는 우진의 ‘실력’을 다시 한번 짚었다.

우진은 한껏 들뜬 그들과 달리 자신 혼자 할 수 있는 것이 없다는 사실에 어깨가 축 처졌다.

“미안….”

“괜찮아. 우진이는 나랑 타고 가자.”

“네. 선배….”

우진을 제외한 나머지는 각자 자신의 나팔을 들어 올려 연을 모으기 시작했다. 빛은 나팔에 엮어 어느새 주인의 키보다 훨씬 커졌다. 그리고, 빛은 취구 부분 가까이에 모여들어, 붉은 깃발이 되어 묶였다. 각자 길어진 나팔을 공중에 내던졌고, 그 위에 걸터앉았다.

"우와…."

"감탄하긴 일러. 직접 타봐야지. 우진아 내 뒤로 와서 앉고 나를 잡아."

"네."

"다들 잘 따라오고. 조작은 잘할 수 있지? 위험하게 운전하면 안 된다."

"네! 걱정 마세요."

"쟤는 좀 불안한데…." 지우는 수림의 행동을 의심했다.

수림은 실실 웃어 보이며 공중에서 한 바퀴 돌았다.

"이랴앗!"

장난스러운 수림은 먼저 공중으로 떠올라 저 멀리 날아간 후에 다시 돌아 이곳으로 날아왔다.

"야! 부딪힐 뻔했잖아!"

"우진아, 너무 무서워하지 마!" 맹은 우진이 안심할 수 있도록 응원을 남기고 떠났다.

재현은 땅을 박차고 그대로 하늘로 높이 솟아올랐다. 우진은 멀어지는 땅을 보며 공포를 완화하기 위해 눈을 질끈 감고는 재현을 꽉 잡았다. 재현은 그대로 앞으로 쏘아져, 구름을 가로지르며 달려 나가기 시작했다.

"우진아! 눈 떠!"

우진은 눈만 겨우 떠 앞을 보았다. 해는 어느새 다 져서 하늘은 어둑어둑했다. 그런 하늘을 가로지르는 감각. 기계의 힘 없이 공중을 날아오르는 느낌. 넓은 초원을 달려 나갈 때와는 다른 해방감을 느낀다. 세상의 바람이 재현과 우진에게 부딪혀 두 갈래가 된다. 부딪혀 오는 바람은 그들의 마음 속을 한없이 헤집어 놓으며 쾌감을 전달한다. 우진은 뻥 뚫린 초원과 그곳에 빛의 계단이 만들어내는 아름다운 조화에 감탄하였다.

"어때. 멋지지."

"와…. 정말 아름답네요."

"이래서 날아가자 했어. 연술계에는 아름다운 게 많아. 네가 학교에 다니는 동안 많은 것을 배우고, 직접 즐겨봤으면 해."

"감사해요. 선배."

"우리 동아리에 들어온 걸 정말 환영해. 후회하지 않을 거야."

"노력해 볼게요."

"듣기 좋은 대답이야. 자, 달려간다!"

"으아악!"

재현은 한번 몸을 뒤로 젖히더니 앞으로 빠르게 달려 나갔다. 갑작스러운 반동에 놀란 우진은 고꾸라질 뻔했지만, 재현의 옷깃을 붙잡고 겨우 중심을 잡았다. 빠르게 달려간 끝에 그들은 완전한 밤이 찾아오기 전에 여명빛에 도착했다.

정겨운 분위기의 냄새와 소란이 그들을 맞이한다. 즐비해 있는 네온사인의 거리. 다시금 머릿속으로 가게의 정보들이 입력된다. 모두 여명빛의 화려함에 빠져 있는 동안 지우가 먼저 질문을 꺼냈다.

"그래서 우리 어디 가나요?"

"이쪽으로 쭉 가다 보면 맛있는 식당이 있어. 따라오면 돼." 재현은 그들을 이끌었다.

그들은 점점 으슥한 골목 쪽으로 걸어간다.

"선배. 여기는 음식점이 없을 것 같은데요." 지우가 퉁명스럽게 말했다.

"원래 맛집은 숨어 있는 법이야."

골목의 골목까지 파고들어 그들이 겨우 찾아낸 곳은 라면 가게 '스화로' 였다.

"아니, 여기까지 와서 라면을 먹고 간다고요?" 수림은 크게 실망한 듯이 하소연했다.

"여기 라면은 조금 특별해. 다들 들어와 봐."

재현이 먼저 문을 열고 들어갔다.

"사장님! 오랜만에 왔어요!"

"재현이 왔어? 오랜만이네!" 푸근한 인상의 사장은 재현을 반갑게 맞이 해주었다.

"한동안 바빠서, 자주 못 뵜었네요."

"괜찮아! 얼른 앉아서 먹고 가."

"뒤에 제 후배들도 같이 왔어요."

"흐미. 많이도 왔네."

"애들아, 얼른 들어와서 앉아."

아늑해 보이는 가게에 들어선 그들은 의자에 앉아 가만히 기다렸다. 재 현은 앞에 있는 물을 따라 그들에게 나누어 주었다.

"여긴 무슨 라면 가게예요?" 호기심에 호맹은 먼저 말을 꺼내었다.

"조금 특별한 라면 가게지."

"라면이 어떻게 특별해요. 다 거기서 거기지." 지우는 믿을 수 없다는 듯 이 비아냥거렸다.

"여긴 그냥 라면을 파는 곳이 아니야. 소리를 맛 볼 수 있어."

"소리를 맛 볼 수 있다고요?" 지우는 믿을 수 없다는 듯 되물었다.

"파도가 부딪치는 소리. 바람이 나뭇잎에 부딪히는 소리. 물이 끓는 소 리. 비눗방울이 터지는 소리. 이런 것들을 맛볼 수 있다고. 내가 가장 좋아하는 건 트로이나의 노래를 면으로 만든 거야. 톡톡 터지고 상큼한 게 맛있거든."

"그런 게 가능하다고요?"

"사장님은 조금 특별한 눈을 가지고 계셔서 소리에 담겨 있는 연의 흐름을 볼 수 있어."

"그렇고말고! 내가 그게 특기라서 여기다 식당을 차렸어. 이미 맛집으로 다 소문났다고!"

"다 맛있겠는데요! 호수 관련된 맛도 있어요?"

"누가 호씨 가문 아니랄까." 지우는 맹의 질문에 첨언을 했다.

"때마침 호수에 당도했을 때 나는 새와 풀벌레의 소리가 있다네. 이걸 먹어보거라."

"저는 그럼 그걸로 주세요!"

"수림, 지우, 우진이는 뭐 먹을래."

"저는 물이 끓는 소리로 먹을래요!"

"저는 비눗방울 터지는 소리로 먹을게요."

"저도 재현 선배가 좋아하는 걸로 먹어볼래요."

"오케이. 사장님 트로이나 두 개, 끓는 물 하나, 호수 하나, 비눗방울 하나요!"

"좋았어! 금방 맛있게 해서 만들어주마!"

큰 덩치의 사장은 힘차게 조리하기 시작했다.

"그런데 트로이나는 뭐예요?" 우진은 무엇을 고를지 몰라 재현의 선택을 따랐을 뿐이다. 그렇기에, 자연스레 따라오는 궁금증을 해소해 보려 한다.

"트로이나를 몰라? 트로이나는 지금 연술계에서 제일 가는 아이돌인데."

"여기도 아이돌 같은 게 있었어요?"

"아이돌 같은 게 아니라 아이돌이야! 그 사람들은 어마어마한 스타들이라고. 데뷔 때부터 챙겨 봤는데 트로이나가 부르는 노래는 심금을 울리는 무언가가 있어. 좀 있다가 아가로로 찾아봐봐."

수림은 신나서 대화에 끼어들었다.

"아가로는 또 뭐야…?"

"몽로로 사진이나 영상을 보거나 여러 가지를 검색할 수 있는 곳이야. 나중에 기숙사 들어가서 해봐."

"인터넷 같은 거구나…. 끄응. 알아야 할 게 너무 많은데."

"이제야 처음 연술계에 왔는데 모르는 게 많은 게 당연하지." 재현은 다정하게 위안을 건넸다.

그들이 대화를 나누고 있는 동안, 어느새 라면은 완성되어 그들의 앞에 놓여 있었다.

"자. 얼른 먹자고."

생긴 모습은 일반 라면과 다를 바가 없었다. 그들은 각자 젓가락을 들어 면을 떠서 맛을 보았다.

"우왓! 이게 뭔 맛이야! 끓는 물의 소리는 고소하고 담백한 맛이 나는데." 수림이 면을 한 입 맛보자, 입에서는 보글보글하는 소리가 들려왔다.

"무슨 라면이 이렇게 달아!" 지우의 입에서는 퐁 하고 터지는 비눗방울의 소리가 함께 맴돌았다.

"비눗방울 터지는 소리는 약간의 단맛이 돌지."

"새와 풀벌레 소리는 감칠맛이 도네요. 약간 짠맛도 나는 것 같고요."

"우와…. 트로이나는 이런 그룹이군요. 되게 시큼하고 입안에서 뭔가 터지는데요?"

우진은 첫입을 먹자마자 그들이 누구인지 알 수 없었음에도 그들의 화려한 무대와 신나는 비트의 노래가 온몸으로 느껴지는 듯했다.

"그런 맛으로 먹는 거야."

첫입에 다들 만족하지 못했지만, 몇 입 먹다 보니 적응해 나가는 그들이었다.

"생각보다 맛있는 것 같기도….'

"그치. 지우야. 여기 있는 단무지도 곁들어 먹으면 훨씬 맛이 풍부해질 거야."

"알겠어요."

점심 이후로 꽤 많은 시간이 흘러 그들은 허겁지겁 한 그릇을 비우고 라면 가게를 나왔다.

"후. 생각보다 맛있네요." 수림은 자신의 배를 두드리며 만족하는 미소를 지어 보였다.

"먹어줄 만했어요." 지우는 내심 만족한 듯 보였다.

"잘 먹었습니다! 선배님." 맹은 당차게 감사를 표했다.

"잘 먹었어요. 재현 선배." 우진 또한 감사를 표했다.

"이제 우리 어디 가요?" 지우가 물었다.

"음. 지금 시간을 보니 약간 애매한데."

고민하던 재현의 눈에 마침 '각오재락'이 눈에 띄었다.

"어! 우리 저기나 갈까?"

"오락실이요?" 지우는 마음에 들지 않는지 고개를 갸웃했다.

"재밌는 게 있으니깐 다들 따라와 봐!"

"전 좋습니다!"

"수림이가 좋다 했으니 다 같이 가는 거다?"

재현은 모두의 등쌀을 밀어 각오재락으로 밀어 넣었다. 그곳은 여타 여

134

명빛의 분위기와는 달랐다. 쿵쿵거리며 시끄럽게 울려대는 노래가 모두의 소리를 먹어댔다. 여명빛의 분위기가 시장처럼 북적거리는 분위기였다면 이곳은 사람들의 열정적인 생명력이 넘쳐흐르는 곳이었다.

"저기로 가자."

그들은 '혼란의 도가니' 부스로 다가갔다. 그곳에서는 점원이 서서 표를 끊어주고 있었다.

"안녕하세요! 처음 이용하시는 고객님인가요?"

"저는 이용해 보긴 했는데, 한 번만 더 설명해 주세요."

"네. 이곳은 환각 연술과 공간 연술을 기반으로 여러 테마가 구성되어 있으며, 각 테마를 헤쳐나가 탈출하는 곳입니다. 현실과 거의 차이가 없을 정도로 정교해서 많은 분이 좋아하죠. 마침 '외계인의 침공'을 예약해 주셨던 분이 급하게 취소해서 자리가 났는데, 해보시겠어요?"

"'외계인의 침공'이래. 어때 보여?"

"윽. 무슨 이런 걸 해요. 애도 아니고." 지우는 표정을 찡그렸다.

"야. 생각보다 재밌다니깐."

"저는 재밌어 보여요." 우진은 그럭저럭 신기해하는 눈치였다.

"맹이랑 수림이는?"

"이거 근데 외계인 역할로 참여하는 거 아니에요?" 수림은 '외계인의 침공' 포스터를 빤히 들여다보았다.

"맞아. 생각보다 참신해서 재밌을걸."

"저는 다 좋아요!"

"그래. 그럼 이걸로 간다? 총 5명이요."

"네. 5명 입장 도와드리겠습니다. 5분 가격 1대 5소입니다."

"에엑. 너무 비싼 거 아니에요?" 수림은 가격에 일순간 놀랐다.

“이것까지 사줄 테니깐 걱정 마.”

“그렇게 연 막 써도 돼요?” 지우가 신기하다는 듯 물었다.

“이 정도는 거뜬해!”

“역시 선배님 멋지십니다!” 수림은 능청스럽게 아부를 떨었다.

재현은 빠르게 연을 모아 직원에게 전달하였다. 직원은 연을 받은 뒤, 자신의 나팔을 휘둘러 모두에게 중앙에 큰 버튼이 있는 동그란 목걸이를 채웠다.

“중도 포기하고 싶어지시면 목걸이의 버튼을 누르시면 되고요. 제일 점수가 높은 분이 이기시는 겁니다. 규칙은 들어가면 자동으로 이해되니, 따로 설명해 드리지 않을게요! 그럼 재밌게 즐겨주세요.”

모두 직원의 뒤에 있는 빛나는 문으로 입장했다. 그곳을 입장하자마자 모두 경악을 금치 않을 수밖에 없었다. 무너진 다리. 뛰어다니는 사람들. 식물로 뒤덮은 건물들. 이곳저곳에서 난사하는 광선. 사람들은 하나둘씩 쓰러져갔다. 그들은 침략당하는 처지가 아니라 현재 그들을 침략하는 입장에 서 있다. 서로를 쳐다보며 그들은 또한 놀랐다.

“으아아악! 이게 뭐야!” 우진은 자신의 모습에 놀랐다.

“너는 왜 그렇게 생겼냐. 나는 멀쩡한 거 같은… 으아…!” 똑같이 우진을 골려주려던 수림 또한 자신의 모습에 경악했다.

“선배. 이런 외계인이라고 말 안 했잖아요.”

“얘들아…. 너무 놀라지 마. 다들 임무에 충실해지자고.”

식물이 온몸을 휘감은 메뚜기의 형태를 한 외계인의 형태였다. 팔은 일반 사람의 손처럼 생겼으나, 이족보행 하는 메뚜기라니. 참으로 징그럽게만 느껴진다.

“왜 이런 걸 하자 해서!” 지우는 메뚜기가 되고도 짜증을 감출 수 없었다.

“괜찮아! 재밌게 싸우고 가자! 저기 우릴 막으러 전투기가 온다.”

“안 돼!” 자신도 모르게 가지고 있는 광선총을 들어 전투기를 격추하는 맹이었다.

“이야. 위력 쩌는데. 그냥 다 쏴버리자! 어차피 게임이잖아!” 죄책감을 가지지 않고 쏘는 수림이었다.

“나도 모르겠다. 그냥 쏠게요.” 지우 또한 망설임 없이 쏘기 시작했다.

“그래도 이건 좀 아닌 것 같은데….”

우진은 망설이는 듯 보였다. 우진의 눈에는 부서져 가는 건물들과 쓰러져가는 사람들이 밟혔다. 그들을 해치기에는 우진은 그들이 신경 쓰인다. 현실과 같은 정교함이 우진의 심성을 건드린다. 그들의 삶이 진실로 존재한다고 믿게 되었고, 선택의 기로에 그를 놓이게 한다. 복잡한 생각이 오가던 와중, 우진의 시야에 들어온 것은 한 모녀였다.

그들은 메뚜기들을 피해 달려갔다. 달려가던 도중 넘어진 딸. 그리고 굴러떨어지는 어머니. 메뚜기들은 놓칠세라 없이 모녀에게 달려든다. 여자아이는 자신이 받아들일 수 없는 상황에 절망하며 목청이 크게 울어댄다. 자신이 놓친 부모. 이대로 끝나버릴 삶. 더는 두고만 볼 수 없었다.

우진은 결국 달려들어 수림이 쏘던 총을 대신 맞아 한 사람을 구해냈다.

> 분기가 발생했습니다. 당신은 인간 편에 서기로 결심했습니다.
> 그들을 배신한 대가는 클 것입니다.

“야! 연우진! 이러는 게 어딨어. 우리는 뭐 나쁜 짓 하고 싶어서 하는 줄 아냐! 이럴 거면 너도 그냥 쓰러져!”

"그럴 순 없어! 사람들 죽어가는데, 어떻게 두고 보기만 하라고!"

우진 또한 그들을 향해 총을 겨누었다.

"이렇게 되면 나도 배신할 수밖에 없지."

호맹은 쏘아지는 광선을 요격하여 그를 지켜냈다.

"호맹!"

"이제 우린 큰일 났네. 저기 셋 말고도 뒤에 우주선도 부숴야 하는 거 아니야."

"인간 중에선 우리랑 싸워줄 사람들이 없나?"

배신의 페널티가 발생합니다. 10분 안에 히든 엔딩을 발견하지 못하면, 외계인 팀의 승리가 됩니다.

우진과 맹의 장구류는 빛이 나더니 순식간에 사라졌다. 그들은 맨몸의 메뚜기 외계인 상태가 되었다. 그들이 할 수 있는 일은 단순히 도망치기 밖에 없었다.

"하하. 큰일 났네. 도망가자." 아무 장비도 없이 호맹은 그저 웃으며 도망가기 시작한다.

"으아악!"

"하하. 배신한 대가 좀 맛봐라!" 수림은 신난다는 듯이 총을 난사했다.

"죽어! 죽어!" 지우는 진심을 담아 총을 난사했다.

"애들아… 너무 몰입한 거 아니니…."

광선의 세례를 겨우 피해 가며 우진과 맹은 건물 안으로 숨었다.

"생각을 해보자. 우리가 배신을 했다고 해서 오류가 난 게 아니라 분기가 발생했다고 했어. 이 선택지도 원래부터 존재했던 거야."

"그런가? 어떻게 해야 할까?"

"머리를 맞대보자. 아니, 아니. 실제로 머리를 맞대자는 건 아니었어."

"아. 미안. 외계인들은 지구에 왜 온 거야?"

"지구를 테라포밍하기 위해서 왔다는 설정인데, 본인들의 원래 행성에 불의 외계인이 와서 다 태우고 갔다나 봐. 불에 약한지 빠르게 점령당했다고…."

"그거야!" 우진은 깨달은 듯 손가락을 튕겼다.

"불을 이용하면 돼! 불로 저들을 몰아낼 수 있을 거야."

"그건 그렇다 치는데, 불은 어떻게 피우게?"

"건물 안에 쓸 만한 게 있지 않을까?"

그들은 건물 안을 최대한 수색하기 시작했다. 이곳저곳을 둘러보지만 전부 식물에 뒤덮여 제대로 형체를 알아볼 수 없었다. 마지막 층을 확인하기 위해 올라섰을 때 그들은 빛나는 무언가를 발견했다.

"이건… 나팔이잖아."

"아니야. 자세히 봐봐. 이건 불을 피울 수 있는 횃불이야." 우진은 횃불을 들어 올렸다.

"그러면…!"

"마침 옆에 기름도 함께 있네. 이걸로 그들을 몰아보자."

"이렇게 작은 걸 가지고 가능할까?"

"걱정 마. 때론 작은 불씨 하나가 산을 집어삼키기도 하니깐."

밖에서는 고함치는 소리가 크게 울려 퍼졌다.

"야! 빨리 나와!"

"너네도 죽고 싶어? 빨리 돌아오라고!"

눈에 불을 켜고 배신자들을 찾아내는 그들 앞에 횃불을 든 우진이 등장했다. 우진이 횃불을 들고 등장했으나, 그의 팔은 계속해서 떨리고 있었다.

"불을 보니 왜 이렇게 몸이 떨리지?" 수림은 자신의 떨리는 팔을 붙잡으며 질문했다.

"외계인 설정 중에 불 때문에 행성이 멸망했다는 설정이 있거든."

"약점도 불이에요?"

"그렇다 볼 수 있지."

"쟤넨 어떻게 들고 있을 수 있죠?" 지우 또한 이해가 가지 않는 점을 물어보았다.

"도망치고 싶은 공포를 이겨내고 사람들을 지키려 하는 거야."

"니네 진짜…!"

우진은 계속해서 몸을 떨고 있지만 물러서지 않았다. 그들 앞에 꿋꿋이 서서, 자신의 가치관을 널리 피력하였다.

"더 이상 괴롭히지 말고 물러가! 지구는 너희에게 정복당할 곳이 아니야!"

"꽤 몰입했는데. 우리도 어울려주자. 아니! 그럴 순 없다! 우린 갈 곳이 없어." 재현은 분위기에 호응하기 시작했다.

"그렇다고 인간을 괴롭히냐!"

"못 들어주겠네. 그냥 쏠게요." 지우의 탄환은 재빠르게 쏘아져, 우진의 심장을 향했다. 우진은 갑작스러운 사격에 피할 새도 없이 그저 팔만 들어 올려 막았다. 광선은 나아가다 허무하게도 가로막힌다. 불에서부터 흘러나온 보호막이 우진을 지켜냈다. 우진은 천천히 눈을 떠 심장이 뚫리지 않았다는 사실을 인지했다.

"가지가지 하네. 불로 저런 게 가능하다고?"

"어쩔 수 없나 봐. 우린 그런 설정이라니까."

숨어 있던 호맹이 등장해 횃불의 불을 낚아채 하나의 활을 만들었다. 불의 활을 들고 줄을 잡아당기니, 화살이 제자리를 찾아갔다. 호맹은 잡아당겼던 줄을 놓았고, 화살은 포물선을 그리며 나아가, 그들의 우주선으로 떨어졌다. 그가 손가락을 튕기자, 우주선은 빠르게 타오르기 시작했다.

"안 돼! 우주선이 불타잖아." 수림은 허망한 눈으로 우주선을 바라본다.

"우리가 진 거 같은데." 재현은 아쉬운 듯 멋쩍은 미소를 지어 보인다.

종료되었습니다.

엔딩 : '인간에 대한 연민' - 종족에 대한 배신

크레딧이 이어서 올라오고 그들은 다시 빛의 문을 통과해 직원이 있던 곳으로 돌아왔다.

"축하드립니다! 숨겨진 엔딩을 발견해서, 다른 루트를 통과하셨네요. 우진 님과 맹 님의 승리입니다."

"야! 연우진! 니 혼자 이러는 게 말이 돼?"

"연우진! 진짜 섭섭하네. 나도 데려가야지! 이런 괴물이랑 같이 있으란 게…."

"뭐? 진짜 맞을래?"

"히익!" 수림은 저 멀리 도망갔다.

"하하! 오늘 재밌었어. 외계인의 침공을 몇 번이나 했는데 이런 숨겨진 루트가 있는지 몰랐네. 우진이의 심성이 착했던 거지. 이제 슬슬 돌아가자."

"오늘 재밌었어요. 체험시켜 주셔서 감사합니다."

그들은 나팔을 타고 다시 연하광채를 향하는 중이었다. 어느새 하늘은 어둑어둑해져 재현이 자신의 빛을 밝혀 앞장 서고 있었다. 그의 뒤로, 빛의 길이 자라나 일행들을 인도했다. 수림은 여전히 장난스럽게 나팔을 타다가 멈추어 서고는 크게 소리쳤다.

"잠깐만!"

갑작스럽게 멈추느라 서로 부딪힐 뻔했다.

"뭐야! 왜 멈춰 세우는데." 지우는 잔뜩 인상을 찌푸린 채로 말을 했다.

"그… 맹아… 혹시 있잖아…. 학교 들어가기 전에 호수 앞에서 혹시 '그 것' 보여줄 수 있어…?"

"'그것'이 어떤 걸 의미하는 거야?"

"그 막 있잖아… 내심 모두가 궁금해 하는 '그것'…."

"미안. 규율 위반이라 함부로 못 보여줄 것 같아. 그건 지우도 못 봤어."

"지우랑은 원래 아는 사이였어?"

"지우랑은 사촌지간이라 어릴 때부터 자주 봤거든."

"나도 키채비는 늘 궁금하긴 했어." 웬일로 지우는 수림의 편을 들기 시작했다.

"안 된다 해도. 함부로 꺼내면 안 돼. 가문 내에서 문제가 생길 거야."

"가문 사람들만 모르면 되는 거 아니야?" 재현이 옆에서 능청스럽게 거들었다.

"그건 맞긴 한데…."

"나한텐 보여줘도 괜찮았던 거야?" 우진은 자신의 말이 어떤 영향을 끼칠지도 모르고 대화를 거들었다.

"뭐? 잠깐만. 호맹. 너 연우진한텐 먼저 보여줬던 거야?"

"우진아, 비밀이라니까!" 맹은 놀라서 소리쳤다.

“미안…. 실수했네.”

“하하…. 그게…. 모르겠다! 학교 들어가기 전에 보여줄게.”

“예이! 설렌다!” 수림은 신난다는 듯 한 바퀴 공중에서 회전했다.

“고마워. 나도 궁금했거든. 구름 수호자가 우리 동아리라니. 믿기지 않는걸.”

“선배는 왜 이제 와서 놀라세요?”

“그냥 불편해할까 봐 팬심을 숨기고 있었거든.”

“감사해요. 선배. 더 늦기 전에 얼른 가요.”

“예이! 내가 앞장설게!” 수림은 신난다는 듯이 속도에 불을 붙였다.

“야! 먼저 가면 위험해!” 그들은 빠르게 호수로 달려갔다.

호수에 도착한 지 시간이 꽤 흘렀으나, 여전히 키채비는 보지 못했다. 호맹이 안절부절못하며 보호 연술을 꼼꼼하게 치고 있었기 때문이다.

“언제 보여줄 건데. 날 다 새겠네.” 지우가 투덜거렸다.

“잠깐만. 혹시 모르니깐 마지막으로 보호 연술 한 번만 치자.”

“진작에 말하지. 도와줄 텐데.”

“괜찮아요. 선배. 거의 다 했어요. 자, 다들 볼 준비 됐어요? 놀라지 말아요.”

맹은 호숫가의 얕은 곳에 가 교복을 걷고는 발을 담갔다. 밀려오는 호수의 파도가 그를 찰랑찰랑 쳐대며, 어느새 무릎 위까지 물이 차올랐다. 하지만, 맹이 발하는 빛은 점점 주위의 물을 밀어내며, 연기가 모여들어 하나의 형상이 나타난다. 모여든 빛과 연기에 물이 섞여 들어가 공중에서 푸른색의 거대한 알이 하나 내려온다. 알은 지상으로 내려오더니 점점 표면에 금이 가기 시작한다. 금이 간 알에서부터 파란색의 지느러미가 튀어나와 자신을 담고 있던 껍질 전부를 벗겨낸다. 그러고는 고개를 내밀어 포효한다. 호수 전체가 울리듯 포효하던 키채비는 호수에 도달해 유유히 떠 있는다.

그의 주위로 푸른색의 파동이 퍼져 나온다. 우진이 보았던 크기보다 훨씬 컸으며, 몸집이 집채만 했다.

"와…. 진짜 키채비를 보는 날이 오다니." 수림은 감탄했다.

"이게 키채비였구나. 생각보다 귀여운데." 지우는 신기하다는 듯이 키채비를 빤히 보았다.

"맹아. 고마워. 보여주기 선뜻 어려웠을 텐데." 재현은 허리를 숙여 정중하게 감사를 표했다.

"괜찮아요. 이 정도는."

호맹은 지우와 대련 중에 썼던 물의 손을 다시 만들어냈다. 그리고는 물의 손으로 커다란 키채비의 목을 쓰다듬었다. 키채비는 그르렁거리며 호맹의 손을 탔다. 호맹과 키채비는 교감하며 서로를 아련한 눈빛으로 바라보았다.

달빛이 선선히 내려와 키채비의 모습을 은은하게 비추어낸다. 비늘 하나하나 달빛을 부수어 빛나는 키채비의 모습은 가만히 바라보고 있으면 압도되었다. 웅장한 자태에 반해 모두 키채비에게서 눈을 뗄 수가 없었다.

"키채비는 평소엔 어디 있어?"

"우리 가문은 태어났을 때부터 광원에 키채비의 알을 품게 해. 그래서 그곳에 살다가 내가 필요할 때 소환하는 거야. 같이 자라온 형제이자, 또 다른 나인 셈이지."

"다시 봐도 멋지다…. 그런 일이 있는진 몰랐네. 맹아. 보여줘서 정말 고마워." 우진이 호맹에게 말하였다.

"대신 오늘 본 것들은 전부 비밀이에요. 소문이라도 나면… 키채비가… 콱!"

"알았어. 전부 비밀 지킬 거죠?" 지우가 퉁명스럽게 대답했다.

"당연히 지킬게! 대신 나랑도 친구 해주기다?"

"당연히 지켜야지."

"지킬게. 맹아."

"슬슬 피곤한데, 얼른 기숙사 들어가서 쉬죠."

그들은 기숙사에 도착했고, 내일을 위한 안녕을 하고 서로 헤어졌다. 우진과 수림은 기숙사에 들어와 빠르게 잘 준비를 하고 거실 소파에 기대었다.

"오늘 진짜 많은 일이 있었네. 이곳이 정말 내 학교일까."

"하암. 여기가 네 학교가 아니면 뭔데?" 수림은 하품을 쩍쩍 해댔다.

"그렇겠지." 우진은 허탈한 웃음을 지어 보이고는 자신의 몽로를 들어 이것저것 들여다보았다.

"아까 말했던 아가로라는 건 어떻게 들어가는 거야?"

"별거 없어. 몽로에 연을 불어넣어 봐. 그러면 화면 뜨잖아? 누가 봐도 아가로처럼 생긴 모양이 있을 거야."

"이건가?" 우진은 이제는 제법 자연스레 연을 모을 수 있게 되었다. 연을 모은 뒤 자연스레 몽로에 불어넣어 여러 화면을 보았다. 흰색 격자무늬 화면에 각자 버튼처럼 기능을 상징하는 아이콘들이 여러 개 있었다.

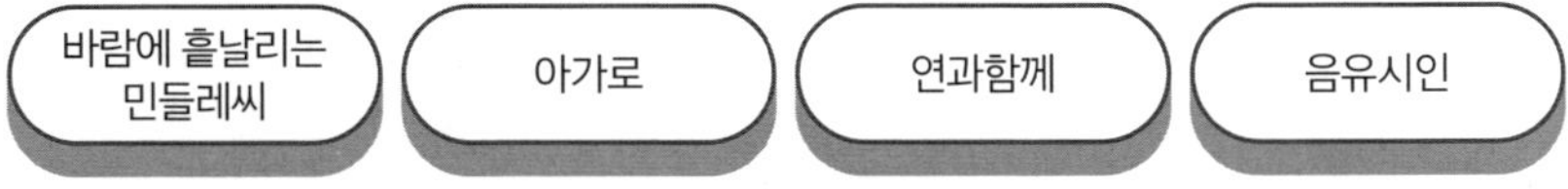

우진은 이것저것 확인하다 음유시인이란 걸 먼저 켜보았다. 눈 앞에 펼쳐진 광경은 너무나 익숙한 음악 스트리밍 프로그램이었다.

"이곳에 트로이나의 노래가 있으려나?"

자연스레 트로이나의 노래를 틀어 감상하는 우진이었다.

고독함 속 피어난 한 떨기 튤립

그대 마음 스며들어

환한 색으로 물들이네

"오…. 생각보다 노래 좋네." 우진은 노래를 틀어놓은 후 아가로로 넘어 갔다.

"아. 그리고 말 안 해준 거 있는데. 아가로 들어가서 시야 차단을 할 수 있어. 영상에 몰입하고 싶으면, 네가 시야를 조정해 봐."

우진은 수림의 말대로, 아가로에 입장한 뒤 아무 영상이나 틀었다. 트로 이나의 뮤직비디오를 틀었다. 일순간 우진의 시야는 빛으로 뒤덮이더니, 알 수 없는 방으로 바뀌었다. 우진은 신기한 광경에 손을 뻗어 물건을 쓸어 보니 자연스레 그의 손은 통과하였다. 우진은 저 멀리서 빛의 세례와 마음 을 벅차오르게 하는 전주와 함께 걸어 나오는 트로이나의 멤버들을 바라보 았다. 또한, 그는 알 수 없는 슬픔과 벅차오름을 같이 느꼈다.

"이게 뭐야! 기분이 이상하고, 시야도 이상해."

"잘 즐기고 있네. 단순한 영상이 아니라 몰입형 영상이라 그곳에 네가 실 제로 존재하는 거야. 영상 속 사람이 설정한 감정값과 시야값에 영향받아 생생한 체험을 하는 거지."

우진은 계속되는 인위적인 감정에 급하게 몽로를 닫아버렸다.

"너무 생생한데."

"킥킥. 천천히 즐겨. 아직 네가 즐길 것들은 많으니까."

"그래. 얼른 자러 가봐야겠다. 너도 얼른 자. 내일 또 깨우게 만들도록 하 지 말고."

"옙! 걱정마십쇼!" 천연덕하게 미소 지으며 우진에게 두 손으로 들어가라 고 재촉하는 수림이었다.

6장
빛은 더욱 거세지며

고대 시대에는 연술사들과 인간들이 한껏 어우러져 살았다. 인간은 연술사를 동경했고, 연술사는 인간을 존중했다. 그러나, 연술사들은 미래를 엿보고 점점 인간들을 불신하게 되었다. 그렇기에, 연술계가 분리되고, 여섯 개의 차원이 탄생했다.

– 저명한 역사 교과서 『미래를 내다보며』 중 일부 발췌

다음 날의 해가 밝아, 그들을 맞이하였다. 시끄럽게 울려대는 알람 소리에 일어난 건 우진이 아닌 수림이었다. 수림은 일어나서 수업을 갈 준비를 하고 졸린 눈으로 교복을 갈아입었다. 중간에 갈아입다 넘어진 건 덤이다. 슬슬 시간이 돼도 우진이 나오지 않아 방에 들어간 수림은 아직도 자고 있던 우진을 발견할 수 있었다. 그의 손에는 몽로가 쥐어져 있었다. 새근새근 소리를 내며 곤히 잠들어 있었다. 수림은 장난기가 발동했는지 자기 나팔을 들어 계략을 꾸미기 시작했다.

수림은 나팔을 들어 우진의 귀에 갖다 대고 불 준비를 하였다.

"네가 먼저 일어나겠다고 했으면서." 수림은 웃음을 참을 수 없었다.

삐익!

"으악!"

"얼른 기상하시죠?"

"야, 미쳤냐! 놀랐잖아!"

"그러게, 누가 늦잠 자래? 수업까지 10분밖에 안 남았다."

"안 돼! 진작에 좀 깨워주지."

"저보다 일찍 일어나시는 연우진 님이라면 일찍 일어날 줄 알았죠!"

“아오! 때릴 수도 없고.”

“어제 늦게 잤나 보네?”

“아가로가 신기해서. 밤새 그것만 봤어.”

“야. 천천히 즐기라니까! 너 그러다 중독돼.”

“이미 됐을 수도 있고.”

수림은 우진이 교복을 갈아입는 동안 옆에서 열심히 비아냥댔다.

“옷 갈아입는데 한세월이네.”

“시끄럽고 다 입었으니깐 빨리 나와!”

“네! 금방 가겠습니다…!”

그들은 수업에 당장 늦게 생겼다. 하지만, 기숙사를 나서자마자 다시금 연하광채의 아름다움이 그들을 매혹한다. 그들은 잠시 멈춰 서서 ‘자연’을 즐긴다. 코로 반겨오는 즐거운 냄새와 눈으로 보이는 자연의 아름다움. 더 늦기 전에 수림은 하늬바람을 준비해 날아갈 준비를 했다.

“야! 늦을 거 같으니까 타고 가자.”

“너 위험하게 운전하잖아!”

“알아서 운전할 테니까 빨리 타!”

우진은 비행 연술을 사용하지 못하는 사실에 비통해하며 나팔에 올라탔다. 수림은 출발 신호도 없이 빠르게 쏘아졌고, 순식간에 저 멀리까지 날아가 버렸다.

“으아아아악!”

“꽉 잡아!”

가는 도중에 공중에서 한 바퀴를 돌아 우진은 떨어질 뻔했다. 우진은 수림에게 온갖 욕을 퍼부었지만, 그는 듣는 둥 마는 둥 했다. 실랑이를 벌이다 보니 어느새 도착했다. 그들은 수업에 지각했지만 다행히도 하린 교수는 아직 도착하지 않았다.

"헉헉…. 아침부터 정신없게 이게 뭐야."

"그래도 일찍 왔잖아?"

"그래… 지각은 안 했으니깐…."

앞에서 서성이고 있는 그들을 뒤로, 익숙한 목소리가 들려왔다.

"언제까지 거기 서 있을 거죠? 슬슬 수업 시작해야 하는데."

그들은 뒤를 돌아 목소리가 들려온 곳을 쳐다보았다. 그곳에는 그루터기 위에 걸터앉아 있는 하린이 보였다.

"으악! 죄송합니다…." 수림은 당황해서 그대로 돌아서 자신의 자리를 찾아갔다.

"죄송해요! 얼른 들어가 볼게요." 우진 또한 얼굴을 붉히며 자리를 찾아갔다.

"자! 여러분. 어느덧 두 번째 수업이 되었습니다. 오늘은 이론 수업 위주인데요. 온새미로와 연이 연술로 승화되는 과정에 대해 조금 자세하게 알아보려 합니다. 그리고 과제를 위해서 책을 읽는 법을 같이 배워볼까 해요."

"책 읽는 게 무슨 대수야?" 우진은 수림에게 작게 속삭였다.

"너 또 인간계에서 넘어온 거 티 내지. 연술계의 책은 단순히 글자가 쓰여 있는 게 아니야. 필자의 연 그 자체가 담겨 있어서, 그 흐름을 보면서 이야기를 읽어내는 거야."

"그렇구나. 나도 가능하려나?"

"알려 주신다니까 열심히 배우면 되지."

하린은 공중에 큰 화면을 띄우며 자신이 가져온 자료화면을 통해 연술과 연의 과정에 관해 설명하기 시작했다.

"빛과 연기가 합쳐지면… 나팔에서 빛과 연기의 균형을 잡고… 온새미로

속 저장된 연술로 시전자의 의지를 관철하는….”

하린의 수업은 단순한 이론뿐이었지만, 우진은 처음 배우는 연에 관한 지식이기 때문에 열심히 수업을 들으려 노력했다. 어떤 학생들은 이미 아는 이야기인지 졸고 있었다.

“이론은 여기까지 하고. 여러분께 과제를 하나 드릴까 해요. 탑에 가면 도서관이 있는 것 알죠? 그곳에 가서 책 한 권을 골라 읽고 새 연술을 하나 배워오는 겁니다. 어려운 연술이 아니어도 되니, 차근차근 읽어보면서 간단한 연술을 배워오세요. 지금부터 책을 읽는 법을 알려드릴게요.”

책을 읽는 법은 단순하다. 책 위에 손을 올리고 그것이 만들어내는 연의 흐름을 감각으로 읽어내기만 하면 됐다. 크게 공들일 것도 없이 연의 흐름을 읽다 보면 머릿속에 저자가 담은 모습이 자연스레 그려진다고 한다. 우진은 연 모으는 것도 서투른데 자신이 과연 책을 읽어낼 수 있을지 걱정하였다. 열심히 고민하던 도중 어느새 다음 수업이 시작되었다.

저 멀리 보이는 빛의 계단을 따라 누군가 내려오는 것이 보이지만 평범한 사람의 모습이 아니다. 그 모습을 자세히 보고 있자니, 사람이 아니라 동물이었다. 우진과 수림은 그가 교수임을 직감하고 마음의 준비를 하기 시작했다. 우진은 성우의 수업보단 훨씬 괜찮으리라 생각하며 마음을 편히 먹었지만, 왜인지 수림은 그렇지 못했다. 우진은 약간의 불편한 기색을 수림에게서 발견할 수 있었다.

“사원환(四元環)에 대해 어떻게 생각하는가?”

“정신이라는 개념을 이해할 수 있는가?”

“무의식을 들여다본 적이 있는가?”

교수는 모든 학생에게 하나에 질문을 던지고 마지막으로 우진의 앞에 섰다. 우진은 당황한 표정으로 그를 쳐다보았지만, 구연은 표정의 변화가 없었다. 구연은 사뭇 다른 분위기로 하나의 질문을 던졌다.

"자네는… 심연을 들여다본 적이 있는가? 심연을 들여다보면 심연도 자네를 들여다보게 될 것이야."

알 수 없는 말을 남긴 구연은 나팔을 소매에서 꺼내 들었다. 그가 나팔을 들어올리자, 황금빛이 모여들더니 많은 양의 연이 형성되었다. 연하광채의 1학년 수업 구역을 모두가 토론을 나누기 적합해 보이는 학당으로 탈바꿈했다. 아테네 학당의 그림 속 모습처럼, 하늘을 향해 기둥이 솟아있으며, 맨들맨들하게 빛나는 대리석 바닥과 벽은 실로 깨끗했다. 모두가 고대 그리스의 철학자가 된 것처럼 수업의 장소는 신비롭고 숭엄해 보였다.

"교수님 감각 좋으신데." 수림은 학당을 둘러보며 칭찬을 아끼지 않았다.

"다들 취향 따라서 만드시는 건가?"

"필요에 따라서도 만드시겠지. 내가 지금까지 본 수업 장소 중에서는 이 교수님이 최고인 것 같은데."

"여러분. 안녕하십니까. 기초 연술 이용 수업을 담당하게 된 구연이라고 합니다. 정신이란 것은 참으로 치밀하게 짜여있어 육체에 비해 쉽게 들여다볼 수 없습니다. 벽이 겹겹이 쌓여있어 그것을 상처입히지 않고 내부를 보는 것은 상당히 어렵죠. 제가 질문을 왜 했는지 아십니까? 모든 수업을 마치고 난다면 자연스레 해답이 떠오를 것입니다. 이 수업을 통해 앞으로 여러분은 나를 들여다보고, 남을 들여다보고, 결국 우주를 들여다보게 될 것입니다."

구연의 말을 듣고 있는 모든 사람은 자기도 모르게 구연의 말에 계속해서 빠져들었다. 단 한 명을 제외하고 말이다.

"정신을 들여보는 것뿐만이 아닙니다. '하늘바람지기'를 통해 미래 또한 들여다볼 것입니다. 수업에 들어가기 전에 앞서 과제부터 제시하고 넘어가겠습니다. 다음 시간까지 정신 방벽 구축을 위해, 온새미로를 들여다보고 조사를 해오기 바랍니다. 온새미로를 들여다보며 자신의 정신 구조를 들여다보는 것이 제일 중요합니다.”

그의 말에는 신묘함이 깃들었는지, 계속해서 빠져드는 효과가 있었다. 학생들은 점점 그의 말에 빠져들어 수업은 순식간에 지나가는 듯했다.

“사람의 무의식은 알기 어려운 것입니다. 무의식 속에는 그동안의 살아온 생애, 쌓여온 잔여물들이 남아 하나의 공간을 이룹니다. 이곳을 들여다보고 인식하는 것은 불가능에 가깝습니다. 앞만을 바라보며 사는 우리에게 어떻게 뒤를 동시에 보라고 하겠습니까? 그렇기에 더더욱 탐구가 필요한 것이고 객관적인 인식이 자리잡아야 하는 것입니다.”

“야. 무슨 말을 저렇게 장황하게 해?” 수림은 우진에게 작게 속삭였다.

“말 잘하시는데. 난 계속 집중하고 있었어.”

“하암. 난 너무 지루하다.”

“거의 다 끝나 가니까 좀만 참아.”

“오늘 수업은 여기까지 하겠습니다. 모두 듣느라 고생 많았습니다.”

한 학생이 일어나서 박수갈채를 보내기 시작하자 다른 학생들에게서도 박수 소리가 터져 나왔다. 구연은 그런 박수가 달갑지 않은 듯 조용히 자리를 피했다. 수림은 못마땅한 듯 계속해서 표정을 구기고 있었다.

“야. 표정 좀 펴라.” 수업이 끝나자 지우가 다가와 말을 걸었다.

“뭐야? 너도 이 수업 들어?”

“바보냐. 신입생들은 다 듣잖아.”

“난 저번에 너 못 봤는데?”

“저기 호맹도 있잖아.” 지우가 자신의 상체를 기울여 뒤로 보이는 호맹을 가리키자, 그들은 호맹을 쳐다보았다. 맹과 수림은 눈을 마주쳤고, 맹은 손을 흔들어 가볍게 미소 지어 주었다.

"헉. 맹이가 인사해줬어."

"됐고. 밥이나 먹으러가자." 지우는 그들에게 어깨동무했다.

"맹이도 간대?" 수림은 깜짝 놀랐지만, 호맹도 올까 싶어 표정에서 설렘을 숨기지 않았다.

"아니 좀! 쟤는 할 일 있어서 우리끼리 갈 거야."

"언제부터 우리였지?"

"진짜 죽고 싶냐?"

"킥킥. 같이 가자."

수림과 지우는 툴툴대며 점심을 먹으러 갔다. 하루의 모든 수업이 끝났다. 시작과 끝의 수업으로서 구연을 맞이하고 보내주니 어느새 하루가 다 지나서 해가 조금씩 떨어지고 있었다.

"아. 드디어 다 끝났네." 수림은 피곤한 듯 기지개를 켰다.

"과제나 하러 가자." 지우가 말했다.

"무슨 과제?"

"다음 주까지 책 한 권 읽고 연술 배워오라 했잖아."

"아, 그랬었지. 귀찮은데."

"연우진! 쟤는 왜 먼저 걸어가고 있는 거야."

수림과 지우는 우진보다 걸음이 뒤처지고 있었다. 그들은 발을 재촉해 우진을 따라잡았다. 그들이 바라본 우진은 심각한 고민에 빠진 듯 보였다.

"뭔 생각 중이야? 누가 봐도 고민 있는 표정인데?"

"아까 구연 교수님이 물어보신 말에 대해서 고민 중이었어. 나만 질문이 다른 느낌이었단 말이지."

“뭐라 하셨었는데?” 지우는 되물었다.

“‘심연을 들여다보면 심연 또한 너를 들여다볼 것이다.’라고 하셨는데 무슨 뜻인가 싶어서.”

“무슨 의미 부여가 그렇게 많냐. 그냥 자아 성찰을 열심히 하라 이런 뜻이겠지. 그런 것 말고 과제부터 신경 써.”

“그래도 뭔가 다른 질문이랑 느낌이 달랐는걸.”

그들은 어느새 탑에 도착했다. 탑은 연하광채에서 제일 중심부에 있으며, 이곳 전체를 관리하는 중앙 제어센터 같은 곳이다.

이곳은 연하광채가 지어질 때 제일 먼저 지어졌으며 중요한 시설들이 자리하고 있다. 교수들의 숙식 장소, 교무실, 그리고 연하광채의 지식을 책임지는 도서관이 들어서 있다. 이곳을 처음 만들 때 초대 학장은 어떤 의도를 가지고 설립했는지 모르나, 이곳의 공간의 개념은 뒤틀려있다. 상식적으로 생각한 것과는 괴리가 있으며 자연스레 가고 싶은 곳을 상상하면 빛의 계단이 인도해 줄 것이다. 1층에서 걸어 올라가면 2층에 도달한다는 당연한 명제는 통하지 않는 곳이다. 이곳에 들어서면 가길 원하는 곳이 있을 것이고, 탑이 그저 계단으로 이끌어줄 것이다.

“도서관으로 가고 싶어!” 수림이 당당하게 탑에 대고 소리쳤다. 탑은 그의 소리를 맞받아쳐 수림의 목소리만이 울려 퍼졌다.

“야! 뭐해! 쪽팔리게.”

“이렇게 하는 것 아냐?”

“생각으로도 충분해.” 지우는 수림에게 핀잔을 주었다.

그들의 앞으로 빛의 계단이 나타나 인도하기 시작했다. 한 계단씩 밟아 올라 그들이 올라선 곳엔 문고리를 돌려 안으로 들어갔다.

안으로 들어서자 성대하고도 장엄한 도서관이 펼쳐졌다. 중앙에 놓인 큰 계단을 중심으로 천장에 닿아있는 책장이 미로처럼 켜켜이 쌓여있었다. 책장은 단순히 원목뿐만 아니라 넝쿨에 휘감겨 자연의 멋이 녹아들어 있었다. 어떤 학생은 구름을 타고 천장으로 날아올라 책을 꺼내오기도 했다. 셀 수 없이 많은 책이 놓여있어 과연 죽기 전까지 모든 책을 읽어볼 수 있을까 감탄하는 그들이었다. 저 멀리 채광이 잘 드는 창문 앞에는 기다란 책상이 놓여있어 공부를 하고 있는 학생들도 있었다. 한 가지 더, 이곳은 눅눅한 종이의 고소한 향과 과일처럼 시큼하면서도 달콤한 한껏 코를 사로잡는 향기가 풍겨왔다.

"사서도 있어?"

"사서는 없고, 내가 알기론 책을 가지고 나가면 알아서 인식되는 것 같던데."

"그렇구나."

"우리 그러면! 각자 책을 찾아서 여기서 다시 만나자. 다들 무슨 책 고를 거야? 난 아무거나 고르려고! 뭐든 자신 있거든."

"참나. 니는 내가 고르는 책으로 해라. 그리고, 난 육체 강화 관련된 책 고를 거야."

"나는 조금 돌아 다녀보고 싶어."

세 명은 동의하에 각자 돌아보고 다시 입구에서 만나기로 했다. 우진은 책을 고르기 전에 먼저 도서관이 안겨주는 흥취를 만끽하고 싶었다. 책장 사이를 천천히 걷고, 피어있는 능소화의 냄새도 맡아보고, 책을 쓸어보며 그에 담긴 연을 느껴보려고 했다.

우진은 책들 사이를 거닐며 지식의 호수에 빠져있는 듯한 느낌을 받았다. 계속해서 그 사이가 좋아 거닐었다. 점점 채광이 줄어드는 곳으로 들어가니 비교적 앞에서 보았던 책장과는 다르게 분위기가 어둡고, 싸늘하게

만 느껴지는 곳에 도달했다. 먼지가 풀풀 앉아 있으며, 다 낡아 빠졌다. 책장은 사슬로서 고정되어 마치 다가오지 못하게 막아서는 듯했다. 고동색의 서재 사이로 피어있는 금잔화는 스산함을 풍기기도 했다. 우진은 이를 보고 다시 중앙으로 돌아가려 했다. 그때, 우진을 붙잡은 건 황금빛이 흘러나오는 한 책이었다. 기껏해야 미약한 정도의 연만 모으고 느껴보았던 우진은 책에서 풍기는 압도적인 느낌을 버릴 수가 없었다. 우진은 자연스레 손을 뻗어 책등을 쓸어내렸다.

책등을 쓸어내리자, 우진의 머릿속에는 한 가지 장면이 흘러 들어왔다.
그곳에는 한 사내가 있었다. 사내의 뒤로 보이는 것은 우진이 보았던 싸늘하기만 한 책장이었다. 방 안은 어질러져 있고, 벽은 부서져 있었다. 한 사내는 두 손을 들어 올려 피어나는 연의 꽃을 부리고 있었다. 그의 손에서 자유롭게 놀아나는 연을 보고 있자니 참으로 도취되었다. 노란빛과 주황빛이 뒤섞여 오묘한 궤적을 그려내어 가지를 치니 마치 하나의 예술품을 보고 있는 듯했다. 그는 자신의 손 위의 연을 이끌어 바닥에 널브러져 있는 파편들과 찢어진 옷가지들을 끌어 올렸다. 연의 힘으로 움직여지는 물건들은 공중에서 휘날렸다.

우진은 그의 표정을 바라보고 싶었지만, 제대로 인식할 수 없었다. 초점이 흐려 표정이 보이지 않았다. 우진은 집중을 다해 그의 눈만을 읽어냈다. 그의 눈은 정말로 슬퍼 보였다. 우진은 그가 계속해서 연을 쓰는 모습을 바라만 보았다. 그가 들어 올린 물건들은 계속해서 방 안을 회전하기 시작한다. 그는 세차게 연을 불어내더니 물건들이 계속해서 휘몰아친다. 우진은 이에 놀라 뒷걸음질 치며 자신도 모르게 소리를 내었다. 그 광경을 방해하면 안 된다는 듯이 우진은 자신의 입을 틀어막았고, 환상이라 불과했다고 생각했던 눈앞의 장면 속 주인공이 서서히 우진을 돌아보기 시작했다. 여전히 얼굴은 보이지 않았다. 그는 낮게 한 마디를 읊조렸다.

"………."

그의 안개 낀 목소리는 제대로 들을 수 없었다. 우진은 온몸에 소름이 돋아 뒷걸음질 치며 도망칠 준비를 하였다. 그 순간, 우진의 이름을 부르는 소리가 들려왔다.

"연우진…! 연우진…! 연우진……!"

우진은 다시 환상을 접어두고 현실로 돌아왔다. 마치 꿈꾼 듯이, 몽롱한 상태에서 일어나 수림과 지우를 맞이했다. 수림은 우진을 세차게 흔들며 그를 제정신으로 만들려 노력했다.

"야! 일어나! 너 괜찮은 거야?"

"어…? 뭐지…? 이 감각은… 뭐였던 거지…?" 우진은 여전히 정신이 깨지 않은 상태로 얼버무린다.

"뭔 소리야! 하도 안 보이길래 찾아왔는데, 네가 여기서 쓰러져 있었잖아."

"내가 쓰러져 있었다고…?"

"네가 이 책을 껴안고 쓰러져 있었어. 벌써 도서관 닫을 시간이야. 나가야 해. 이 책으로 할 거야? 나머진 기숙사 가서 읽어봐." 지우는 바닥에 널브러진 책 한 권을 주워 우진에게 건넸다.

"어…. 일단 나가자…."

우진은 의문과 함께 책을 가지고 기숙사로 돌아왔다. 우진이 돌아오기 전 책장을 다시 찾아보았지만, 불길한 책장은 이미 사라지고, 그곳에는 텅 빈 벽만 존재했다.

우진은 침대에 걸터앉아 자신이 가지고 온 책을 들여다보았다.

"도통 알 수 없는 일투성이잖아. 그 사람은 누구였던 거지."

우진은 계속해서 책을 매만지며 겉표지를 살펴보았다.

"하지만… 그 사람이 만들어내는 연을 나도 만들고 싶어…. 이 책을 읽는 게 맞는 길일까…."

우진이 겪은 상황은 솜털까지 오소소 해지는 경험이었다. 불길해 보이는 책장에서 발견한 불길해 보이는 사람과 불길해 보이는 장면이라니. 더더욱 책을 읽을 이유는 없다. 하지만, 단 한 가지. 그가 보여주었던 연술을 간절히 바라는 우진은 유혹에 빠져든다. 결국, 우진은 가만히 책에 손을 올리고 책을 음미했다. 그것이 보여주는 이야기를 탐닉하기 시작했다. 그는 자신의 안에 있는 태양의 윤곽을 직시하고, 그것의 힘을 끌어오기 시작한다. 평소라면 타버렸을 것만 같은 미지의 힘을 자신의 힘으로 바꾸어낸다. 그리고, 책에서 흘러나오는 미약한 연부터 읽어 나간다. 포장지와도 같은 미약한 연을 걷어내니 그 속에 세찬 강줄기가 보인다. 강줄기를 하부에서부터 근원지까지 따라 올라가며 책의 내용을 파악하기 시작한다.

우진은 책을 읽다 보니 머릿속에 내용이 주입되기 시작한다.

책 저자의 이름은 백광민. 이 책은 그의 수기이다. 그가 남겼던 연술에 관한 설명을 읽고 있자니 전부 이해하기 어려웠다. 과연 이것들이 연술인가 싶을 정도로 그의 연술들은 기적에 가까웠다. 그중에서 우진은 자신이 배우고 싶어 했던 연술을 보았다. 마치 예술의 일종처럼 연을 다루는 그의 모습을 계속해서 상상하며, 그 연술을 찾게 된 우진은 자신도 모르게 기쁨에 차 소리를 질렀다. 방문 너머로 누군가 달려오는 소리가 들려온다.

"뭐야! 바로 앞에 뭐라 한 거야?"

"어? 아무것도 아니야…. 몽로 좀 보고 있었어." 우진은 순간 당황하며 말을 더듬었다.

수림은 빠르게 그를 훑어보고 눈을 한번 흘겨보고 자신의 방으로 돌아갔다.

"이걸 배워가면 되겠어."

우진은 밤새 광민이라는 사내의 연술을 따라 하려 노력하고 배우려 했다. 우진은 시간 가는지 모른 채 연을 다룬다는 것이 즐거워 뜬눈으로 밤을 지새웠다. 결국 수림은 눈 밑까지 그늘이 짙게 깔려 누가 봐도 피폐해 보이는 우진을 발견할 수 있었다.

"야. 너 또 밤새웠지."

"어제는 책 읽어내느라 그랬어. 새로운 연술을 배우려 했거든."

"다 배웠어?"

"오늘 수업에서 바로 보여줄 수 있다고. 봐봐."

우진에게서 빛이 흘러나온다. 그는 한 손으로는 나팔을 쥐고 다른 한 손을 들어 노란빛과 주황빛을 겹겹이 쌓아 모으기 시작한다. 모인 연은 광민이라는 사내가 보여주었던 것처럼 손을 뿌리로 삼아 공중으로 피어올랐다. 우진은 연을 공중에서 흘려보내 책상 위에 놓여있는 책을 들어 올렸다. 책이 점점 떠오르자, 수림의 표정은 실시간으로 심각해졌다. 결국 자신의 놀람을 우진에게 소리를 지르는 것으로 표현하였다.

"미친! 니 이거 어떻게 한 거야?"

"깜짝이야…. 무슨 문제라도 있어?"

"문제 많지! 이건 쉽게 배울 수 없는 연술이라고! 물질 속에 깃들어있는 연을 네 연과 연결하고 침식해서 마음대로 조종하는 거야. 여기서 문제는 '물질 속에 깃들어있는 연'이야. 네 연도 아닌데, 어떻게 그걸 인식하고 조종할 생각을 하겠어. 그 상상을 떠올리는 게 어렵다고! 그런데 인간계에서 넘어온 지 몇 주도 안 된 네가 그걸 해냈다고? 이 책이 문제인 거야? 아니면 네가 어제 이 책을 안고 쓰러져 있던 것이랑 관련이 있나?"

"책에서 나온 대로 따라 했을 뿐이야…. 그렇게 놀랄 일인진 몰랐네. 연을 연결하는 건 그럭저럭했는데, 유지하는 게 어렵더라고. 그래서 내가 모을 수 있는 최대의 연을 들이부었어. 그러더니 되던데."

"이거 참…. 교수님이랑 애들이 놀라진 않을까 걱정이네. 일단 수업부터 가자."

호들갑이라기엔 수림의 반응은 장난이 하나도 섞여 있지 않았다. 우진은 여전히 수림의 반응이 이해할 수 없다는 듯이 기숙사를 나섰다.

모두가 제시간에 도착해 하린을 기다리고 있었다. 오늘은 화면 대신 나무로 만들어진 단상이 준비되어 있었다. 공중에서 유유히 날아오는 누군가를 자세히 보니 하린이었다.

"여러분. 푹 쉬었나요? 어김없이 수업이 찾아왔네요. 다음 주까지 제시한 과제지만 혹여나 시연을 보여줄 학생이 있을까 해서 미리 단상을 준비해 봤답니다. 어디 나올 학생 있을까요?"

과제를 하지 않은 것인지, 자신이 배운 것을 모두 앞에서 보여주기 부끄러운 것인지 수군거리기만 하고 아무도 손을 들지 않았다. 그때 수림은 우진의 팔을 낚아채 높이 들어버렸다.

"야! 뭐해!"

"괜찮아. 한번 앞에서 보여줘 봐 봐."

"거기 학생? 준비됐나요?"

"하, 진짜. 네…."

“얼른 나와보죠!” 선뜻 앞에 나서겠다는 학생에게 모두 손뼉을 쳐주었다.

“이름이 우진 학생 맞나요? 어째 자주 보는 것 같네요.”

우진은 교수가 자신의 이름을 벌써 외운 점이 부끄러우면서도 계속해서 자신을 주목받게 하는 수림이 너무나도 원망스러웠다.

“무엇을 준비해 왔죠? 읽었던 책을 먼저 알려줄 수 있나요?”

“어떤 남자의 수기였어요. 많은 연술이 적혀있었는데, 한 가지를 배워왔습니다.”

“수기라… 그런 책이 도서관에 있는지는 몰랐네요. 배운 연술을 보여주겠어요?”

우진은 고개를 끄덕이고 소매에서 나팔을 꺼내 들었다. 가만히 눈을 감고 편한 자세를 취했다. 주위에 모여드는 연기를 느끼며 자신의 빛을 발산했다. 이제는 제법 적정량의 빛과 연기를 모아서 연을 만들어낼 수 있는 우진은 그대로 한 손을 들어 올려 책 속 사내가 보여주었던 연의 궤적을 공중에 보여주었다. 그가 보여주었던 것과는 차원이 다르지만, 우진은 자신만의 궤적을 천천히 그려내며 이를 보는 이로 하여금 감탄에 빠져들게 했다. 학생들은 우진이 보여주는 광경에 녹아들어 그대로 몰입하고 있었다. 우진은 그대로 연의 가지들을 모아 나팔에 그것들을 휘감았다. 그리고, 나팔을 들어 올려 눈앞에 보이는 어느 학생이 들고 있던 책을 들어 올렸다. 학생은 공중으로 떠오르는 책을 떠올리지 않게 막으려 했으나, 그대로 책은 튕겨 나왔다. 나팔이 이끄는 대로 책은 방향을 따라 움직였으며, 공중에서 한 바퀴 돌렸다. 우진은 책을 정중하게 주인에게 돌려주고 주위의 바위를 하나 들어 올렸다. 바위는 하반신까지 오는 크기였으며, 그 바위를 움직이니 학생들은 점점 입을 다물 수가 없었다. 우진은 바위를 돌려 저 먼 곳으로 날려 보냈다.

그는 나팔을 천천히 내려 자신의 연술을 마무리했다. 모든 학생은 그 광경을 보고 침묵할 수밖에 없었다.

"잠깐⋯ 지금 보여준 건 무엇이죠⋯?"

"하면 안 되는 건가요⋯? 책에서 본 걸 그대로 따라 했을 뿐이에요."

"이건 염력이에요. 졸업생도 쉽게 흉내 내기 어려운 고난도의 연술이죠. 지금까지의 수업 중에서 이걸 해낸 사람은 단 한 명도 없었죠. 우진 군에게 보호 연술이 걸리지 않았던 것은 평범한 이유가 아닐 수도 있겠네요."

"하하⋯. 일단 제 연술은 여기까지입니다."

우진은 아무 반응도 없는 학생들에게 무안해지며 자신의 자리로 돌아가곤 얼굴을 붉혔다.

"괜히 나섰어⋯." 우진은 고개를 푹 숙이고 잠시 자신을 달래었다.

학생들은 어안이 벙벙한 채로 수업을 듣게 되었다. 하린 또한 놀라서 자신이 무슨 말을 하는지 모르는지 계속해서 말을 정정했다. 겨우 수업을 마친 하린은 재빠르게 수업을 마치고 날아갔다. 수업이 끝나 웅성거리는 학생들 사이로 수림과 지우가 달려왔다.

"내가 말했잖아. 예삿일이 아니라고." 수림은 고개를 끄덕였다.

"야! 니 뭐야? 이런 걸 숨기고 있었다고?" 지우 또한 소리를 쳤다.

"책을 봤을 뿐인데⋯ 이렇게까지 놀랄 일이야?"

"단순한 힘이 아니라고 그건."

"안 되겠다. 어차피 기초 정신 연술 과제도 해야 하잖아? 이참에 온새미로나 들여다보자. 내가 봐줄게."

"너 그런 것도 할 줄 알아?"

[기억 안 나? 나는 이런 것 할 줄 아는 사람이야.]

"전음이랑 온새미로 보는 것이랑 무슨 상관인데?"

"아무튼 정신 관련으론 일가견이 있다는 거지. 다 같이 니르도아 나무로 가자. 지우야, 너도 봐볼래?"

"어차피 과제니깐. 나도 봐줘."

"다들 오케이 한 거다? 수업 다 끝나고 니르도아 나무로 가는 거야."

"니르도아 나무가 뭐야?"

"계단 타고 올라가면 보이는 공원에서 중앙에 있는 가장 큰 연정목이야. 그곳에서 있으면 연을 자연스레 많이 끌어올 수 있어서 편하거든. 어제 책에서 읽었어."

"그렇구나. 다들 거기서 보자."

하린의 수업을 뒤로, 성우의 기초 신체 연술, 미요의 기초 치유 연술이 이어졌고, 마지막으로는 다시 하린의 수업이 다가왔다. 마지막 4교시의 하린의 수업은 비행 연술인 '하늬바람'을 배우는 수업이었다. 연술의 기초 수업은 나무 그루터기와 화면이 대부분의 장식이었다면, 기초 비행 연술 수업은 끝이 안 보일 정도의 원형 극장이 구축되었다. 학생들이 날아다니며 부딪히지 않기 위해서 일반 수업 장소의 크기보다 훨씬 크게 지어졌다. 나팔을 들고 하린을 중심으로 학생들이 모여들었다. 하린도 날기 위해서인지 고글을 쓰고 왔다.

"드디어 비행 수업을 시작해 보는군요. 여러분 중에 '하늬바람'에 대해 아는 학생 있을까요?"

서로 눈치를 보며 침묵을 유지하던 와중 한 학생이 손을 들었다.

"오, 호맹 학생이군요. '하늬바람'에 대해 설명해 줄 수 있겠어요?"

"네. '하늬바람'은 비행 연술의 명칭입니다. 사용하게 되면 나팔에 깃발이 달리게 되고, 사람이 탈 수 있을 정도로 길어집니다. 나팔 안에서 나오는 연이 땅을 밀어내어 공중에서 뜨는 연술이죠."

"자, 모두 호맹 학생에게 박수를 쳐줄까요? 제가 원하는 정답을 그대로 말해주었네요. '하늬바람'이란 자유자재로 비행하기 위한 연술입니다. 이를 사용하는 법을 배우고 조종 감각을 익히는 것이 이번 학기 수업의 본과제가 되겠어요. 모두 나팔을 꺼내볼까요?"

학생들은 하린의 말대로 나팔을 들어 올렸다.

"하늬바람은 어렵지 않아요. 나팔에 깃발을 매단다고 생각하고, 길어지라고 생각해 볼까요?"

하린의 설명대로 학생들은 눈을 감고 자신들의 나팔에 집중했다. 그러더니 학생들에게선 황금빛이 흘러 나와 장관을 이루었다. 빛은 흘러나와 나팔을 휘감았으며 그곳에 깃발이 형성되기 시작했다. 그리고, 나팔이 길어지더니 본인들의 고유한 소리가 퍼져 나왔다. 어떤 나팔은 북처럼 묵직하고, 또 어떤 것은 하프와 같은 선율이 흘러나오고, 어떤 나팔에선 종소리와 같은 청아함이 퍼져나갔다. 각자의 소리를 보여주니 나팔은 점점 길어져 사람이 안정적으로 탈 수 있는 형태가 되었다. 어떤 학생들은 이미 '하늬바람'을 사용할 줄 알아 놀라지 않았지만, 처음으로 사용해 보는 학생들에게는 특별한 경험을 안겨주었다.

"하늬바람은 자연스레 떨어지지 않게 중심을 잡아주고, 앉았을 때 아프지 않게 해주는 기능도 있답니다. 다만 여러 보호 연술은 추가로 걸어야 하지만, 그것도 수업에서 배워갈 테니 걱정하지 마세요."

"오오…! 나도 이제 쓸 수 있게 됐어." 우진은 활짝 웃었다.

"매일매일 타고 다니면 너도 막상 질릴걸. 그리고 생각보다 높이 올라가면 무섭다?"

"교수님! 고소공포증이 있으면 어떡하죠?"

한 학생이 용기 있게 손을 들어 질문을 던졌다. 이 질문은 우진 또한 궁금했던 점이었다.

"사람이라면 대개 높은 곳을 무서워하기 마련이죠. 아무 안전장치 없이 높은 곳에 올라가면 당연히 무섭겠죠? 그래서 수업하는 동안 보호 연술도 같이 배우는 것이 중요한 거예요. 아무리 중심을 잡아도 떨어지지 않는 것은 아니랍니다. 오늘 수업에서는 먼저 나팔의 중심에 적응하는 훈련을 할 거예요. 다들 나팔을 준비시켰다면 위에 올라타세요!"

학생들은 나팔에 올라타기 시작했다. 원래부터 쓸 줄 알았던 이들은 자연스레 나팔에 올라가 균형을 유지하였고, 처음 타보는 학생들은 조금씩 휘청거리기 시작했다. 우진 또한 예외는 아니었다. 우진은 나팔에 올라가 계속해서 균형을 잡으려 노력했지만, 생각보다 쉬운 일이 아니었다.

"으악! 왜 자꾸 넘어지지…."

나팔에서 떨어지는 우진의 옆으로 지우가 자신의 나팔을 타고 천천히 다가왔다.

"바보야. 다리에 힘 빼."

"힘을 빼라고? 어떻게?"

"너 올라갈 때 안 떨어지려고 계속 힘주잖아. 힘을 줘서 붙어 있으려고 안간힘을 쓰지 말고 자연스레 나팔을 받아들이란 말이야."

"일단 해볼게."

우진은 지우의 말대로 나팔에 올라가 몸을 축 늘어뜨린 채 가만히 서 있으려고 했다. 우진은 약간 휘청거리는가 싶더니 처음으로 균형을 잡고 꼿꼿이 서 있게 됐다.

"와! 이제 됐네. 진짜 고마워. 지우야."

우진은 지우의 입꼬리가 살짝 올라간 것을 보고 괜스레 놀리고 싶어졌는지 말을 더 붙였다.

"너 웃기도 하는구나?"

"뭔 소리야. 난 간다." 우진의 말이 쑥스러웠는지 저 멀리 도망가는 지우였다.

"오늘은 균형잡기가 목표입니다. 나팔에 올라가서 누워도 되고, 서 있어도 되니 30분 동안 떨어지지 않도록 노력해 보죠."

그렇게 많은 학생은 기상천외한 자세들을 잡으며 나팔 위에서 놀았다.

"균형 잡기가 된 학생들은 앞으로 나아가는 연습 또한 같이 해볼게요. 앞으로 나아가는 법은 몸을 약간 기울인 뒤에 가고 싶은 방향을 생각하면 돼요."

우진은 나팔에 앉아 앞으로 몸을 조심스럽게 기울였다. 앞으로 나아가는 것에 우진은 크게 기쁜 듯이 소리쳤다.

"앞으로 간다!" 우진의 소리를 들은 맹은 옆으로 조심스럽게 다가왔다.

"어떻게 하는지 알겠어?"

"조금씩 이해되는 것 같아. 처음엔 너무 긴장해서 그런지 막상 힘 빼고 타니깐 괜찮더라고."

"힘 빼는 것도 중요하고, 마음가짐도 중요해. 네가 나아가고 싶은 방향을 정확히 설정하고 상상을 구축하는 게 포인트지."

"오케이. 고마워. 조언대로 해볼게. 이걸 타면 어디든 갈 수 있겠다."

"아쉽지만 그건 좀 어려워. 연이 계속해서 빠져나가서 장기간 운행하는 건 어렵지."

"그러면 어느 정도까지 나아갈 수 있을까?"

"학교 전체를 돌아다닐 정도는 충분히 될걸."

"그 정도면 충분하겠다."

맹과 우진은 계속해서 거닐며 대화를 주고받았다. 어느덧, 마무리 시간이 다가오고 있었다. 하린은 저 멀리까지 날아간 학생들을 위해 나팔을 대고 말하였다. 하린의 소리는 원형극장 내에 전부 울려 퍼졌다.

[자. 이제 마무리할게요. 학생들은 중앙으로 모여주세요.]

"생각보다 하늬바람은 일상에서 많이 이용된답니다. 앞으로 계속해서 훈련을 진행할 테니 연습을 많이 하면 좋아요. 오늘 고생 많았어요."

그렇게 하린은 수업을 마치고 유유히 날아갔다. 하린이 떠나자마자 원형극장은 사라져 본래의 초원으로 돌아왔다. 수림과 지우는 우진을 찾아서 그에게로 다시 다가왔다.

"이제 공원 가는 건가?" 우진이 물었다.

"하늬바람 쓴 김에 나팔 타고 날아가자." 수림은 우진을 부추겼다.

"아직 방향 조절이나 날아가는 법은 못 배웠는데?"

"괜찮아. 뒤에서 무슨 일 생기면 우리가 잡아줄 테니깐. 그냥 떠오르고 싶다고 생각하고 몸을 앞쪽으로 기울이기만 해봐."

"위험하지 않을까….."

"괜찮아. 괜찮아. 떨어질 것 같으면 우리가 구해주지. 마음 가는 대로 움직일 테니까 네가 가고 싶은 방향대로 잘 해봐."

"이대로 죽으면 다 니 탓인 거야."

"야. 출발할 거면 빨리 출발해. 나 좀 있다가 동방 가야 돼." 지우는 길어지는 기다림에 짜증을 냈다.

"참, 바쁘게 사는구나. 이대로 출발!"

수림과 지우는 먼저 날아올라 빛의 계단 쪽으로 다가갔다. 우진 또한 앞은 상태에서 날아오르려 했지만, 섣불리 날아오르기엔 무서웠다.

"할 수 있어! 할 수 있어! 할 수 있다고!"

우진은 스스로 자신감을 불어넣은 다음에 몸을 조금씩 앞으로 기울였다. 우진은 그대로 빠르게 앞으로 쏘아졌다.

"으아아아악!"

"괜찮아! 몸에 힘 빼!"

우진은 자연스레 나팔에 몸을 맡기며 천천히 곡선을 그리며 위로 상승했다. 눈을 질끈 감고 앞으로 움직이다가 겨우 눈을 떴다. 그는 자신이 보고 있는 광경을 믿을 수 없었다. 작게만 보이는 학생들, 조형물 크기의 건물들, 연하광채의 전경이 드러나는 하늘 위에서 우진은 비행하고 있었다. 비행기에 있는 것도 아닌데 물건 하나에 의지해서 하늘을 날아다닐 수 있다는 사실이 정말로 그를 감격하게 했다. 우진은 다시 눈을 감아 불어오는 바람을 느껴보며, 나팔의 방향과 고도를 조종할 수 있게 되었다. 우진은 수림과 지우를 뒤따라 공원으로 나아갔다. 그들은 잠시 뒤, 공원 중앙에 집채만 한 크기의 니르도아 나무 앞에 멈춰 섰다.

"봐봐. 제법 탈 수 있게 됐잖아."

"만약에 떨어지면 어떡하려고 했는데."

"그건 그때 가서 생각해야지."

"너 진짜!"

"자자. 여기까지 왔으니, 온새미로부터 들여다보자."

"박수림. 아직 제대로 배운 것도 없는데 너는 어떻게 들여다볼 수 있는 거야?"

"그건 비밀인데. 네가 육체 연술이 특기인 것처럼 정신 연술 쪽에 조금 특화되어 있다고만 얘기해 둘게. 김지우. 너부터 확인해 보자."

“그러던지.”

“내 앞으로 와서 가부좌를 틀고 앉아. 그리고, 눈을 감아.”

수림은 사뭇 진지한 표정으로 나무 앞에 앉았고, 지우는 수림의 말에 따라 그의 앞으로 다가와 앉았다. 지우는 조용히 눈을 감았다. 수림은 나팔을 꺼내 공중에서 돌려놓았다. 많은 연이 소모되기 때문에, 연기를 뿜어내는 니르도아 나무 밑에서 자리를 잡은 것이다.

자신이 아닌 다른 이의 정신을 들여다보는 것은 쉬운 일이 아니다. 사람이란 본디 비슷해 보이면서도 정신 구조는 전부 상이하다. 다른 사람의 것을 들여다보는 것은 일반 학생에게는 어려운 일이지만, 수림에게는 가능한 일이다.

수림은 두 손을 모아 삼각형의 모양으로 만들고 지우 쪽으로 쭉 뻗고 눈을 감았다. 그녀에게서 흘러나오는 연의 흐름을 읽어낸다. 연이 흘러나오는 곳을 쫓아, 그곳으로 들어가려 시도한다. 수림은 무언가 보이는지 표정에 변화가 생겼다. 인상이 조금씩 찌푸려지며 그녀의 정신 속에서 바라본 것을 자신의 머릿속에서 장면으로 재구성하고 있었다.

“나무… 숲…. 숲이 보여. 우직하게 펼쳐져 있는 나무들. 땅에 깊게 뿌리를 박고 대지의 양분을 빨아들여 성장을 하는 나무들. 단순한 나무들이 모여 있는 숲이 아니라, 정글처럼도 보여. 폭포도 보이고. 생명력이 넘쳐흐르는 그런 곳…. 후우…. 여기까지야.”

“생각보다 재능 있나 본데. 어떻게 알았어?” 지우가 신기한 듯이 수림을 쳐다보았다.

“그저 읽어낸 거야. 약간 지치긴 한데, 이 정도는 괜찮아.”

“어릴 때 숲에서 놀았거든. 난 자연과 놀면서 자랐어.”

“그러면 그걸 기반으로 온새미로가 발전했을 수도 있어. 연술은 아마도 나무의 형태로 저장되는 것 같은데.”

“뭐, 고맙다. 이제 애나 봐줘.”

“우진아, 너도 이리 와서 앉아.”

“아…. 응.”

우진은 수림 앞에 가서 앉았다. 우진은 사뭇 다른 분위기에 긴장하며, 눈을 천천히 감았다. 수림은 다시 삼각형으로 만든 손을 뻗어 우진에게서 흘러나오는 연의 흐름을 포착하려 노력했다. 수림은 처음에는 아무것도 보이지 않았지만, 가느다란 실처럼 매우 얇은 연이 보여 그것을 쫓았다. 겨우 실오라기 하나 찾아서 우진의 온새미로에 들어갈 수 있게 되었다.

아무 소리. 아무 감각. 아무것도 보이지 않는다. 우진의 정신 속은 어둠만이 존재했다. 칠흑 속에서 수림은 아무것도 보이지 않는지 계속해서 빛의 조각이라도 찾으러 돌아다녔다.

“아무것도 보이지 않아….”

“뭐라도 있겠지. 조금 더 돌아다녀 봐.” 지우는 수림의 혼잣말을 듣고 대답했다.

수림은 정신 속을 끊임없이 거닐었다. 마지막으로 정신을 집중하고 더 많은 연을 끌어와 우진의 편린을 찾으려 노력했다. 그때, 한 빛이 멀리서부터 보였다.

“빛 하나가 보여.”

수림은 빛을 향해 달려갔다. 빛은 점점 밝아지는 듯했지만, 아무리 빠르게 달려가도 쉽사리 크기가 변하지 않았다. 결국 수림은 최대한 빠르게 날아가기로 결심하고, 빛의 근원지에 다가서려 했다. 어느 정도 도달했을 때, 수림은 멈추어 설 수밖에 없었다.

그는 보자마자 몸의 떨림을 멈출 수 없었다. 일개 인간이 우주에 홀로 내

던져 자신이 한없이 작은 티끌임을 깨닫는다면, 그때의 충격을 상상할 수 있겠는가. 수림이 목도한 것은 '태양'이었다. 한눈에 다 담을 수도 없는 너무나 압도적인 크기에 수림은 본능적이고 원초적인 공포에 떨 수밖에 없었다.

"아… 아…! 아……! 으아아아아아…!"

"왜! 왜! 뭔 일인데!" 지우는 갑작스럽게 소리 지르는 수림을 다급하게 불렀다.

"너무 커…. 이런 공간은 처음이야…. 제발 날 이곳에서 떨어뜨려 줘…!"

"아, 진짜! 빨리 그만둬!"

우진 또한 아무 반응조차 없었다. 지우는 나팔을 붙잡으려 했지만, 너무나도 세차게 돌아가고 있었다. 지우는 자신의 손에 연을 모으기 시작했다. 점점 붉어진 연은 지우의 손에 깃들었다. 지우는 붉은 연이 깃든 손으로 나팔의 취구와 나팔 부분을 한 번에 잡아내었다.

끼긱…. 나팔은 점점 속도가 줄어 마찰을 일으킨다.

"*끄윽…*."

그녀의 손은 벌겋게 달아올라 이곳저곳 터져서 선혈이 흐르고 있었다.

모아지는 연이 끊긴 수림은 그대로 우진에게서 튕겨 나와 눈을 떴다. 현실로 돌아온 수림은 숨을 거칠게 몰아쉬며, 우진을 멍하게 바라보았다.

"후우… 후우… 하아…. 너 뭐야…? 도대체 뭘 지니고 있길래…? 그렇게 큰 광원은 처음 봤어…. 말이 되지 않잖아…."

우진 또한 눈에 흐려졌던 초점이 돌아오며 현실로 돌아왔다. 수림과 손을 치유하고 있는 지우를 번갈아 가며 보았다. 상황을 인지하는 데는 오랜 시간이 걸리지 않았다.

"뭐야…? 무슨 일이 있었던 거야? 괜찮아?" 자신이 수림을 다치게 했다고 생각하고 다가서려 했다.

"다가오지 마! 제발…. 잠깐만 추스르게 해줘…."

"미안해…. 무엇을 봤는지는 모르겠지만, 괜찮아질 때까지 기다릴게."

지우는 한순간에 일어난 일들에 당혹감을 내비치며 나팔을 두 손으로 쥐고 연을 모으기 시작했다. 연을 모으고 수림의 머리에 가져다가 나팔을 휘둘렀다. 잠시 뒤, 떨고 있던 수림은 차츰 진정되었으며 식은땀도 깔끔히 사라졌다.

"뭐야! 어떻게 한 거야?" 수림의 떨던 몸은 잠시 안정을 갖고 차분해졌다.

"시그머루로 네 호르몬 반응만 잠재운 거야."

"그런 게 가능하다고?"

"나도 어릴 적부터 배운 게 좀 있어서 말이지."

바람이 휘날리며 니르도아 나무의 나뭇잎들이 서서히 떨어진다. 흩날리는 나뭇잎들 사이로 우진과 수림, 그리고 지우가 서 있다. 수림은 그들의 심연을 들여다보았다. 수림은 본래 타인의 무의식을 들여다보는 일에 일가견이 있어 크기 꺼리는 점이 없었다. 하지만, 우진의 심연을 들여다보자, 그는 아무것도 보지 못했다. 너무 멀리 가버렸다. 결국, 수림은 심연에게 들켰고, 심연에 집어삼켜졌다. 겁에 질렸고, 공포에 빠졌다. 지금의 시간이 그들을 미지의 공포로 몰아넣은 것이다.

그러나, 서로에 대해 이해할 수 있게 되었다. 만난 지 얼마 안 된 그들은 얕은 관계였다. 서로에 대해 아는 것이라곤 같은 신입생이라는 사실밖에 없었다. 오늘의 사건은 그들의 관계를 더욱 가까워지도록 이끌 것이다.

"괜찮아졌어? 정말 미안해. 나팔을 만들 때도 이런 일이 있었는데, 진작에 말해야 했는데."

"괜찮아. 지우 덕분에 나아졌어. 순간적으로 놀라서 그런 반응이 나온 거야. 너무 걱정하지 마."

"바보 같긴. 위험한 것 같으면 바로 나왔어야지." 지우는 퉁명스럽게 말했다.

"위험하다고 생각하기도 전에 먹히게 생겼는데 어떡해."

"아무튼, 니가 본 건 뭐였다고 생각하는데?"

"그건 거대한 '별'이었어. 인간의 기준에서 끝을 알 수 없는 빛의 향연. 무한한 힘."

"그런 걸 얘가 가지고 있다고?"

"숨겨진 비밀이라도 있나 보지. 다들 과거사 하나쯤은 지니고 있잖아."

"별이 맞는 것 같아. 지원 학장님이랑 춘향 님도 내 온새미로를 우주라고 표현했어." 우진은 옆에서 말을 거들었다.

"그러면 그 끝없는 어둠이 우주였다고? 얼마나 넓길래….."

"아무튼 봐줘서 고마워. 구연 교수님의 말이 슬슬 이해될 것 같아. 너는 확인 안 해봐도 괜찮아, 수림아?"

"나는 충분히 잘 알고 있어. 더 이상 들여다보지 않아도 돼."

"그래…. 알았어."

"이제 다들 어쩔 건데?" 지우는 그들의 동향을 물었다.

"나는 오늘은 기숙사 들어가서 조금 쉴게."

"미안해. 정말로."

"괜찮다 그래도! 조금 쉬면 나아. 너는 지우랑 동아리나 다녀오든지."

"마침 갈 생각이긴 했는데 너도 따라오던가."

"수림아, 들어가서 쉬고 있어. 나도 금방 들어갈게."

"다들 조심해서 다녀와."

수림은 그대로 나팔을 타고 기숙사가 있는 방향 쪽으로 날아갔다. 약간 휘청거리는 것 같아 그들은 수림이 걱정되었지만, 결국은 제 방향을 잡고 잘 나아가는 것을 확인한 후 그들은 다시 고개를 돌렸다.

"깨지진 않았겠지…. 튀어나오면 안 돼…." 수림은 혼잣말로 작게 속삭였다.

단둘이서 남게 된 그들은 어색한 침묵만이 흐를 뿐이었다. 침묵을 먼저 깬 것은 지우였다.

"야, 가자."

"어…? 어. 가자…."

"걔는 아무 문제 없을 거야. 네 안에 힘이 그렇게 크다면 너는 지금 감당키 어려울 거야. 그걸 통제하고 진정으로 니 걸로 만들려면 단련해야지. 나 먼저 갈 테니까 따라와."

지우는 말을 남기고 그대로 나팔을 타고 자리를 떠나버렸다. 우진은 어안이 벙벙한 상태에서 머리를 한 대 얻어맞은 기분이었다. 잠시 후, 제정신을 차리고 나팔을 타고 날아올라 동아리가 있는 건물로 날아들었다.

그들은 동아리에 들어서고, 그곳에서 명상 중인 호맹을 발견했다.

"야. 언제부터 와 있었냐?" 지우는 맹에게 말을 걸었다.

"수업 끝나자마자 바로 왔어. 오늘은 재현이 형이 대련해 주시기로 해서 같이 해보려고."

"그러면 수련이나 해야겠다. 너도 오늘 봤냐?"

"우진이가 염력 쓰는 거?"

"넌 안 놀랐냐?"

"당연히 놀랐지. 근데 안 놀란 척했어. 우진이 입장에서 아무것도 모르는데 얼마나 난처해지겠어."

"고마워. 맹아." 우진은 옆에서 조용히 듣다가 끼어들었다.

"별말씀을! 너네도 명상부터 해. 연을 가다듬는 데 도움 될 거야."

대화를 나누고 있는 그들의 뒤로 재현이 다가왔다. 재현은 반가운 듯 손을 흔들며 걸어왔다.

"다들, 왔구나! 벌써 동아리 내에 소문 다 났어. 너 염력 쓸 줄 안다며?"

"벌써 형 귀에까지 들어갈 줄은 몰랐어요."

"나는 소식에 좀 밝은 편이지. 마침 잘 왔다. 기초 기술도 조금 알려줄게. 도움 될 거야. 맹아, 명상하는 동안 잠시 알려주고 와도 되지?"

"당연히 괜찮습니다!"

"그래그래. 금방 다녀올게. 우진아. 3구역으로 와."

"시간 괜찮으신 거예요?"

"이런 거 배우려고 동아리 온 거 아니야? 많이 배우고 가."

"감사해요. 형."

처음 비무장에 섰을 당시에는 서로를 마주 보며 섰다면, 지금은 서로 나란히 서 있다. 3구역에 올라서서 재현은 나팔을 휘둘렀고, 원형의 표적이 올라왔다.

"연을 모아서 염력으로 활용할 수 있다면 이런 것도 가능할 거야."

재현은 나팔을 한 번 공중에 튕기고 빠르게 연을 모은 뒤 그것을 낚아채어 흰색의 연을 난사했다. 쏟아지는 연의 비에 먼지가 날리며 연기가 일었다. 자욱해진 연기가 걷히고 나니 수많은 표적은 전부 부서져 있었으며, 그중 벽에 손상은 하나도 가지 않았다. 재현은 오롯이 표적만을 겨냥한 것이었다.

"와…. 정말 대단하시네요."

"이건 백색 1연 연술이야. 연에도 종류가 있다는 것 알아?"

"저번에 학교 처음 왔을 때 어떤 사람이 2연 뭐라고 하는 걸 들은 적이 있어요."

"맞아. 연에는 1연, 2연, 3연이 있어. 각각의 특성에 따라서 신묘하게도 특징적인 색이 맴돌아. 이것 봐봐." 재현은 공중에 나팔을 그리며, 하얀 연을 휘날린다. 우진은 오묘한 무지갯빛이 깃든 흰 빛을 따라 시야를 이동한다.

"그다음으로 2연에는 적색, 청색, 황색이 있어. 적색의 경우에는 육체와 관련된 연술을 사용하는 것이야. 그럼 붉은 색이 돌게 되지." 재현은 오른 주먹을 꽉 쥐더니, 빨간 연이 피어오르기 시작한다.

"지우가 특히 이 분야에 탁월해. 너도 배우고 있지 않아? 기초 육체 연술 말이야."

"청색은 그럼 정신 연술인가요?"

"왜 그렇게 생각했지?"

"육체의 반대는 정신이니까요…? 수업도 있고….

"정답이야. 청색은 정신과 관련된 연술들이야. 그리고 육체와 정신의 조화를 이루어 나를 벗어난 것들을 조종하는 것이 황색의 연술이야. 네가 쓴 염력은 노란빛이 흘러나오지 않았니?"

"맞아요. 처음 보는 색이었어요. 연이랑은 미묘하게 다른 색. 3연도 있다고 했었죠?"

"대개의 연술사는 평생을 살아도 3연을 쓸 수 없어. 우리 학교에도 쓸 수 있는 사람은 기껏해야 학장님 정도일걸? 연술을 두 개 이상 합쳐서 복합연술로 승화시키는 건데, 말로만 쉽지. 구조가 다른 연술 두 개를 이어 붙이는 것도 아니고 그 자체로 융합하는 거라 매우 어려운 과정이야. 3연은 흑색이라고 불러."

"덕분에 많은 걸 알아가게 됐네요. 고마워요."

"어차피 1학년 연술의 기초 때 다 배우는 내용이야. 미리 설명해 준 것뿐이지. 아무튼, 네가 2연 연술인 염력을 쓸 수 있다는 것은 1연 연술도 충분히 사용 가능하다는 뜻이야. 염력을 쓰기 전에 연을 모으는 과정만 먼저 해보자."

"알겠어요." 우진은 짧은 대답을 마치고 나팔을 치켜들고 천천히 연을 모았다. 자신의 심장으로부터 퍼져 나오는 빛과 주위의 퍼져있는 연기를 천천히 스며들게 해 융합시키니 하나의 연이 완성되었다. 몇 번의 시행착오 끝에 가볍게 연을 모을 수 있게 된 우진은 내심 기뻐하였다.

"모았어요."

"모은 연을 천천히 일직선으로 쏜다고 던져보자."

우진은 나팔로 한 손에 모아진 연을 이끌어 나팔 부분에 머물도록 했다. 그리고, 일직선으로 나아가는 이미지를 상상하며 최대한 뻗어갈 수 있도록 연을 인도했다. 그러자 연은 멀리 나아가지 못하고 금방 공중에서 흩어져 버렸다.

"어…. 원래 이런 게 맞나요?"

"괜찮아. 호흡을 가다듬고 연을 모으고 멈추는 게 아니라 계속해서 연을 모아서 쏟아낸다는 느낌으로 해보자."

"다시 해볼게요."

우진은 이번에도 다시 연을 모으기 시작했다. 그의 주위로 연기가 몰려든다. 미약한 빛에 불과했던 것이 황금빛이 되어 3구역 전부를 메우기 시작한다. 이토록 밝은 빛을 처음으로 내본 우진은 자신이 어디까지 할 수 있는지 호기심이 생겼다. 알 수 없는 고양감과 떨림에 사로잡힌 우진은 평소에 모으는 연보다 더 많은 연을 모은다. 그리고, 한 손에 모은 노란빛의 연을 백색으로 물들이기 시작한다. 단순히 연을 날리는 것뿐 아니라, 방향성과 범위, 그리고 크기를 설정하기 시작하자 우진의 연은 더욱 환한 흰색의 빛으로 물들기 시작한다. 우진은 천천히 백색의 연을 이끌어 앞으로 쏘기 시작한다. 백색의 연은 처음에 얇게 나아갔다.

하지만, 점점 노도가 되어 비무장을 뒤덮을 정도로 불어난다. 불어난 연은 표적을 향해 빠르게 쏘아졌다.

쾅. 하나의 파도가 되어 표적들을 일제히 뒤덮어 버렸다. 폭발의 여파로 연기로 가득 메워졌다. 연기로 걷히고 나니 표적의 상태를 확인할 수 있었다. 표적은 완전히 산산조각 나 작은 조각이라도 찾아볼 수 없었다. 재현은 우진의 화력을 보고 입을 다물지 못했다.

"잠깐만… 누구 죽일 일 있어?"

"죄송해요. 처음이라 조절이 안 됐어요."

"연을 처음 모으니 그럴 수 있는데…. 이렇게 거대하다고?"

"갑자기 이만한 빛을 내게 되니 조금 흥분했던 것 같아요."

"그럴 수 있어. 다만 한 가지만 명심해. 너의 '광원'에 집어삼켜지면 안 돼. 네 것으로 만들고 네가 직접 쓸 수 있어야 한다 이 말이야. 힘들진 않아?"

"아직은 멀쩡해요."

"그 정도 크기면 탈진해 버리고 말 텐데."

"아직은 잘 모르지만… 제 빛은 조금 큰 거 같더라고요."

"그래? 나중에 자세하게 얘기해줘. 화력은 좋으니 세밀한 조정을 연습해보자. 다시 연을 모으고 이번엔 갈래로 쏘아보자."

우진은 연을 모으고 쏘기를 반복했다. 수십 번을 해도 우진은 순간적으로 밝은 빛에 삼켜지기 일쑤였다. 연술이 지속될수록 정밀도는 점점 떨어졌고 쉽게 피로해졌다.

"오늘은 여기까지 할까?"

"마지막으로 한 번만 더 해볼게요."

우진은 팔과 다리를 쭉 뻗어 스트레칭하고 호흡을 가다듬었다. 천천히 눈을 감고 자신이 할 수 있는 이미지 구축에 노력을 다하였다. 두 갈래로라도 나눠보겠다고 결심한 우진은 한 손으로 연을 천천히 모은다. 처음보다도 찬란히 빛나 동아리 전체를 가득 메울 것 같지만 차이가 있다면 현재는 통제가 깃들기 시작했다. 모인 연은 백색으로 탈바꿈하기 시작한다. 완전히 하얗도록 빛나는 연을 보고 있자니, 우진은 힘에 집어삼켜지지 않으려고 노력한다. 나팔로 다시 그것들을 이끌어 직선으로 쏘아본다. 천천히 쏘아지다가 다시 거세지며 빠르게 쏘아진다. 하지만, 이번에는 다르다. 우진은 안간힘을 써서 쏘아지는 연을 갈래로 조금씩 벗겨낸다. 조금씩, 조금씩, 벗겨내니 결국 눈이 부실 정도로 하얗게 번쩍이는 빛을 두 갈래로 분리해 냈다.

"야! 성공했다!"

"형! 성공했어요!"

우진과 재현은 서로 부둥켜안고 당장의 성공에 기뻐하였다.

"봐봐. 할 수 있다니깐."

재현은 우진을 놓아주고 자신의 나팔을 들어 연을 쏘는 과정을 천천히 다시 보여주었다. 우진은 일련의 과정들을 의식적으로 해야 했지만, 재현의 경우 순식간에 당연한 행동처럼 바로 연을 모으고 쏘아댄다. 쏘아대는 연은 위력을 잃지 않은 채 여러 갈래로 나누어져 다시 표적을 맞춘다.

"이 정도까지 되는 건 어렵지 않아. 앞으로 노력해 보자."

"네, 고마워요."

"다 끝났어요?" 격한 운동을 한 것인지 수건으로 땀을 닦으면서 오는 지우였다.

"생각보다 많은 걸 이루어 냈다고. 우진이는 벌써 할 수 있는 연술이 두 개나 생겼어."

“그러면 니 나랑 대련해 보자.”

“또또 그런다. 축하 먼저 해줘.”

“얘가 쓸만한지 봐야죠. 시험도 얼마 안 남았는데.”

“우진이는 연술을 배운 지 얼마 안 됐는데… 너랑 비무하기에는….”

“괜찮아요. 저 한번 해보고 싶어요.” 우진은 자신감이 붙은 건지 당당하게 자신의 비무 의사를 알렸다.

“됐죠? 7구역 쓸게요. 선배.”

“그렇다면 어쩔 수 없지…. 위험해지면 막을 거다.”

“보호 연술 걸려 있는 거 뻔히 아시면서 걱정도 많으시네요.”

“그건 그거고, 이건 이거고. 정신적 문제도 같이 이야기하는 거야. 네가 조절을 안 할까봐.”

“저 그 정도 파렴치한은 아니거든요.”

“그럼 7구역으로 가자.”

우진과 지우, 그리고 지우는 7구역으로 걸어갔다. 재현은 뒷짐을 지며 나팔을 몰래 휘둘렀다. 그들의 비무 장소는 어느새 물이 차오른다. 얕은 물이 천천히 깔리며, 하늘에는 별과 달이 수면 위에 반사되어 몽환을 자아낸다. 부서진 돌기둥 4가지가 놓여있으며 우진과 지우는 발목까지 오는 물을 받아내며 천천히 걸어간다.

“선배. 귀찮게 이런 지형으로 했어요?”

“여기가 싸우기엔 힘들어도 연술이 오가기 시작하면 보는 사람은 시각적으로 즐겁거든.”

재현은 나팔 부분을 자신의 입에 갖다 대며 말을 이어 나갔다.

“아아. 제 목소리가 들리는 사람들은 7구역으로 모여주시기를 바랍니다. 재밌는 비무가 펼쳐질 예정이니까요.”

“선배!” “선배!” 우진과 지우에게서 동시에 불평이 터져 나왔다.

“너무 뭐라고 하지 마. 싸움 구경이 세상에서 제일 재밌잖아? 그리고 ‘거울 호수의 제단’ 장소를 했으면 구경꾼이 필요해.”

그들은 한숨을 쉬며 비무장 위로 올랐다. 찬란한 빛이 그들을 비추며 별들 사이로 그들은 입장했다. 열댓 명 남짓한 사람들은 7구역으로 넘어와 모두 우진과 지우를 바라보았다.

“준비되었으면 언제든지 시작해. 우린 아무 말도 안 하고 있을게.” 재현은 그들에게 부드럽게 전하였다.

“야. 니가 먼저 시작해.” 지우가 먼저 말을 꺼내었다.

“알았어. 막상 올라오니까 좀 떨리네.”

“쫄지 말고. 여기선 아무도 다치지 않아. 걱정 말고 할 수 있는 공격은 다 쏟아부어. 나도 최선을 다할 거야.”

“노력해 볼게.”

우진은 마음을 한 번 가다듬었다. 그리고 숨을 내뱉고 들이마시며 호흡을 정돈한다. 그는 나팔을 들어 차분하게 연을 모은다. 우진에게서 빛이 흘러나온다. 흘러나온 빛은 공중에 흩뿌려진다. 그리고, 부서진 돌기둥 4개에 스며든다. 우진은 나팔을 천천히 들어 올린다. 동시에 비무장이 흔들렸다. 돌기둥에 쌓여있던 먼지가 그대로 쏟아지며, 돌기둥은 공중으로 떠오른다.

“쟤 1학년이잖아! 벌써 염력을 쓴다고?”

“특별한 무언가가 있겠지. 속임수일 거야.”

우진을 바라보는 관객에게서 탄성이 쏟아져 나왔다.

“지켜 봐봐. 우진이는 진짜야.” 재현은 그런 우진을 두둔했다.

돌기둥 4개는 공중에서 세차게 돌더니, 지우를 향해 빠르게 쏘아졌다.

지우는 그런 돌기둥에서 시선을 떼지 않고 빤히 응시한다. 우진은 자신이 만들어냈던 연 중에 가장 큰 연을 모은다. 끊임없이 모으니 집채만 한 크기의 연이 완성되었고 그대로 돌기둥과 함께 지우에게 퍼부었다. 이 모습을 본 관객들은 경악할 수밖에 없었고, 먼지폭풍이 휘날려 모두 팔을 들어 올려 얼굴을 가렸다. 먼지폭풍이 시야를 가린 가운데 우진은 순간적으로 걱정되었다. 아무리 보호 연술이 걸려있다 해도, 공격의 규모는 예사롭지 않았기 때문이다. 지우를 향해 달려가려던 찰나에 먼지구름이 밀려났다. 그곳에는 오묘한 색을 띠며 바마를 치고 있는 지우가 보였다. 바마를 걷어내며 지우는 말을 이어 나갔다.

"고작 이 정도로 그렇게 걱정하는 눈빛을 하는 거야? 한심해."

말과 동시에 나팔에서 붉게 빛나는 몸집만 한 망치를 만들어낸 지우는 날아올랐다. 높게도 날아올라 그대로 우진에게 달려들었다. 망치를 두손으로 들어 뒤로 젖히고 우진을 향해 갖다 박았다. 망치의 풍압은 피부를 찢는 듯했다.

우진은 반응할 새도 없이 경악하며 바마를 전개했다. 하지만, 지우의 공격을 견뎌내기에는 막은 얄팍했다. 급조한 바마는 바로 부서져 버렸다.

우진은 전신을 붉게 물들인 뒤 뒤로 후퇴했다. 지우는 놓치지 않고 망치를 바닥에 던져놓고, 우진에게 또다시 달려들었다. 또한 전신을 붉게 물들이며 우진의 손을 붙잡고 힘겨루기를 시작했다.

"너가 나랑 힘겨루기가 될 거 같아?"

"으아아아아악!"

우진은 전신이 뜯겨나가는 감각을 받아내며 자신이 낼 수 있는 모든 힘을 쏟아붓는다. 지우는 미동도 하지 않는다. 그를 계속해서 압박하며 한 손을 풀고 그곳에 붉은 연을 깃들게 한다. 붉은 연의 주먹은 우진의 복부를 빠르게 가격한다. 사람들이 눈치챌 틈도 없이 우진은 벽으로 그대로 튕겨 나간다. 우진을 가리는 먼지의 연무가 피어오르고, 이 모습을 보는 사람들은 입을 다물지 못한다.

"고작 신입생들의 능력이 이 정도라고…?"

"내가 말했잖아. 쟤들은 진짜라고." 재현은 다시 한번 그들을 두둔한다.

호맹은 뒤늦게 비무를 보고 날아간 우진에게 달려간다.

"연우진! 괜찮아?"

"야. 호들갑 떨지 마. 보호 연술 걸려있는 거 뻔히 알면서."

"김지우! 이건 좀 심하잖아!"

"쟤는 나한테 바위만 한 연을 던졌거든?"

호맹은 우진에게 다급하게 달려갔다. 지우는 그대로 뒤쫓아 걸어간다. 우진은 자신에게 무슨 일이 일어난 건지 인식할 겨를이 없었다. 고통이 느껴질 리 없다고 생각했는데, 어느새 우진은 입가에 피를 흘리고 있었다. 교복은 찢어지지 않았지만, 그의 복부는 으깨져 무너져 내리고 있었다. 그는 고통에 신음하고, 숨을 헐떡이며, 말을 이어가지 못했다. 이 모습을 보는 관객들은 다른 의미로 말을 잇지 못했다.

"선배! 보호 연술 안 걸렸어요?"

"그럴 리가 없을 텐데! 진짜 다친 거야?"

재현은 빠르게 동아리 내의 연술을 확인하고 경악한다. 보호 연술이 끊겨 있었다.

"아, 진짜! 이게 뭔 일이에요!"

지우는 다급하게 달려가 연을 다시금 모은다.

"야, 호맹. 너 시그머루 쓸 줄 알아?"

"조금은."

"내 지시대로 따라와. 연 모아서 나한테 넘겨줘."

"여기서 더 뭘 하게!" 호맹은 소리쳤다.

"살려야 할 거 아니야!" 지우는 자신의 실수를 다 잡겠다는 듯 울분을 토했다.

호맹은 나팔을 공중에 돌리고 합장했다. 최대한 많은 빛을 뿜어내며 자신이 만들 수 있는 최대한의 연을 형성한다. 그런 연은 지우에게 이양된다. 지우는 연을 자신의 손에 맴돌게 했다. 노란빛을 띠는 연을 그대로 우진의 복부에 갖다 댄다. 그녀는 눈을 감고 신체 구조의 이미지를 그려낸다. 혈관과 혈관 사이, 신경과 신경 사이, 근육과 근육 사이. 모든 조직을 천천히 이어낸다. 찢어졌던 것을 다시 봉합한다. 우진의 헐떡이던 숨은 천천히 정상으로 돌아간다. 그녀는 복부에 마지막으로 연을 불어넣고 일어났다. 우진을 일으켜주기 위해 손을 내민다.

"일어나. 괜찮아?"

우진은 머리를 꾹꾹 눌러대며 겨우 지우의 손을 잡으려 시도한다. 겨우 시야가 돌아온 것인지 호맹과 지우를 번갈아 본다.

"으아아아아악!" 우진은 갑작스레 소리를 지르고 비무장에서 뛰쳐나와 그대로 동아리에서 뛰어나간다.

"아, 진짜. 귀찮게! 왜 저러는 건데." 지우는 머리를 벅벅 긁으며 불평을 토했다.

"내가 가서 괜찮은지 보고 올게." 호맹이 먼저 나섰다.

"잠깐. 내가 갈게. 나랑 비무하다 생긴 일…."

"안 돼! 너 보고 기겁해서 도망간 거잖아!"

"괜찮아. 내가 해결할 수 있어. 믿어 봐."

"안 된다 해도."

"좀! 간다잖아!"

"맹아. 이번엔 지우를 믿어 보자." 재현은 옆에서 지우의 말을 거들었다.

"안 돼요! 자길 때린 사람을 누가 보고 싶어 하겠어요."

"지우가 생각이 있을 거야. 그리고 내가 본 지우는 그렇게 나쁜 아이가 아니야."

맹과 재현이 옥신각신하는 사이 지우는 어느새 동아리를 나섰다.

지우는 우진이 찾아갔을 법한 장소를 고심했다. 기숙사… 도서관…. 많은 곳을 떠올리던 그녀는 우진이 갈 만한 곳을 떠올려냈고 바로 나팔에 올라타 그곳으로 날아갔다.

그녀가 도착한 곳은 낮에 보았던 니르도아 나무 앞이다.

바람이 무성히 휘날린다. 아무 말도 하지 않은 채, 움츠려서 나무에 기대고 있는 우진의 옆으로 다가간다. 지우는 옆에 같이 기대어 앉는다. 우진은 고개를 숙인 채 들어 올릴 생각을 하지 않는다. 지우는 아무 말도 하지 않은 채 하늘을 올려다보며 시간을 흘려보낸다.

우진이 조금이라도 진정이 된 것인지, 고개를 들었을 때는 지우가 그를 바라보고 있었다.

"괜찮아?"

지우는 넌지시 물었다.

"미안…. 뛰쳐나와서 놀랐지?"

"니가 미안할 게 뭐가 있는데. 다쳤잖아. 나 같아도 도망칠걸."

"아니. 그것 때문에 도망친 게 아니야."

"그럼?"

"갑자기 맹이랑 네 얼굴이 흘러내렸어. 기괴하게. 내가 아파서 환각을 보는 건가 싶었는데 아픈 것보다도 소름이 가시질 않더라고.”

“아파서 잘못 본 거겠지. 너 복부가 다 부서졌었어. 내가 겨우 고쳤다고.”

“고마워. 덕분에 살았어. 하지만, 그 느낌은 진짜 같았는걸.”

지우는 이해가 안 간다는 의미로 인상을 한 번 찌푸리고 말을 이어 나갔다.

“됐고. 그렇게 큰 공격은 다른 사람이 막았으면 큰일 났을 거야.”

“뭐가?”

“뭘 말하는지 알잖아. 니 공격. 거대한데 응집력이 약해. 거대한 풍선 던지는 거나 마찬가지라고. 양보다 질을 생각하란 얘기야. 다음엔 더욱 묵직하게 던져.”

“고마워. 도움 많이 되겠는데.”

“그리고… 적색 2연 연술 쓸 때 신체 강화를 오래 유지 못 하겠으면, 힘을 내야 할 때 집중하도록 해봐. 추후에는 유지력을 기르는 게 중요하지만, 당장은 너에게 필요할 거야.”

“정말 고마워…. 나 때문에 나온 거야?”

“니가 쓸데없이 돌아다니다가 쓰러질까 봐 그런다. 귀찮아지잖아. 박수림도 징징거릴 테고.”

“마음씨는 착하네. 안 그럴 거 같았는데.”

“야!”

“하하. 미안.”

지우와 우진은 그대로 나무에 기대어 저물어가는 노을을 바라보았다. 우진이 흘린 식은땀은 천천히 말라간다. 그들은 노을의 빛에 젖어가며 잠시 쉬어간다. 아무 말도 남기지 않는다. 어색함이 흐를지도 모르지만, 지금 당장은 침묵이 그들의 관계에 안정을 가져다주었다.

∞

동아리에서 여러 연술을 배우고 돌아온 우진은 극심한 피로감을 느끼며 침대에 그대로 쓰러져버렸다.

"아… 너무 힘들어. 여기 온 지도 3일이나 됐네. 많은 일이 있었네. 수림이는 잘 있으려나."

"걱정 마. 잘 있으니까!"

"뭐야! 언제 들어왔어!"

"낮잠 좀 자고 있었는데 누가 부스럭거리는 소리가 들리길래 나와봤더니 네가 돌아왔더라고."

"인기척 좀 내고 다녀!"

"미안. 동아리는 잘 다녀왔어?"

"오늘 연을 모아서 쏘는 걸 연습하고 왔어. 재현이 형이 어떻게 하면 세밀하게 조정할 수 있는지 잘 알려주셨거든."

"흐암. 재밌었겠네." 수림은 방금 자고 일어나서 피곤하다는 듯이 하품했다.

"너는 좀 괜찮아?"

"나는 멀쩡해. 아까는 정말 놀랐을 뿐이야. 너도 얼른 자. 나도 자러 가 볼 테니까."

"그래. 오늘 온새미로 대신 들여다봐 줘서 고마워. 언젠가는 나도 네 정신을 봐줄게."

순간적으로 수림은 멈추어 서서 그대로 표정이 굳어버렸다. 우진의 눈에는 약간의 노기 또한 깃들어있는 듯했다.

"그건… 청색 연술이나 제대로 배우고 오고 얘기해!"

188

　일순간 정색했던 수림의 표정은 다시 환하게 미소를 지어주었다. 우진은 알 수 없는 기시감을 느꼈다. 그러나, 이것이 말할 수 없는 비밀임을 직감하고 더 이상 묻지 않으려 했다. 수림은 밝게 인사를 하고 자신의 방으로 돌아갔다. 우진은 그대로 침대에 다시 누워 앞으로의 삶에 대해 사색하고 방황하며, 탐색했다. 자신이 무엇을 할 수 있을지, 자신이 무엇을 해야 할지를 고민하며 우진은 많은 생각들 사이에서 잠에 들었다.

7장
꽃은 지고,
녹음이 돋아나는

고대 시대에는 환상의 동물 '미르'가 존재했어. '미르'는 포악하고 사나워서 공포의 존재가 되었지. 그런데, 어느 날 어떤 인간이 '미르'의 수염을 밟은 거야. '미르'의 분노는 상상조차 할 수 없었지. 그때, 인간계의 한 마을이 사라졌고, 그 모습을 본 인간들은 '미르'의 모습을 기록했다고 해. 하지만, 현대에서 인간들은 '미르'를 환상의 동물쯤으로 취급한다고 하더라고.

– '미르'에 대해 전해져 내려오는 구전 중 하나

우진이 학교에 다닌 지 하루가 지나고, 이틀이 지나고, 며칠이 지났다. 흘러가는 시간에 속도가 붙어 우진의 학교생활은 하염없이 흘러간다. 5개의 과목을 배우면서 우진은 새로운 사람도 만나고, 연술에 대해 이해를 조금씩 하기 시작했다.

봄에 피었던 꽃들이 스멀스멀 여름의 향기를 내뿜기 시작했다. 식물들은 점점 길어져만 가는 낮을 환영하며, 해는 세상을 더욱 강하게 껴안는다. 습도는 달아오르고, 햇살은 더 거세지기 시작한다. 그들은 여름의 초입을 맞이하고 있었다.

흘러가 버리는 시간을 유유히 만끽하다 보니 어느새 여름 앞에서 서성거린다. 봄은 나지막이 제 일을 마칠 준비 중이다. 꽃은 지고, 녹음이 돋아나는 시험기간이 다가왔다.

우진은 마법사의 공부는 재밌게 다르리라 생각했었다. 하지만, 인간계의 것과 다를 바가 없어 여전히 공부에 싫증을 느끼는 중이었다.

우진, 수림, 지우는 수업이 끝나고, 점심을 먹고, 끝난 후엔 동아리를 찾아가며 하루의 일상을 함께한다. 그들은 중간고사를 위해 도서관에 남아

공부를 하고 있었다.

　시험은 필기와 실기, 두 종류로 이루어져 있다.
　필기는 연술의 기초와 치유 연술 두 가지 시험이 있으며, 나머지 시험은 전부 실기평가다.
　연술의 기초 중간고사는 이론 시험과 하린의 공격에 대비해 '바마'를 전개해 막아내는 것이다.
　기초 신체 연술 중간고사는 첫날 받은 바위를 들어 올리는 것이다.
　기초 치유 연술 중간고사는 또한 이론 시험이다.
　기초 정신 연술 중간고사는 구연의 정신 공격으로부터 버텨내는 것이다.

　그들은 각자의 방식대로 노력을 다하는 중이다. 현재는 이론 공부에 열중을 다 하고 있다.
　"치유 연술만 쓸 줄 알면 되지, 우리가 왜 신체 구조에 대해 알아야 하는데."
　수림은 공부에 지쳤는지 하품을 해대며 그대로 책상에 엎드렸다.
　"신체 구조를 알아야만 치료를 할 수 있는 건 당연한 거 아니냐?"
　"그래. 잘 나셔서 참 좋겠네요."
　"이게 진짜." 지우가 팔을 올려 때리려는 시늉을 취하자, 수림은 두 손으로 막으며 주춤했다.
　"그렇게 공부하기 싫으면 나 바마 연습하는 거나 도와주든지."
　"그럴까?" 수림은 우진의 말에 신나서 짐을 빠르게 싸고 도서관을 뛰쳐나가버렸다.
　"지우야, 너도 갈래?"

“귀찮아. 니네끼리 해.”

“알았어. 공부 열심히 하다 가.” 지우는 가볍게 손 인사를 하고 몽로를 켜서 노래를 고르기 시작했다. 노래를 고르고 고개를 까딱거리기 시작한다.

우진과 수림은 마땅히 연습할 곳을 찾다가 동아리 건물로 가기로 했다. 지친 발걸음은 바닥에서 떨어질 기미가 보이지 않는다. 그럼에도 겨우 노곤한 몸을 이끌고 앞으로 나아간다. 서로 아무 말도 나누지 않는다. 시험 기간에 들어서면서 이론뿐만 아니라 연술 훈련도 병행해야 한다. 방대한 양의 수업 내용을 한 번에 따라잡기에는 벅찼기에 수업 후에 동아리와 도서관을 반복하는 일상을 보내는 그들이다.

동아리에 도착한 그들은 비무장에서 서로의 기술을 테스트했다. 흰색의 빛들이 교차하며 터져나가고, 바닥에 먼지가 피어올라 시야를 가렸다. 비눗방울과도 같이 은은한 빛이 도는 얇은 막을 펼쳐내고, 다시 펼쳐내며 공격을 막아낸다.

“생각보다 어렵네. 공격하는 타이밍에 맞춰서 제시간에 바마를 전개하는 게 어려워.”

“네가 보고만 막으려 해서 그렇지. 시각에 의존하지 말고, 연의 흐름을 느끼란 말이야.”

“그놈의 연의 흐름. 느끼라 하면 느껴지는 거야?”

“한번 시도해 봐. 자연스레 알게 돼.”

“알았어. 한 번만 더 공격해 봐.”

“언제 공격할지는 말 안 한다?”

“알아서 해.”

수림은 나팔을 쥐고 아무 미동도 없다. 우진은 긴장한다. 호흡을 가다듬었다. 수림을 바라보았다. 생각을 읽으려 시도한다. 인상을 잔뜩 찌푸려가며 그를 쳐다보았지만, 수림의 표정은 미동도 없었다. 고요하다. 아무 소리도 귀에 들어오지 않는다.

그 순간, 우진은 수림의 눈에 비친 미묘한 빛을 보았다. 이를 놓치지 않았다.

펑-. 수림은 우진을 향해 재빠르게 연을 쏘아댄다. 흰색의 광선 위로 쪼개져 은은하게 비쳐오는 일곱 빛깔의 색. 오묘하게 빛나는 무지개 색의 힘이 우진을 휘감았다. 뒤덮은 빛은 연무를 만들어내어 모습을 가렸다. 수림은 조금 뒤, 미소를 지어 보였다.

"뭐야. 잘 막네."

"원래 연술 쓰기 전에 눈동자에 빛이 보여?"

"그런 게 있었어? 나는 몰랐는데, 유용한 정보네."

"네가 쏘기 전에 눈이 흰색으로 살짝…."

수림은 우진의 말이 끝나기 전에 다시 한번 연을 쏘았다. 우진은 미처 막을 겨를도 없이 기습에 당하고 멀리 밀려났다.

"야! 말하고 있는데 뭐 하는 짓이야."

"언제든지 공격하라며. 이런 것도 다 훈련의 일종이야."

"너 진짜… 그러면 나도 언제든지 공격할 테니 막아봐."

"나는 뭐든지 다 막아내지."

우진은 수림의 행동이 마음에 안 들었는지 똑같이 대화 도중에 쏘려고 결심했다.

"맞다. 중간고사 끝나고 다음 주부터 축제인데…."

우진은 복수하겠다는 일념 하나로 빠르게 나팔을 들어 쏘려 했다. 그때, 나팔을 들어 올리면서 옷에 부딪혀 빛과 연기가 서로 엉겨 붙어 정상적으로 융합되지 못했다. 우진은 자신의 실패한 연을 바라보며, 아차 하며 인상을 찡그렸다.

"뭐야. 공격하려던 거야? 너무 진부한데."

"조용히 해! 실수한 것뿐이야…."

"푸흡. 그래라. 아무튼 다음 주부터 축제라던데. 오늘 수업 중에 어떤 애들이 말하는 거 들었어."

수림은 입꼬리가 말려 올라가는 것을 멈추려 애썼다.

"무슨 축제인데?"

"연하광채의 축제는 항상 똑같아. 계절의 영향을 받지. 1학기의 축제는 '여름날의 비'야. 축제 기간이 시작되면 자연스레 연하광채에는 보슬비가 쏟아질 거야."

"난 비 맞는 거 싫은데."

"교복 있잖아. 교복 입으면 비 안 맞아."

"아아. 그렇겠구나."

"그리고, 놀라운 사실. 이번 축제에 트로이나가 온다는 소문이 있어."

"뭐라고?!"

우진은 자신도 모르게 크게 소리를 질렀다. 순간적으로 너무 큰 소리에 모두가 쳐다보니 볼을 붉히며 고개를 숙였다.

"뭐야. 트로이나 좋아해?"

"아니… 막 그렇게까지 좋아하는 건 아닌데…."

"거짓말하지 마. 그런 놈이 밤새 트로이나 영상만 봤냐."

"아무튼. 실물로 보면 좋긴 하지."

"공연 당일 하루 종일 줄 서야지."

"얼른 중간고사가 지나갔으면 좋겠네."

"공부나 열심히 하셔."

"아오. 내가 알아서 할….."

수림은 한 번 더 빠르게 우진을 공격했다. 우진은 본능적으로 자신의 나팔을 들어 올려 빠르게 바마를 전개해 냈다.

"오. 좀 능숙해졌는데?"

"방금 건 좀 뿌듯한데. 공격할지 전혀 몰랐거든. 손이 자연스레 올라갔어."

"네가 무의식적으로 흐름을 느꼈을 수도 있어. 그 감각을 잘 다듬어 나가 봐."

우진과 수림은 지속적으로 합을 주고받으며 서로의 반사신경을 길러나 갔다. 쏘고, 막고. 쏘고, 막고. 그들은 반복된 공방 속에서 탈진한 채 휴게 실에서 소파에 쓰러졌다.

바쁘고 치열한 나날들이 흘러갔다. 하루의 모든 수업을 마치고 나면 도 서관에 가서 이론 공부를 하였고, 동아리에서 훈련을 진행하였다. 성우 교수는 1학년 수업 구역에서 전속력으로 달려도 끝이 보이지 않을 것만 같은 체육관을 열어두었다. 지우는 항상 이곳을 개근했지만, 우진과 수림은 피곤함이 충분했는지 도망가기 일쑤였다. 각자의 방식으로 자신들의 능력과 역량을 키워나갔다. 공부하다 잠들기도 하고, 체력 단련을 하고 나면 온몸에 알이 배기기도 했다. 걸어 다니면서 계속 몸을 풀어주기도 했다. 우진에게는 꽤 나팔이 손에 익었다. 자연스레 연술계에 녹아들어 연하광채의 생활을 만끽하다 보니, 중간고사는 코 앞까지 다가왔다.

우진은 아침 일찍부터 일어나 준비했다. 마음을 가다듬고 문 앞에서 수림이 나오기를 기다렸다.

“박수림. 빨리 나와! 미리 가서 공부 좀 하게.”

“넌 마음이 너무 급해. 시험은 여유를 가지고 쳐야 하는 법이야.”

“그래. 누가 더 잘 나오는지 두고 보자. 넌 이론 공부 하나도 안 했잖아.”

“난 다 방법이 있어.”

“커닝만 하지 말아라.”

“음…. 알아서 할게!”

“빨리 출발이나 하자. 난 열심히 준비했단 말이야.”

“알았어. 하늬바람이나 걸어 놔. 바로 날아가자.”

“난 아직 무서운데…. 알았어. 타고 가자.”

우진과 수림은 각자의 나팔에 그대로 올라타 1학년 수업 구역으로 날아갔다. 그곳에는 학생들에 앞서 그루터기 의자와, 그루터기 책상이 초원과 어우러져, 자연스레 놓여있었다.

신입생들에겐 처음 치는 시험이라 걱정이 앞선다. 하지만, 우진은 결과에 연연하지 않기로 했다. 자신이 할 수 있는 최대한의 노력을 하였다고 생각하기 때문이다.

시험은 총 이틀 동안 진행된다. 첫날에는 이론 시험, 둘째 날에는 실기 시험을 본다.

첫 번째로 치러질 시험은 연술의 기초 시험이다. 시험 시간이 다가오자, 하늘에서 유유히 하린이 날아와 높게 솟아있는 나무 기둥에 걸터앉았다. 그리고 간단한 설명을 마친 뒤, 나팔을 휘둘렀다. 나팔을 휘두르자, 그루터기 앞에 문제가 적힌 시험지가 놓였다.

“자. 시험지에 볼펜은 필요 없습니다. 이것은 단순한 시험지가 아니에요.

책을 읽듯이 흐름을 느끼고 문제를 읽어내세요. 그리고 자연스레 답을 떠올리면 알아서 기재될 겁니다. 볼펜은 필요 없으니, 모두 힘내세요. 제한 시간은 1시간입니다. 시작!"

모든 학생은 분주하게, 종이 위에 손을 올리고 문제들을 읽어내렸다. 어느 학생은 문제가 너무 쉬웠는지 헛웃음을 지어 보이기도 하고, 어느 학생은 문제가 어려웠는지 입술을 잘근잘근 씹으며 고민하고 있었다. 우진은 첫 번째 문제를 읽어내고 답안을 머릿속으로 떠올렸다. 떠올리자마자 종이에 잉크가 번지듯 그가 생각한 답이 자연스레 적혔다.

'신기하네.'

각자 공부한 대로 문제를 풀어 내려가니 한 시간이 훌쩍 지나갔다.

시험을 마친 학생들은 서로의 정답이 무엇이었는지 자신의 답이 틀린 건 아닌지 비교 중이었다. 우진, 맹, 지우, 수림 또한 서로의 답을 검증해 가며 머리를 맞대고 정답을 고민했다.

"이미 제출했는데 이런 게 무슨 의미가 있어." 지우는 자신이 제출한 답안에 일말의 불안함도 없어 보였다.

"불안하니깐 그렇지. 7번 문제에서 답 3번 맞지?" 수림은 안절부절못하며, 자신이 고른 답이 정답이길 간절히 빌었다.

"멍청아. 지문의 상황에서는 적색 2연을 쓰는 게 맞지. 답 2번이야."

"2번이라고? 거짓말하지 마!"

"수림아. 나도 2번 고르긴 했어…."

"연우진, 너마저!" 수림은 자신이 고른 답이 정답이 아니란 사실에 좌절하였다.

"나는 3번 고르긴 했는데."

"진짜…? 역시 맹이면 믿을 만하지 않을까?"

“니 맘대로 생각해라. 이럴 시간에 공부나 더 해.”

“난 어차피 치유 연술은 포기했어. 절대 다 못 외워.”

얼마 남지 않은 쉬는 시간을 낭비할 수 없다고 판단한 그들은 빠르게 착석해 치유 연술 시험에 대비하였다. 수림 또한 몇 글자라도 들여다보는가 싶더니, 이내 포기하고 책을 덮고 엎드려 버렸다. 수림이 엎드려 자려는 찰나, 사방에서 투명한 막이 솟아오르더니 하늘을 덮었다. 숲의 소음이 차단되고, 오직 시험을 위한 고요한 돔이 완성되었다. 미요가 등장하였다.

“여러분! 모두 공부는 열심히 했나요? 우리는 종이 시험으로 치지 않아요. 문제를 시간 되면 올릴 테니 몽로를 통해 보면 된답니다. 참고로 오픈북이니, 열심히 자료를 찾아볼 사람은 찾아봐도 좋아요.”

“오픈북이라는 것 자체부터가 시험 난도가 매우 높다는 뜻이야.”

“진짜로? 큰일 났네.”

“모두 몽로를 꺼내주세요.”

미요는 자신의 몽로를 목에 걸고 버튼들을 이리저리 휘둘러가며 누르는 듯하더니 학생들의 몽로에 알림이 울렸다. 각 학생은 자신의 몽로를 확인했다. 몽로를 확인하니 눈앞에 큰 화면이 나타났다. 화면 속에 시험 문제가 바로바로 이어서 풀면 되는 형식이었다. 왼쪽 아래에는 검색 창이 들어있어 학생들이 궁금한 점은 직접 찾아볼 수 있게 되었다. 학생들은 알림이 오자마자 바로 응시하기 시작했다.

“끄으응… 좀 어려운데….”

“모르겠으면 찍기라도 해.”

“그래야겠다.”

우진은 수림에게 한 마디 남기고 다시 자신의 시험을 집중했다.

‘인체 장기들은 흉강과 복강에 위치하며… 흉강 안에는 심장…. 4번이 정답이네. 아닌가…?’

“쉿. 다 들린다. 네 목소리.” 수림은 다시 우진에게 말을 건넸다.

“나 입으로 소리 안 냈는데?”

“아! 미안하다. 헷갈렸나 보다.”

“너 설마 생각 읽으면서 푸는 거 아니지…?”

“그런 거 아니니깐 네 시험이나 열심히 봐. 시간 얼마 안 남았다.”

“얼마 안 남았잖아! 말 걸지 좀 마.”

“쉿.”

“진짜 칠 수도 없고. 시험이라 참는다.”

우진은 마지막 문제까지 시간 내에 겨우 풀고 고개를 뒤로 젖혀 피곤함을 달랬다.

‘눈이 빠질 것 같아.’

“여러분. 시간이 다 됐습니다. 마지막에 전송 버튼만 눌러서 보내주면 돼요.”

드디어, 우진이 겪는 첫 번째 시험에서 이론 시험이 끝났다. 이제 남은 것은 실기뿐이다. 우진과 수림, 지우, 그리고 맹은 넷이서 동아리로 향했다. 모두가 자신이 부족한 점에 대해 계속해서 훈련했다. 우진은 부족한 신체 강화와 정신 방벽을 중점으로, 수림은 신체 강화를 중점으로, 지우는 정신 방벽을 중점으로, 맹은 구석진 곳으로 가 가부좌를 틀고 앉아 심신 수련에 정진하였다.

“지우야. 바위 무게가 어느 정도야?”

“이 정도 바위면 수십 톤은 될걸.”

"아니! 어떻게 이걸 들라는 거야!" 우진은 수십 톤이라는 말에 순간적으로 놀라 역정을 내었다.

"나한테 뭐라 하지 마. 불가능하면 시험 과제로 내시지 않았겠지. 굳이 한 손으로 들 필요 없어. 바닥에서 떨어지기만 해도 시험은 통과야. 내가 하는 것 잘 봐."

지우는 말과 동시에, 빛을 발산하기 시작했다. 밝게 빛나던 빛은 붉게 변하더니 그녀의 손가에 맴돌더니, 제 자리를 찾아가듯 깃들었다.

"신체 강화는 크게 생각하면 안 돼. 마음을 비우고, 나 자신이 내는 빛을 느껴. 그리고 삶의 끝자락에서 승화한 만물의 흔적들을 느끼면 연기가 자연스레 흘러 들어올 거야. 단순히 연을 만들어낸다는 행위가 아니라, 빛과 연기의 존재와 교감하고 그들을 받아들여 너의 육체 모든 곳에 그 자체로 깃들게 해. 손가락 마디마디 사이. 그곳에 흐르는 혈액까지. 그리고 '흘러 들어온 연은 나의 신체 일부다.'라는 감각을 가지고 힘을 불어넣는다는 이미지를 구체적으로 상상해. 연의 섬세함과 질량이 신체 강화의 세기를 결정할 거야. 바로 이렇게 말이지."

지우는 주먹을 꼭 쥐고 빛을 더욱 거세게 발산했다. 사람보다 2배는 훌쩍 넘어 보이는 바위의 바닥 부분을 짚더니 한 손으로 번쩍 들어 올렸다.

"와…. 진짜 대단하구나."

"봐봐…. 저 주먹으로 우릴 때리려 한 거 아니야."

지우는 수림의 비아냥에 들고 있던 바위를 내려놓았다. 바위를 내려놓자, 쿵 소리와 함께 먼지가 피어올라 시야를 가렸다. 지우는 스트레칭을 한 번 해준 뒤, 수림에게 곧장 달려갔다.

"진짜 죽고 싶냐?"

"안돼!" 지우와 수림은 동아리 이곳저곳을 뛰어다녔고, 문득 들려오는 소음에 눈을 떠 그들을 일별하고 씨익 웃는 맹이었다.

"연을 느끼고 구석구석에 깃들게 하라고…."

우진은 가만히 눈을 감고 자연에 남겨져 있는 숨결을 느끼고 자신의 빛을 발산해 연기를 끌어들였다. 단순히 연을 모은다는 감각이 아니라, 그것들의 의미를 생각하고 또 생각했다. 사람의 생명력, 존재감, 창조의 의미를 담고 있는 빛. 빛이 바스러져 가며 죽어간 만물들의 마지막 숨결이 모인 연기. 우진은 자신의 안에서 빛과 연기를 조합시키며, 지금까지와는 다른 순도 높은 연을 탄생시켜 나갔다. 연에 의미를 부여하며, 붉게 물들인다. 붉은 연은 궤적을 그리며 하나의 장관을 자아냈다. 붉어진 연은 두 손에 맴돌며 우진의 손을 반겨주고 마디마디에 깃들었다.

우진은 온몸에 힘을 꽉 주고 손안에 모여드는 연을 생각하며 바위의 밑부분을 두 손으로 짚었다. 안간힘을 쓰면서 들어 올리려 했다.

여전히 미동도 없는 바위. 하지만 지금은 다르다. 우진은 지우의 조언을 생각하며 모든 힘을 끌어다 바위를 들어 올리려 했다. 덕분에 인상까지 찌푸려졌다. 미동도 없어서 힘이 빠지던 찰나, 바위가 조금씩 기운다. 이내 흔들리기 시작하더니, 바위가 땅으로부터 멀어진다. 우진은 결국 두 손으로 바위를 바닥으로부터 떨어뜨렸다.

"야! 성공했네." 뛰어다니던 지우는 우진의 바위 드는 모습을 보고 같이 기뻐해 주었다. 우진은 지우가 웃는 모습을 처음 보았다. 우진은 몇 초 뒤 바위를 바로 바닥으로 집어 던졌다. 힘이 빠진 우진은 자신의 팔을 두드려댔다.

"끄악…! 무거운 건 여전히 무겁구나. 그래도 연습한 이후로 처음 제대로 들어 올렸어."

"뭐. 축하한다. 이제 정신 방벽 연습이나 하자. 박수림! 그만 도망 다니고 이리로 와."

"안 때릴 거야?" 수림은 멈춰 서서 인형(人形)이 거의 보일 듯 말 듯한 거리에서 크게 소리쳤다.

"안 때릴 테니까 빨리 뛰어와."

수림은 팔랑거리며 다시 모여있는 곳으로 뛰어왔다.

"니 정신 연술 쪽으로 강하지? 저번에 우리 온새미로도 확인해 줬잖아. 팁 좀 줘."

"조언이랄 게 없는데…. 그냥 하다 보면 될 거야."

"성의 좀 넣고 말해라. 다시 주먹 들기 전에."

"알았다고! 정신 연술은 크게 없어. 내가 누구인지. 내 온새미로는 어떤 곳인지. 내가 내는 빛은 어떤 빛인 줄만 생각해. 살아오면서 나에게 영향을 주었던 모든 것을 상상하면서, 머릿속에 바마를 펼친다는 느낌으로 자연스레 이미지를 그려내 봐."

"그럼 니가 우리한테 공격해 봐."

"꽤 힘들 텐데…."

"상관없으니까 해봐!"

수림은 눈을 감았다 떴다. 그의 눈동자에 푸른빛이 담겨 오묘하게 빛나기 시작했다. 그는 지우의 눈을 유심히 들여다보았고, 그녀의 머릿속을 읽어내려 시도한다. 정신세계란 것은 육체와 다르게 보이지 않지만, 알 수 없고 설명할 수 없는 것들이 유기적으로 엮여 있는 곳이다. 수림은 지우의 눈을 통해 정신 속으로 침투했다. 지우의 정신세계를 들여다보던 수림은 그녀의 온새미로에 입장하였다.

"다시 보는 숲이네. 나무가 그새 더 자란 것 같은데."

수림은 온새미로에 다가서려는 순간 그곳에 알 수 없는 힘이 그를 막아내었다. 푸르게 빛나고 있는 얇은 막이 다른 사람들의 침입을 막아내고 있었다. 수림은 그곳에 약점은 없는지 이곳저곳을 돌아다녔다. 계속해서 걸어 다니며 취약한 점을 발견한 수림은 그곳을 강하게 압박하기 시작했다. 수림이 힘을 주자, 푸른 막 위로 거미줄 같은 균열이 소리 없이 번져나갔다. 지직거리는 이명과 함께, 지우의 숲 전체가 지진이 난 듯 크게 울렁거렸다. 정신세계에서 파열음은 현실의 육체의 즉각적인 반응을 가져왔다. 지우는 아무런 일도 일어나지 않아 빨리 시작하라며 재촉하려던 찰나, 그녀의 코에서 붉은 선혈이 흐르기 시작한다.

"어…? 설마 지금 코피 흘리는 거야?"

"수림아, 그만해! 피 흘리잖아!"

수림은 순간 놀란 눈으로 연술을 멈추었다. 우진은 휘청거리는 지우에게 다가가 팔을 잡아주었다.

수림은 무표정으로 계속해서 지우를 바라보다가 정신을 차리고 상황을 파악했다. 그의 눈에서 푸른빛의 연은 흩어졌다.

"어…? 괜찮아…?" 수림은 당황한 채로 지우에게 물었다.

"아무리… 짓궂게 굴었어도 이건 좀 심하잖아!" 우진 또한 당황하며 소리쳤다.

"미안해! 나도 오랜만에 해보는 거라 힘 조절이 안 됐어. 교수님은 이렇게까진 안 하실 거야."

수림은 진심으로 걱정하는 기색을 내비쳤다. 지우는 아무렇지 않다는 듯이 피를 손으로 닦았다. 손으로 연을 모은 후에는 코에 갖다 대어 피가 흐르는 곳을 지혈했다.

"후우. 연우진. 걱정 안 해도 돼. 이 정도는 괜찮아. 머리가 좀 울리긴 하네. 웬만한 공격들은 다 막을 거로 생각했는데, 너 왜 강도 조절을 안 하는 거야?”

“나도 조절할 수 있을 거로 생각했는데….”

수림은 고개를 돌리며 표정을 보여주지 않았다. 그의 얼굴 속 어두운 면에서는 알 수 없는 표정을 보여주었다.

“미안. 간단하게만 얘기하고 언젠가 얘기해줄게. 나한테도 숨겨진 무언가가 있는데 그게 조금씩 새어 나오고 있어. 연우진을 들여다본 이후로 말이야…. 나도 뇌 쪽으로는 시그머루를 조금 쓸 줄 알아. 두통만 좀 없애줄게.”

수림 또한 손바닥을 비벼 연을 모아낸 뒤, 지우의 머리에 갖다 댔다. 지우는 금방 고통에서 완화되었다. 지우는 몸을 일으켜 우물쭈물해서 하는 박수림에게로 다가갔고, 그를 지긋이 바라보더니 이마에 엄지와 중지를 모으고 딱밤을 때렸다.

“아! 왜 때리는데.”

“니가 신경 쓰는 게 짜증 나서. 아무렇지도 않으니까, 신경 쓰지 마.”

“그러니깐 괴물이라 했지.”

“너 진짜!”

급격하게 식어갔던 분위기는 다시금 활기가 맴돌았다. 우진은 자신 말고도 다른 사람도 숨겨진 사연이 있다는 것을 깨달았다. 수림이 계속해서 무언가를 숨겨오지만, 우진은 그가 말해주기 전까지는 기다리기로 결심했다.

각자가 수련을 마치고 난 후 어느새 해는 저물었고, 모두 기숙사로 돌아갔다. 눈을 반쯤 감은 채로 무거운 몸을 이끌고 터벅터벅 걸어가던 우진과 수림은 기숙사에 돌아간 뒤 씻지도 못한 채, 눕자마자 잠에 들었다. 해는 저물고 별로 가득 메워진 은하수가 찾아왔다. 그들이 노곤하게 잠에 든 시간 동안, 내일의 태양이 떠오르기 시작한다.

그들은 비장한 각오로 몽로의 알람 소리에 일어나, 빠르게 준비하고 연술의 기초 이론 시험을 위해 빠르게 수업 구역으로 출발했다. 그곳에 도착하니 일찍부터 나와 연습 중인 학생들이 여럿 있었다.

"우리도 일찍 나온 편인데, 다들 먼저 왔네."

"실기 시험 비중이 더 크니깐 열심히 연습해야지. 우리도 연습하자."

우진과 수림은 서로 공격을 주고받으며 아침부터 일어나자마자 둔한 감각을 깨어나겠다.

"야! 너 많이 늘었다."

"그런가? 나도 이제 자연스레 나올 수 있게 된 것 같아."

"오늘 끝나고 뭐 할 거야?"

"뭐 할 게 있어?"

"시험 끝났으니 파티해야지. 뮬마로나 잔뜩 마시고 싶다."

"뮬마로는 또 뭔데?"

"뮬마로를 모른다고? 사람들이 자주 마시는 음료인데, 빛과 연기에 만든 사람의 기억을 조합하거든? 그 맛이 아주 일품이야. 톡톡 튀고, 상큼하고, 달콤한 향이 나면서도. 끝맛은 씁쓸하면서도 단맛이 다시 혀를 휘감아. 내가 먹었던 건 그랬어." 수림은 말하면서 입맛을 다셨다.

"술 같은 건가?"

"인간계에도 술이 있구나. 취할 수도 있지만, 어떨 때는 또 음료수 같기도 해. 보통 대규모 회사에서 나오는 제품은 양산형 기억을 섞어 넣는데, 여명빛에 유명한 술집이 있거든? 거기선 수제 기억으로 뮬마로를 제작한단 말이야. 거기로 데려다줄게. 한 번 마셔봐 봐. 각성 효과도 있어."

"으으…. 나 술 못 마시는데."

"걱정 마. 뮬마로 종류 중에 음료수도 있으니깐 잘 골라봐."

"조금은 기대되네. 지우랑 맹이도 데려가자."

"맹이는 꼭 데려가자. 지우는 뭐 오든 말든…."

"또 내 얘기 하고 있었지." 어느새 지우는 뒤로 다가와 두 명의 이야기를 엿듣다가 대화를 거들었다.

"으악! 인기척 좀 내고 다녀!"

"그러게 누가 뒷담화하래?"

"아무튼. 지우야, 너도 가자." 우진은 반가운 듯 말을 건넸다.

"지금까지 들었던 말 중에 가장 반가운 소리인데. 내가 제일 좋아하는 게 디저트랑 뮬마로야."

"애랑 같이 가면 연이 바닥나겠는데…. 으아아악!" 지우는 어느새 수림의 옆구리를 꼬집고 있었다.

"아파! 아프다고!"

"맹이도 물어봐 줄 수 있어?"

"걘 뭐 안 바쁘지 않을까? 연락해 볼게." 지우는 몽로를 꺼내 들어 '바람에 흩날리는 민들레씨'를 들어가 맹과 연결하였다.

[여보세요? 야, 호맹! 너 오늘 여명빛 갈 거야?]

[누구누구 가는데?]

[뭐, 늘 뻔하지. 너랑 나랑 박수림, 연우진.]

[가서 뭐할 건데?]

[뮬마로나 잔뜩 마시겠지.]

[나도 술 잘 못하는데….]

[박수림이 아는 집이 있는데 거기에 음료수도 파나 봐.]

[그래. 뭐. 시험도 끝났겠다. 갈게.]

[끝나고 연락해라.]

[알았어.]

지우는 연락을 마치고 몽로를 다시 집어넣었다.

"호맹 온대."

"진짜?" 수림은 반짝거리는 눈으로 지우에게 되물었다.

"좀 믿어라."

"구름 수호자와 식사라니."

어느덧, 앞을 보니 하린이 도착해 오늘 시험을 위해 준비 중이었다. 하린은 나팔을 꺼내 넓게 휘둘렀고, 그루터기 의자와 책상은 온데간데없이 사라지고 사람 다섯 명이 들어가면 꽉 찰 것 같은 돔 형태의 막이 펼쳐졌다. 비눗방울처럼 일렁거리며, 터지지 않을까 염려하는 우진이었다. 비눗방울 같다고 해도 시야 차단 연술이 걸려있는지 안은 볼 수 없었다.

"지금부터 시험을 시작하겠습니다. 시험 형식은 여기 반구 형태의 비눗방울 막으로 호명하는 순서대로 들어오면 됩니다. 개인 프라이버시는 전부 지켜지니 걱정 안 하셔도 되고요. 3분 안에 제가 쏘아대는 연을 바마로 완벽히 막아내면 됩니다. 반사도 차단도 괜찮으니, 연으로부터 다치지만 않으면 됩니다. 그러면 바로 시작하겠습니다. 김지우 양 먼저 입장하면 됩니다."

"지우 먼저네."

"조심해서 다녀와."

"걱정은 고맙지만, 필요 없어. 바로 통과하고 올 테니까."

지우는 비눗망울 막을 그대로 통과하여 돔으로 입장했다. 지우가 입장하면서 터질 듯이 일렁거렸지만, 신기하게도 다시 본래의 형태로 되돌아가며 터지지 않았다. 잠시 후, 지우는 바로 걸어 나왔다. 지우의 표정에서 수림과 우진은 결과를 읽어내려 했지만, 좀처럼 쉽지는 않았다.

"어떻게 됐어?"

"어떻게 됐긴. 바로 통과했지. 어려운 것도 아니잖아."

"그렇지. 어려운 게 아니겠지." 지우의 말에 위축되는 우진이었다.

"기죽지 마. 연우진! 연습 많이 했잖아. 쟤가 말을 저렇게 해서 그렇지…
원래는…."

"자꾸 시비 건다? 다음은 너니깐 빨리 들어가 봐."

"나라고? 우진아, 나 바로 다녀올게. 걱정 말고 있어!"

수림은 잽싸게 사라져 비눗방울 안으로 사라졌다. 수림 또한 몇 분 후 다
시 등장하였다. 수림은 미소를 숨기지 않고 나와 우진의 궁금증을 자아냈다.

"어떻게 했어? 잘했어?"

"걱정 마. 들어가 보면 알 거야."

수림을 뒤로 계속해서 다른 학생들이 입장했다. 우진은 떨리는 마음으
로 시험을 치고 나오는 학생들의 얼굴을 유심히 관찰했지만 그다지 성과를
얻진 못했다. 어느덧, 마지막으로 나온 학생이 우진에게 다가와 들어가라
며 일러주고 갔다. 우진은 떨리는 마음을 가라앉히며, 비눗방울 돔에 다가
갔다. 비눗방울 막에 손을 조심히 갖다 댔다. 비눗방울은 유유히 일렁이며,
우진은 눈을 감고 입장했다. 입장하니 그곳에는 나무 한 그루와 굵은 가지
에 앉아 있는 하린이 보였다. 그리고, 안에서는 밖이 훤히 보이는 구조였
다. 구석 한편에는 그루터기 하나가 있었고, 모래시계가 놓여 있었다.

"모래시계가 뒤집어지면 시작합니다. 아무 타이밍이나 던지는 공격을 막
아내면 돼요."

모래시계가 뒤집어졌다. 우진은 대답도 하지 않고 나팔을 꽉 쥐고 하린을
지켜보았다. 아무런 미동도 없는 하린을 바라보며 침묵이 계속되었다. 아

무 소리도 들려오지 않고 서로를 빤히 쳐다보고 있는 감정은 우진을 어색하게 만들었다. 침묵의 어색함을 숨기려고 노력했지만, 신체 반응은 솔직하다. 우진의 몸은 아주 미세하게 움찔거렸다. 하린은 그 순간을 놓치지 않았다. 바로 나팔을 들어 빠른 반응 속도로 연을 쏘아댔다. 수림이 쏘던 연에 비하면 매우 약한 연이었지만, 맨몸으로 맞으면 꽤 상처를 입을 것이다.

우진은 보았다. 하린의 눈 속에서 희미하게 반짝거리는 하얀색의 연을. 그 순간에 맞추어서 우진은 재빠르게 나팔을 들어 올렸다. 의식적으로 연을 모으는 과정을 생략하고, 바로 모인 연을 바마로 만들어냈다. 우진은 눈을 감고 바마를 펼쳤다. 감았던 눈을 떠보니 날아온 연은 이미 온데간데없이 흩어졌고, 완벽하게 공격을 막아내었다. 우진은 자신이 완벽하게 연을 막아낸 것이 너무나도 기뻐, 그 자리에서 펄쩍펄쩍 뛰었다.

"제법이네요. 학장님께 들었어요. 우진 군의 보호 연술이 깨진 이유에 대해. 염력을 쓰는 모습도 그렇고, 보호 연술이 바로 깨지는 것도 그렇고, 우진 군이 가진 잠재력은 감히 예상조차 할 수 없어요. 숨겨진 비밀을 당장은 알아갈 수 없겠지만, 우진 군은 연하광채에 다니는 동안 자신을 들여다보는 시간이 되었으면 좋겠습니다. 고생했어요. 시험은 통과입니다."

"조언 감사합니다…. 시험 통과도 정말 감사합니다…!"

우진은 고개를 숙여 인사하고 빠르게 비눗방울 돔을 빠져나와 수림과 지우에게 달려갔다. 웃음을 감출 수가 없던 우진은 자신의 시험 결과를 빠르게 들키고 말았다.

"야, 이제야 시험 하나 끝났어. 흥분 좀 가라앉혀라."

"그래도! 연술계 와서 처음으로 제대로 무언가 해낸 기분인걸."

"축하해! 연우진. 다음 시험도 잘할 수 있을 거야."

"고마워."

모든 학생의 시험이 끝나자, 비눗방울은 그대로 공기 중으로 흩어졌다. 하린은 휘날리는 거품 속에서 날아와 은은한 빛을 내며 하늘에서 고정되었다.

"모두 중간고사 공부하느라 수고 많았어요. 다음 시험까지 힘내길 바랄게요."

학생들은 다 같이 박수를 치며, 첫 이론 시험을 마무리했다. 우진은 볼이 붉어지며 몸에 열이 올랐다. 아직도 자신이 해냈다는 감각의 흥분이 가시질 않았던 것이다. 우진은 기쁨에 차 있었던 찰나, 계단 쪽에서 이상한 광경을 목격했다.

"잠깐만… 저기 계단에서 뛰어오는 사람 보여…?"

"누구 있어?"

"뭔가가 여기로 날아오는데…. 잠깐만… 으악… 여기로 온다…! 피해!"

수업 구역에서 멀리서부터 어떤 형체가 빠르게 날아온다. 포물선으로 날아와 바닥에 착지했다. 그가 착지한 곳에는 구덩이가 생겼으며, 흙먼지가 날려 학생들은 좀처럼 누구인지 알아볼 수 없었다.

"제군들! 시험공부는 열심히 했나?"

익숙한 목소리, 익숙한 형체. 그들은 그제야 인식할 수 있었다. 그는 성우였다. 여전히 터질듯한 근육으로 탱크톱을 입고 다니는 아프로 머리의 교수. 우진은 내심 인간의 형태를 유지하는 이유에 대해 궁금해졌다.

"아니, 아니. 시험공부가 아니라, 시험 훈련을 잘못 말했네!"

"오늘따라 더욱 힘이 넘쳐 보이시는데."

"그러게."

"오늘은 내가 자네들에게 전수한 것들을 시험해 보는 날이야. 그래서 나는 어떤 결과들을 보여줄지 매우 기대가 된다네." 성우는 나팔을 휘둘러 수업 구역을 순식간에 레인과 잔디밭이 넓게 깔린 경기장으로 바꾸어냈다.

성우는 다시 나팔을 위로 치켜들었다. 학생들의 품속에 있던 보자기에 싸인 바위가 하늘로 치솟았다. 하늘로 떠오른 바위는 보자기를 벗어냈고 이내 본래의 모습으로 돌아왔다. 쿵. 쿵. 수많은 바위의 비가 내렸다.

"시간이 없다! 하나, 둘, 셋 하면 바로 들어 올리도록 해라! 됐다고 말하기 전까지 들어 올리는 것이다. 하나. 둘. 셋!"

모두 정신 차릴 새도 없이 빠르게 붉은 연을 모으고 바위를 잡기 시작했다. 우진 또한 최대한 연을 모으고 허리와 하체에 힘을 준 뒤, 바위를 짚고 서서히 들어 올리려 했다.

"잠깐만… 들어 올려지지 않아…! 야! 더 무거워진 것 같은데? 기분 탓인가?"

"어떻게든 해! 이 정도면 지우도 못 들어 올릴 것 같은데."

"뭐라고?"

우진과 수림은 경악할 수밖에 없다. 지우는 바위를 한 손으로 들어 올리고 평온하게 말을 걸어왔다.

"우리가 연습이 부족했나…."

"아니야. 이 바위. 무게가 더 무거워졌어. 교수가 바위를 연술로 들어 올리면서 무게를 더 추가한 거야. 연우진. 잊지 마. 네 손에 맴돌고 있는 연은 너의 신체의 일부야. 하나라는 감각을 잊지 마."

"지금부터 10초 이내로 들지 못하면 전부 탈락이다!"

"안 돼! 벌써 탈락할 순 없어…!" 우진은 자신이 가진 모든 힘을 다하려고 모든 부위에 힘을 주기 시작했다. 사실, 고작 연을 알게 된 지 3개월 채도 되지 않은 학생이 성우의 바위를 들어 올리는 것은 불가능에 가깝다. 과할 정도로 연을 모은 우진은 바위의 밑 부분을 짚고 계속해서 밀어냈다. 하지만, 여전히 들리지 않았다.

10초. 우진은 잠시 일어서서 두 손으로 자신의 얼굴을 때렸다.

9초. 줄어만 가는 시간에 우진은 눈을 감고 빠르게 호흡을 가다듬었다.

8초. 마음의 구멍을 내어 긴장을 빠져나가게 했다.

7초. 6초. 시간이 얼마나 남았는지 신경 쓰지 않은 채 다시 연을 모았다. 붉어진 연은 우진의 손에 서서히 맴돌며 안착했다.

5초. 단순히 밝게만 빛나던 연이 아니다. 그대로 신체 일부라 생각하며 손 자체에 스며들어 하나가 되도록 시도했다. 이것은 당신의 연이 아니라, 나의 연이다. 붉어진 연은 곧, 나를 뜻한다.

4초. 바위의 밑 부분을 잡는다.

3초. 하체와 온몸의 연이 맴돌게 하며 자신이 낼 수 있는 모든 빛을 밝혀낸다.

2초. 여전히 미동도 없다.

1초. 마침내. 태산 같던 바위가 조금씩 가벼워진다.

"0초! 동작 그만! 아직 내려놓지 마! 지금 들고 있는 사람들은 모두 통과다."

성우는 학생들을 둘러본다. 그중에는 호맹이 있었다. 김지우가 있었다. 다른 학생들도 여럿 있었지만, 생각보다 많은 수의 학생이 통과하지 못했다. 아쉽게도 박수림은 바위를 든 사람 중에 없었다. 박수림을 놀라게 한 사람은 있었으니. 연우진은 바위를 끝내 들어 올렸다.

"3! 2! 1! 모두 내려놔도 된다!"

하나둘 바위를 들어 올렸던 이들은, 바위를 바닥에 쿵 하고 던져놓는다. 먼지가 풀풀 풍겨온다. 먼지 사이를 가르며 저 멀리서 수림은 우진에게 달려온다. 우진은 수림을 맞이할 새도 없이 그대로 쓰러져버렸다.

"연우진! 너 뭐야! 어떻게 들었는데?"

“나도 교수님이 10초 세시기 전까지는 듣지 못했는데. 차분하게 하고 지우의 조언을 받아들였어.”

“그런 바보 괴물의 조언이 도움 되었다고? 힘만 쓰는 무식한 애라고 생각했는데! 그나저나, 너 왜 그렇게 떨어?”

“어…? 안 떨고 있는데….” 우진은 당장의 상황이 얼떨떨해 자신의 떨림을 느낄 겨를이 없었다. 하지만, 그의 다리와 팔은 사시나무 떨리듯 떨고 있었다. 그의 떨림에는 두 가지 이유가 있으니, 하나는 자신이 가진 모든 힘을 다 쏟아부었기에 근육이 놀란 것이고, 또 하나는 통과의 기쁨이다.

“에휴. 통과했으니 봐준다.” 어느새, 지우는 옆으로 걸어와 자신의 나팔을 왼손에 쥐고 오른손을 비벼, 시그머루를 통해 우진의 팔과 다리의 떨림을 잡아 나간다.

“고마워. 넌 항상 신출귀몰하네.”

“니네가 눈치가 없는 거야. 아무튼… 고생했다…. 빨리 마지막 시험하고 뮬마로나 퍼마시러 가자.” 웬일로 지우는 퉁명스럽지 않게 의외의 말들을 전해왔다.

“뭐지. 죽을 때가 된 건가.” 수림이 그 와중에 열심히 비아냥대니,

“네가 대신 죽을래?” 지우는 역시나 평소처럼 받아쳤다.

우진은 자신이 서 있는 현재의 순간이 영원하기를 빌었다. 내 삶은 여기에 있으니, 불행이 이를 뺏어가지 않기를 바라며.

“모두 고생했다. 바위를 들어 올리지 못한 학생들은 아쉬울 뿐이다. 노력하여 기말시험에서 좋은 점수를 노려보자. 바위를 들어 올린 학생들은 고생했다.”

“교수님. 이 바위 평소보다 무게가 더 추가됐던데요?” 지우는 손을 들고 직설적으로 자신의 할 말을 다 했다. 추가된 무게라는 단어를 들은 학생들

은 소란스러워지기 시작했다. 소란의 대개는 바위를 들어 올리지 못한 학생들이 다수였다.

"바위의… 무게를 추가한 것은… 맞다. 이는 전부 의도된 것이야. 아무리 무게를 추가했어도 매일 수련했다면, 충분히 들어 올릴 무게였어. 각자 노력의 결과가 여실히 드러나는 장치였을 뿐이지. 자네들을 괴롭히기 위한 수단이 아니었다네. 그러니…. 너무 미워하지 말거라…! 기말고사 때 좋은 결과를 내면 되는 것을. 시험 결과에 연연하는 것이 아니라, 자신이 어제의 나보다 얼마나 성장하였는가를 마음속에 새기며 이 수업을 마무리했으면 하는구먼. 다들 고생했네!"

학생들을 이해시키려던 성우의 말은 어느 정도 먹혀들었지만, 웅성거림은 완전히 사라지지 않았다. 학생들의 소리를 잦아들게 만든 것은 성우도 아닌, 시험을 통과한 이들도 아닌, 바로, 청색 2연의 교수 구연이었다. 그는 자연스레 학생들 사이에 스며들었다. 그는 성우에 대한 불만에 대해 질문을 일삼았고, 학생들은 구연의 화법에 계속해서 빠져들어, 자연스레 자신의 나약함을 받아들였다.

어쩔 수 없지. 노력하자. 기말 때 더욱 잘 보면 된다고 했으니까…. 그래도, 나 근육 좀 붙었어. 라며 학생들은 수긍하기 시작한다. 여러 이야기가 부정의 흙을 씻어내고 긍정을 찾아갔다.

구연은 자연스레 대화를 마친 뒤 자신의 나팔로 경기장을 철거하고, 중앙에 흰색의 정육면체를 설치하였다. 그리고, 말을 이었다.

"문을 열어둘 터이니, 준비가 된 자부터 들어오거라. 몇 명이 들어오거든 상관없다."

정말로 단순한 말이었지만, 학생들은 지레 겁을 먹고 도통 나설 기미가 보이지 않았다. 수림은 주위의 눈치를 살펴보고 내가 먼저 갈게라며 그대로 달려 나갔다.

수림이 들어가자마자 시원한 박하 냄새가 코를 간지럽혔으며, 방 안은 화초와 등받이가 많이 기울어져 편히 누울 수 있는 의자가 준비되어 있었다. 흰색 가운을 걸치고 앉아 있는 쿼카, 구연은 의자 옆에 앉아 있었다. 눈에 걸쳐놓은 조그마한 안경을 치켜올리며 수림을 바라보며 대화를 시작했다.

"수림 학생 맞죠?"

"제 이름은 어떻게 아셨어요?"

"학생들 이름쯤이야 다 외웠죠."

"오. 대단하시네요."

[별로 대단하다고 생각하지 않잖아요.]

[역시나 생각을 읽으실 줄 알았군요.]

[맞아요. 이번 시험은 제가 무의식을 들여다보지 못하게 막는 거랍니다. 그나저나, 학생도 전음을 쓸 줄 아는군요?]

[제가 좀 특별해서요.]

"그럼 바로 시작하겠습니다. 정신 방벽이 얼마나 견고할지 살펴보죠." 구연은 수림을 빤히 바라보며 자신의 관자놀이에 손을 올려놓고 머리를 받쳐 내었다.

"수림 군은… 다른 학생들보다 더욱 견고하게 세워놓았군요."

구연은 평생을 이해할 수 없는 타인의 복잡하게 얽혀있는 미로 입구를 열어내었다. 그곳은 아무것도 보이지 않는다. 감각에 의지해 암흑 속에서 길을 걸어 나간다. 천천히 발자국을 떼다 보면, 공간의 일면이 아주 조금 느껴진다. 바닥을 밟고 있자니 희미하게 간지럽히는 실오라기가 느껴진다.

구연은 직감했다. 이 실이 그에게로 닿는 길임을. 실을 발로서 느끼면서 걸어간다. 끊임없이 걸어가 본다. 닿지 못할 곳이라 생각하며 묵묵히 걷다보니, 어느새 한눈에 담아낼 수 없는 벽에 도달했다. 이곳이 수림의 '정신 방벽'이다. 구연은 잠시 쉬어가기로 결정했다. 그리고, 바닥에 주저앉아 이것을 뚫어낼 수 있을지 곰곰이 고민했다. 벽에 금 간 곳은 없는지, 유독 얇은 부분은 어디인지, 일말의 구멍이라도 존재하는지, 강도는 어떤지 구석구석 살펴내었다. 구연은 다시 일어나, 걸어본다. 이곳이 자신이 걷고 있는 길이 맞는지 모르지만, 다시 한번 묵묵히 걸어본다. 벽을 따라 쭉 걷다 보니 구연은 어떤 것을 발견했다. 그곳에는 문이 놓여 있었다. 너무나도 노골적으로 세워져 있는 문. 과연 수림의 세계로 들어서는 문인지. 들어가기 전에 크게 심호흡을 내쉬고 그의 세계로 입장한다.

그의 세계에는 무엇이 존재할까. 푸르디푸른 초원. 햇살이 비쳐오는 넓은 광야. 화음을 쌓아가며 종알종알하는 새소리. 아무 미움도 없을 것 같은 이곳은 너무나도 평화로워 보였다. 하지만, 구연은 기시감을 느낀다. 아름답게만 묘사되어, 부조화라고 찾아볼 수 없는 자연의 풍경. '자연'을 추구하다 보니 아이러니하게도 '인조'가 탄생했다. 자신에게 만들어진 모습을 보여주기 위한 문이었다는 사실을 깨닫고 만들어진 세상을 향해 발길질한다. 발을 구를 때마다 땅에 금이 가기 시작한다. 그러나, 과도한 파괴는 거부감을 불러일으킨다. 저 멀리 지평선에서부터 산이 보인다. 이상한 점이라면 가만히 있어야 할 산의 크기가 점점 커져만 간다. 구연은 그제야 실체를 파악할 수 있었다. 그곳에는 사람의 크기로는 가름할 수도 없는 태산 같은 해일이었다. 마치 '미르'의 분노를 바라보는 듯했다. 밀려온 해일을 피해 구연은 다시 문으로 뛰어간다. 아무렇지 않게 문으로 튀어나와 문을 막고 선다. 구연은 문이 해일을 막아낼지 알 수 없다. 구연은 기도하는 자세를 취하고 중얼거리기 시작한다. 해일은 문 앞까지 도달해 문을 때리기 시작한다. 물이 계속해서 튀겨 나오지만, 그럴수록 구연은 더욱이 중얼거림을 가속한다. 어느새, 문은 사라져 버렸다. 벽도 사라져 버렸다. 어둠만이 남아버렸다. 구연은 더 이상의 시험은 필요 없다는 듯이 그대로 그의 정신세계를 걸어 나왔다.

"예사롭지 않군요. 수림 학생의 정신 방벽은 제가 쉽게 뚫을 수 없을 정도로 견고했어요."

"평생을 해온 일인걸요."

"수림 학생이 숨기고 있는 것이 있다는 생각이 들어요. 그건 함부로 드러낼 것이 아닌 건가요?"

"그건….." 수림은 잠깐 말을 잇지 못했다.

"아무것도 아니에요. 그냥 제 심연일 뿐이죠."

"심연이라. 그건 심연이라기엔 거대한 의지 그 자체였던 느낌이었어요."

"아무튼 저 시험 통과인 거죠?"

"하하. 말하기 싫다면 안 해도 된답니다. 시험은 통과했어요. 얼른 나가 보아요. 고생했답니다."

"감사합니다!" 수림은 당당히 정육면체를 걸어 나왔다.

수림이 평안한 표정으로 걸어 나오자, 모두 시험에 대한 공포감이 줄어 들었는지 너나 할 것 없이 줄을 서기 시작했다. 우진은 멀리서 수림을 바라보다가 다가와 말을 건네었다.

"잘 봤어?"

"별거 없었어."

"정신 방벽을 열심히 구축했는데 통할지는 모르겠다."

"이참에 그냥 다 보여주던지. 교수님이라도 네 온새미로를 보고 나면 공황에 빠지실걸."

"그러면 탈락 아니야…?"

"그건 모르겠고, 이리로 와봐." 수림은 나팔을 꺼내 들어 흔드는 것이 아
닌 불기 시작한다. 귀를 긁어내듯이 삐걱거리는 소리에 우진은 움찔했다.
소리는 점점 제 색을 찾아가고, 수림에게로 연이 모여든다. 모여든 연은 푸
른색을 띠기 시작한다. 청아하고 파랗도록 변해버린 연은 우진의 빛과 동조
하여 공명한다. 그대로 공명한 선율들은 우진의 정신으로 빨려 들어간다.

"뭐야! 놀랐잖아. 뭐한 거야?"

"별거 아니야. 장벽에 투포환 정도 달아났다고 생각해."

"시험인데 이렇게 해도 되는 거야?"

"뭘 상관이야. 들키지만 마."

"고마워…. 보고 올게."

학생들은 줄지어서 정육면체에 입장했다. 여느 시험이 그렇듯이 항상 희
비가 교차한다. 여러 학생의 얼굴을 보며 긴장을 감출 수가 없던 우진이 입
장하고, 수림은 그를 기다리는 중이었다.

'그나저나. 교수는 교수라는 건가. 연우진을 들여다보고 나서 기회만 보
이면 자꾸 튀어나오려 하잖아.'

어느새, 우진은 정육면체를 걸어 나왔다. 그의 표정을 쉽게 읽어낼 수 없
었다. 수림은 당장의 시험 결과에 대해 우진의 생각을 들여다볼 수 있었지
만, 그럼에도 달려가서 물어본다. 그렇게 하고 싶었기 때문에. 가까이 다가
서서 확인하니 우진의 표정은 미소를 애써 감추지 않으려 하고 있었다.

"왜 이렇게 신났어. 시험이 끝나서 좋은 거야, 통과해서 좋은 거야?"

"흐흐. 둘 다라고 하자."

“통과했구나! 축하한다.”

“으아! 시험이 드디어 다 끝났네. 후련한 듯 아쉽다.”

“그만큼 노력 많이 했으니깐. 고생했다.”

“너도.”

“바로 출발하자.”

“가도 된대?”

“끝나면 알아서 가라던데?”

“진짜로?”

“당연히 뻥이지.” 말과 동시에 수림은 우진의 팔을 낚아채고 동아리방을 향해 뛰기 시작한다.

“야! 좀!”

“뭐! 어때. 다 끝났잖아!”

우진은 이젠 수림의 막무가내식 행동들이 싫지만은 않았다. 당장의 시험이 끝났다는 해방감에 취해 우진도 ‘에라, 모르겠다’ 하는 심정으로 땅을 박찼다. 그는 잡혀있던 팔을 뿌리치고, 오히려 수림을 앞질러 속도를 높였다.

“내가 먼저 갈 테니까 빨리 와!”

“연우진! 웬일이래! 같이 가!”

전력으로 질주하는 두 소년의 등 뒤로, 세상을 감싸안는 오후의 햇살이 눈부시게 부서져 내렸다.

∞

한동안 잠을 제대로 잔 건지, 탈진한 빛은 회복이 되는지 마는지, 피곤한 상태로 나날을 보냈다. 무거운 몸을 이끌고 마지막 구연의 시험까지 끝낸 그들은 동아리방에서 소파에 기대 한껏 늘어졌다. 앞으로도 시험은 계속해서 존재할 것이다. 하지만, 오늘만큼은 세상 모든 것이 끝난 것처럼 해방감에 젖었다.

"지친다……." 수림은 의자에 기대 머리를 뒤로 꺾고 한숨을 모두가 들을 수 있도록 쉬어댔다.

"한숨 그만 쉬어라." 지우 또한 내색은 안 하지만 꽤 지친 듯 보였다.

"이건 한탄의 한숨이 아니야. '한숨 돌렸다'의 한숨이지."

"그거나. 그거나. 듣기 싫으니까 하지 말라고."

"맨날 지 맘대로지."

"야. 오늘은 피곤하니깐 봐준다."

"아무튼 재현이 형은 언제 온대?" 싸움이 날까 염려한 우진은 다급하게 화제를 돌렸다.

"곧 올걸."

호랑이도 제 말 하면 온다는 듯, 어디서부터 엿들었는지 멀리서부터 그들에게 다가오는 재현이 보였다.

"다들 일찍 끝났나 보네."

"저희야 뭐 일찍 끝나죠." 지우는 퉁명스럽게 대답했다.

"이제 갈까? 맹이도 가기로 했다며?"

"걔는 알아서 올 거예요. 먼저 가 있으라던데요."

"그래? 그럼 출발하자. 이번에도 하늬바람으로 갈까?"

"전 좋습니다, 선배님!"

"저는 아직 무섭긴 한데…."

"걱정 마. 길 터줄 테니까 잘 따라와. 수업 열심히 들었을 거 아니야."

그들은 각자 자신의 짐을 챙기고 동아리 밖으로 걸어 나왔다. 자신의 나팔을 소매에서 꺼낸 뒤 하늬바람을 걸어 나팔을 크게 만들었다. 우진은 마치 동아리에 왔던 첫날. 자신이 재현과 함께 처음으로 비행하던 순간을 떠올려본다.

'어느새 많은 시간이 흘렀구나.'

인생의 목적을 찾아 나섰던 우진은 이제야 궤도에 오른 기분을 받는다. 자신의 비어 있던 부분. 공허하고 차갑고 처량했던 그 시절. 그때의 연우진은 사라졌다. 아직은 부족한 점이 많지만, 연술을 꽤 본격적으로 다루기 시작했다. 어엿한 연술사가 되어가는 과정에 있는 우진은 매일 자신의 성장의 결과를 확인하며 기쁨을 느낀다.

순간적으로, 우진에게로 바람이 불어왔다. 아직 아무도 출발하지 않았음에도, 머리를 휘날리는 거칠고도 강한 바람이 불어왔다. 바람은 우진에게 새로운 생각을 불어넣었다. 연술을 접하게 된 것이 거대한 운명의 힘인지, 자신의 선택인지 고민한다. 잠시 시간이 멈춘 듯이 흘러간다. 순간적으로 모든 것이 낯설었지만, 다시 제정신을 차린다. 주위를 둘러보니 그들은 이미 출발하고 난 뒤였다. 우진은 당황한 채로 바로 나팔에 올라타 하늘로 치솟는다. 그들은 여명빛으로 향했다.

여명빛에 도착한 그들은 수림이 소개한 뮬마로가 맛있는 집으로 향했다. 들어서자마자 사람들의 말소리가 귀를 때려댄다. 시끌벅적한 분위기는 제법 조용한 것을 원하는 손님들을 내쫓기 마련이지만, 이곳은 모두가 현재의 분위기에서 활력을 얻어가고 싶어 하는 것 같았다. 그들이 자리에 앉고 조금 뒤, 호맹이 도착해 그들이 남겨놓은 한 자리에 착석했다. 스화로에서 소리의 라면을 처음으로 먹었던 그들은 어느새 가까운 사이가 되었다. 매일상이 겹치니 자연스레 가까워질 수밖에 없었다. 다섯이 한 테이블에 앉고 나니 처음에는 시험이 끝났다는 해방감과 그동안의 피로로 인한 노곤함 때문에 침묵이 이어졌다. 침묵을 견딜 수 없다는 듯이 말을 이어 나간 것은 수림이었다.

"여기 뮬마로가 정말 맛있어요. 다들 뭐 먹을 거예요?"

"난 아무거나 줘. 지금 배고파서 아무거나 먹어도 돼." 맹은 배를 부여잡으며 고개를 탁자에 박고 있었다.

"난 '태어났을 때의 기억'이 흥미로워 보이는데. 이걸로 마실게." 지우는 메뉴판을 훑어보며 자신이 끌리는 이름을 불렀다.

"그건 인조 기억이라 맛이 그냥저냥 할 텐데. 그거 먹어라."

"난 '짝사랑의 기억'? 이걸로 먹어볼게." 우진 또한 메뉴판을 뚫어져라 바라보며, 자신이 처음으로 마시게 될 뮬마로의 맛을 신중히 결정하였다.

"나도 우진이 따라서 같은 거 먹어볼래." 재현은 우진과 똑같은 음료를 골랐다.

"그럼 '짝사랑의 기억' 2개, '태어났을 때의 기억' 1개, '여름날의 추억' 2개. 튀김이랑 과일 종류로 안주 시킬게요. 자. 모두 손 모아요."

수림의 말에 자연스럽게 지우와 맹, 재현은 앞으로 손을 뻗었다. 우진만 영문도 모른 채 늦게 손을 내밀었다.

"뭐 하는 거야?"

"다 같이 결제해야지."

"이런 것도 있구나."

모두의 손에서 빛을 조금씩 모아낸 수림은 연기를 모아내어 손바닥만 한 연의 구슬을 만들어냈다. 그리고, 점원을 손짓으로 불러 구슬을 건넸다. 이때, 시끌벅적한 곳에서 크게 소리를 지른답시고 모두의 얼굴을 붉히게 한 것은 덤이었다.

잠시 시험 기간의 일과 그동안의 회포를 풀고 있으니, 점원은 빠르게 뮬마로 먼저 대령했다.

"짝사랑 둘, 태어났을 때 하나, 여름 둘. 먼저 드리겠습니다."

점원은 민무늬 백자기 5병을 들고 와 탁자에 내려두고 갔다.

"이렇게 양이 많다고?" 우진은 신기한 듯이 연술계만의 음료를 들여다보았다. 자신의 것을 가져다가 냄새를 맡아보곤 했다.

"아무 냄새도 안 나는 거 같은데."

"일단 먹어봐봐. 재현이 형. 멘트라도 해주세요."

"내가…? 그래. 애들아, 다들 고생 많았어. 다음 주 축제 준비 열심히 하자. 짠!"

"짠…!" 모두가 잔을 들어 올려 병을 서로 부딪쳤다.

우진은 입에 갖다 대 몇 모금을 입에 넣었다. 입에 머금게 된 뮬마로의 맛은 참으로 신비했다.

"와…. 이런 맛이 존재할 수가 있구나. 상상도 할 수 없던 맛이야."

"인간계에선 이런 거 못 먹어봤지?" 수림 또한 한 모금 마신 후에 신난다는 듯이 탁자를 쳤다.

"엄청 단 주스나 술 같은 느낌으로 생각했는데 알 수 없는 맛인데."

"이 맛은 한 번 맛보면 잊지 못해. 게다가 여긴 근처 상점에서 파는 양산형과는 다른 맛이라고."

독하지도 않고, 그렇다고 음료처럼 단것도 아니고 처음엔 이게 무슨 맛인가 싶다. 하지만, 천천히 음미하면 진가가 천천히 드러난다. 그가 고른 맛은 '짝사랑의 기억'. 쓰라리고도 아프지만 존재만으로 살아갈 수 있는 원동력이 되는 짝사랑. 우진은 누군가의 기억을 엿보는 듯하다. 쓸쓸하면서도, 은은한 단맛이 서려 있다. 우진은 첫입에는 정확히 무슨 맛인지 알아낼 수 없었다. 미묘한 중독성에 입으로 뮬마로를 넘긴다. 먹다 보니 전신에 활기가 돋고, 시험기간에 노고가 눈 녹듯이 녹아내려 간다. 시야는 점점 흐려져 가며, 우진의 기억 속에서는 알 수 없는 기억이 스며든다. 우진은 마치 아가로에서 영상을 감상하듯이 기억에 젖어 든다.

어두운 공원 벤치 한편에서 한 남자와 한 여자가 보인다. 영화의 주인공이 된 것처럼 그들 주위로는 아무것도 보이지 않는다. 마치 핀라이트가 그들만을 비추고 있는 것 같다. 서로 가만히 앉아 손을 잡은 그들은 적막 가운데서 대화를 이어 나간다.

"어떻게 말을 꺼내야 할지 모르겠다. 이쯤 되면 너도 눈치챘잖아⋯."
"정말 좋아했던 거구나."
"응⋯. 나 너 꽤 오래 좋아했는데." 남자의 말은 떨림을 이유로 온전하게 전달되지 못한다.
여자는 남자의 손을 풀고 그의 무릎에 다시 손을 돌려준다.
"나도 잘 모르겠어⋯. 이런 적이 처음이라서. 네가 친구로서는 정말 좋지만, 내가 널 좋아할 수 있을까."
"괜찮아. 알아가면 되지."
"미안. 당분간 거리를 둬보자. 너도 마음이 달라질 수도 있어."
"안 그래도 돼! 제발 거리만은 두지 말아 줘⋯."
"미안⋯. 친구로서는 지낼 수 있는데, 아직은 잘 모르겠다."
"제발⋯!"
여자는 그대로 벤치를 떠나 무대를 이탈했다.
흘러 들어온 기억은 관람이 주목적이 아니었다. 실제 남자의 감정이 우진에게 흘러 들어왔다.

슬픔. 배신감. 떨림. 우울. 자책. 더는 자신이 사랑하는 사람과 가까워질 수 없다는 무력감.

수많은 우울의 감정이 빠르게 전염되었다. 활기가 돋아 웃고 있던 우진에게서 미소가 점점 사라져간다. 그는 공중을 보며 넋이 나간 듯 바라봤다. 그의 눈에서는 눈물이 흘러내렸다. 우진은 남자의 입장이 되어 그의 모든 사상과 감정을 이해한다. 앞으로 나아가질 못하고 그대로 주저앉는 비참함.

"우진아! 왜 그래!"

"야. 이거 생각보다 독한데. 감정의 농도가 너무 짙어. 한 입 갖다 대자마자 너무 심해서 보호 연술 쓰고 먹었다." 재현 또한 '짝사랑의 기억'을 마셨지만, 우진에 비해 감정의 전염은 심하지 않았다. 우진은 계속해서 넋이 나간 채로 자신의 것도 아닌 감정에 휘둘렸다.

"어떡해요, 재현이 형? 수제 기억이라 도수가 강한가 봐요." 맹은 우진의 모습이 걱정되어 계속해서 안절부절못했다.

"기다려 봐. 주독을 빼보자." 재현은 왼손으로 연을 모았고, 그것을 오른손으로 듬뿍 퍼내어 우진에게 가루의 형태로 흩날리도록 했다.

우진은 재현의 처치로 그제야 제정신을 차릴 수 있었다.

"무슨 일이 있었던 거죠?"

"기억에 휩싸였어. 술보다 더 독하지."

"아아…. 머리가 계속 멍하다 싶더라니."

"수림아. 이런 곳이면, 진작에 도수 높다고 얘기해줬으면 좋았을 텐데."

"죄송해요. 저는 그렇게 영향받지 않아서…. 지우랑 맹이는 어때?"

수림은 괜스레 무안했는지 나머지 두 명에게 맛을 물어봤다.

“‘태어났을 때 기억’은 인조 기억치고 은은하고 맛있던데. 쓰지도 달지도 않고 담백하기만 한데, 중량감이 엄청나. 목이 화끈해지면서도, 차가운 것들이 어마어마하게 밀어붙이는 느낌? 난 만족.”

“나도 맛있긴 했어. ‘여름날의 추억’은 매미 소리. 걸어 다니다 보면 뻘뻘 흘리는 땀방울. 베어 문 수박 한 입. 시원한 바람. 푸르디푸른 나뭇잎. 딱 여름 하면 생각날 만한 것들이 흘러 들어왔어. 상큼하고, 시원하고, 달짝지근하고.”

“다행이다. 여기가 그래도 맛있긴 하거든.” 수림의 처졌던 어깨는 다시 제 위치를 회복했다. 잠시 주독에서 깨어난 우진이 멍을 때리다 말을 이어 나갔다.

“그나저나, 기억 속에 나온 두 사람…. 학교 사람이던데요? 분명히 처음 보는 사람일 텐데 이상하게 낯이 익어요.”

“맞아. 여자는 모르겠는데.”

“남자는 누군지 알아요?”

“김다온. 그 학생회장 있잖아.”

“학생회장이 있었다고요?”

“너넨 못 봤겠구나. 아마 축제 때 보게 될 거야.”

“학생회장의 짝사랑한 기억이라…. 왜 이런 곳에 있는 거지. 꽤 아픈 사랑이었나 본데.” 맹은 조곤조곤히 말을 이었다.

“너무 괴로워서 팔 수밖에 없던 것 아닐까.”

각자의 뮬마로에 대한 감상을 남기고 난 후 여러 이야기를 나누다 보니, 어느새 안주가 나왔다. 그들은 안주를 집어 먹으며 수많은 이야기를 나누었다. 그중 제일 화두가 되었던 것은 다음 주부터 진행될 ‘여름날의 비’였다. 그들은 어느새 뮬마로에 빠져들어 조금씩 혀가 꼬이기 시작했다.

"아무튼 우리 부스 운영하게 되었다."

"뭐 하는데요?" 지우가 물었다.

"큰 어항 속에서 물총 싸움을 가장한 비무대회를 여는 거지. 매년 전통이라고."

"그건 좀 재밌겠네요. 상품은 있어요?"

"놀랍게도 미르가르 씨가 우리 동아리의 선배님이셔. 그래서 매년 상품으로 '1회 의상 제작권'이 나와."

"그것도 탐나는데요." 이번엔 맹이 대답했다.

"에엑! 우리 부스 운영하면 트로이나는 언제 보라고요!"

"트로이나는 부스 운영 다음 날 오니까 걱정하지 말고."

"흠냐…. 다행이네요…. 쩌업…." 우진은 주독을 빼내었음에도 뮬마로에 중독되어 몸이 남아돌지 않을 것처럼 마셔대었다. 우진은 그대로 책상에 엎어져 졸린 눈을 뻐끔뻐끔 감아대고 있었다.

"우진이만 조금 약한가 보네…. 다들 뮬마로 잘 마시나보다."

"쟤가 약한 거죠." 지우는 아무렇지 않다는 듯이 남은 뮬마로를 전부 마셨다.

"'짝사랑의 기억'이 도수가 조금 높았을 뿐이야. 다음에는 약한 거 마시라 해야지. 슬슬 늦었다. 돌아가자. 다들 뮬마로 마셨으니, 주독은 빼고 하늬 바람 타야 해. 알겠지?"

∞

기분 좋게 취한 그들은 서로의 어깨를 부축하며 기숙사로 돌아왔다. 밤 하늘엔 수많은 별이 총총히 박혀 있었고, 은하수 차원의 기운인지 유독 별

229

똥별이 많이 떨어지는 밤이었다.

"우진아, 자냐?"

침대에 누운 수림이 웅얼거렸다.

"아니. 아직."

"오늘 재밌었다, 그치?"

"응. 진짜로."

"시험도 끝났고, 축제도 있고… 학교생활 정말 즐겁다."

"그러게."

우진은 천장을 바라보았다. 뮴마로의 여운인지, 눈을 감으면 아련한 누군가의 형상이 보일 듯 말 듯 했다. '짝사랑의 기억'. 그것은 슬프지만 아름다웠다. 마치 이 세계처럼.

"앞으로도 계속 이렇게 즐거웠으면 좋겠다."

우진은 소박한 소원을 빌며 잠을 청했다.

창밖에서 불어온 바람이 커튼을 살며시 흔들었다. 그 바람 끝에는 아주 미세하게, 비 냄새가 섞여 있었다. 아직 비가 올 계절이 아닌데도 불구하고.

축제의 시작을 알리는, 혹은 또 다른 무언가의 시작을 알리는 '여름날의 비'가 다가오고 있었다.

8장
눅눅히 젖어 들어가는

'지'가 승화해서 만들어진 행성 '지구'. 이곳에 사는 생명체 말고도, 분명히 다른 생명체가 존재할 것으로 추측한다. 이 세상은 너무나도 넓고, '지'는 그 생명체들을 분명히 보았다.

– '빛의 신전'과 '연기의 신전'의 기록 중 일부

"교수님께 가서 승인받으면 여기에 큰 어항이 생겨날 거야."

재현과 수림, 우진은 곧 있을 '여름날의 비'에 대비해 축제 부스를 준비 중이었다. 맹과 지우는 바쁘다는 핑계로 도망갔고, 남은 건 이들뿐이었다.

"우리만 하는 거예요? 동아리에 다른 사람들도 있잖아요." 수림은 투덜거리기 시작했다.

"장혁이랑 지혜는 동아리 대표로 연합 회의에 참여하고 있어서. 그리고 소수 인원으로 하는 게 빨라."

"음…. 알겠어요. 축제 날 우린 뭐하면 되는 거예요?"

"우리는 비무 대회를 주최하고 사회를 볼 거야. 너희는 매표소에서 인원 관리에 힘 써줘야지."

"사회는 누가 보는데요?" 가만히 듣고 있던 우진이 옆에서 끼어들었다.

"사회도 장혁이랑 지혜가 볼 거야."

"우린 그럼 할 거 없는 거 아니에요?"

"관객이나 참가자가 생각보다 많아서 너희의 역할이 중요해."

대화 도중 재현의 몽로에서 소리가 울렸다. 재현은 몽로를 꺼내 들어 확인하였고, 다시 자신의 교복 소매에 넣어두었다.

“승인 났대. 바로 건물 세우자.”

“오. 빠르네요.”

재현은 나팔을 들어 공중에 빛의 궤적을 그려내었다. 상상력을 마음대로 뽐내며 빛의 궤적은 타원형으로 그려졌다. 노란빛의 가루와 잔상이 흩날리고 나면 수업 때나 쓸 법한 큰 돔 경기장이 생겨났다. 중앙에는 집채만 한 어항이 놓여있고 그 주위로 관객석이 둘러싸고 있다.

“와…. 이런 게 가능해요?”

“부스 운영 시에 수업 때처럼 임의로 공간을 조작할 수 있는 권한을 부여받을 수 있어. 승인 후에 교수님들처럼 우리의 경기장을 꾸며낸 거고. 나는 보호 연술을 걸고 있을 테니, 너희는 연을 모을 수 있겠어? 할 수 있는 만큼 최대한 많이 뽑아내서 구슬 형태로 여기 주머니에 담아놓아 줘.”

“네? 계속해서 뽑으라는 건 노동 착취 아니에요? 보상이 필요한데요.”

수림은 이해가 안 가는 듯 자신의 요구사항을 곧이곧대로 말했다.

“많이는 안 뽑아도 돼. 할 수 있는 만큼만. 너희한테는 축제 끝나면 밥이라도 사 줄게.”

“밥이라… 일단 한 번 만들어보고 생각할게요.”

“그래, 고맙다.” 재현은 그대로 돔 경기장으로 들어가 이곳저곳에 보호 연술을 걸기 시작했다.

“야. 언제 만들고 앉아 있냐.”

“일단 할 수 있는 만큼만 하면 되니까.”

“아아. 어떻게 해야 효율적이고 낭비 없이 할 수 있지!” 수림은 두 손으로 관자놀이를 짚으며 고민에 잠겼다. 우진 또한 함께 고민하기 시작했다. 잠깐의 정적이 흐른 후에, 우진은 번뜩이는 생각이 났는지 손가락을 튕겼다.

“이렇게 해보는 거 어때? 니르도아 나무 아래서 내가 명상할게. 내가 빛을 뿜어내면 네가 연기만 끌어와서 조합하면 빠르게 될 거 같은데.”

“상관은 없는데, 지치지 않겠어?”

“처음이야 그랬지. 지금은 익숙해져서 웬만해선 안 지쳐.”

“오, 연우진. 많이 발전했는데.”

“아무튼 이렇게 해보자. 얼른 출발하자.”

“가자!”

니르도아 나무 아래에 도착한 우진과 수림. 우진과 수림은 괜스레 어색해진다. 우진의 심연을 들여다보았던 수림. 수림을 다치게 했던 우진. 그들은 서로에게 상처를 입힘으로써 더욱이 가까워졌지만, 알 수 없는 기분을 간직한 채 나무에 줄기에 잠시 손을 대고 할 일을 시작했다. 우진은 나무 아래에 한적한 곳을 찾아 가부좌를 틀고 앉았다. 그는 심호흡으로 한두 번 숨을 내뱉고 천천히 눈을 감았다.

우진은 이곳에서 비로소, 자신의 빛은 거대한 것이었음을 깨달았다. 끊임없이 자신을 태워 가며 우주를 밝히는 태양. 그런 빛이 비록 작은 몸뚱어리에 갇혀 있다지만, 잠재력은 무한하다. 끝을 알 수 없는 존재인 인간은 이론상 어떤 빛이 든 낼 수 있다. 감히, 그 빛이 태양일지라도. 우진은 아직은 전력을 다할 순 없다. 그러나, 깨지지 않을 정도로 웬만한 사람들보다 더 많은 빛을 낼 수 있게 된 우진이었다.

빛이 나는 원천. 심장. 광원. 이곳에서부터 빛이 흘러나온다. 우진은 심장의 고동과 힘을 느끼며, 빛이 흘러나오는 흐름을 느낀다. 온몸으로 빛을 흘려보내며 천천히 퍼뜨리면 몸을 감싸고 있는 피부 위로 빛이 튀어나온다. 마치, 증기처럼 일렁이며 떠오르는 빛을 바라보고 있자니, 처음에는 미약했으나 빛은 곧 창대해진다. 우진의 빛은 세상을 덮어내기 시작한다.

“야! 빛이 너무 센데!”

"괜찮아. 얼른 연기 끌어와서 구슬이나 만들어."

수림은 자신이 보는 빛의 광경에 압도되며, 니르도아 나무가 발산하는 연기를 빠르게 모아내어 구슬들을 순식간에 찍어냈다. 우진이 내는 빛은 빠르게 연기를 잡아먹었고, 수림은 그가 탈진하지 않을까 줄곧 긴장하고 있었다.

"야! 인제 그만해도 돼!"

말과 동시에 빛은 점점 흩어진다. 우진은 지치기는커녕, 눈에 이채가 돌았다. 그의 얼굴에서는 땀이 비가 오듯 흘러내리고, 흥분을 멈출 수 없는지 몸이 계속 떨렸다. 그럼에도, 미소를 잃지 않고 머금고 있었다. 그는 환희에 젖었다.

"안 지쳤어? 너 땀 엄청 나."

"괜찮아…. 이 정도 빛은 처음 내봤어. 기분이 이상해. 일탈 같기도 하고. 보호 연술이 깨질까 봐 조금씩 조절은 했는데…. 본능이 나를 재촉했어. 더욱 빛을 내고 싶은 충동에 휩싸이더라."

"너 지금 엄청 이상해. 정신이 오락가락해 보여. 계속 웃고 있잖아."

우진에게서 웃음은 멈출 기미를 보이지 않았고, 떨리는 몸은 멈출 기미를 보이지 않았다.

"정말 괜찮아. 내가 연술계에 어떻게 오게 됐는지 알아?"

"네가 얘기해준 적 없으니 나는 모르지."

"어떤 사람이랑 부딪혔어. 그 사람이 어떤 물건을 떨어뜨렸는데… 내가 그걸 주워줬거든. 그때 세상이 뒤집히더라. 비유가 아니라 말 그대로. 천지가 개벽했어. 그것도 내 손안에서. 드디어 내 빛을 찾아낸 거야. 내가 이런 사람이구나. 그때와 똑같아. 나의 빛이 세상으로 퍼져나가는 느낌. 살아있다는 감각. 삶의 목적 그 자체가 되살아난 느낌."

우진에게서 다시 빛이 솟구친다. 연기가 우진에게 이끌린다. 아니. 이끌리는 것이 아니라 블랙홀처럼 빨려 들어간다. 우진에게서 터져 나오는 빛은 폭발적이다. 폭발은 연쇄반응을 일으켰고, 니르도아 나무의 나뭇잎이 점점 말라가는 것이 보인다. 빛이 너무 강해, 주위의 빛을 잔향으로 바꾸어 내어 빨아들인다. 모두가 그에게 압도된다.

"이거 봐! 이게 내 원래 힘이라고!" 우진이 광소를 터뜨렸다.

수림은 입술을 깨물었다.

"현현화(顯現化)!"

우진의 상태를 지켜만 볼 수 없었다. 당장의 상황을 타개하려던 수림은 큰 결심을 했다. 수림이 우진에게 숨기고 있는 사실이 있다. 아무렇지 않은 척하지만, 그날 이후로 수림은 우진이 마음 한 편엔 공포의 존재로 남겨져 있다. 언젠간 적색거성이 되어 자신을 집어삼킬 존재. 나의 심연을 수면 위로 떠오르게 하는 존재. 하지만, 우진은 그 이상의 존재이다. 만난 시간은 얼마 안 되었지만, 그는 우진이 참 좋았다. 같은 기숙사를 배정받았을 때, 그리고 그를 처음 마주했을 때. 수림은 거대한 운명을 마주한 느낌이었다. 눈앞에 이 자를 따라가야 하는구나. 이유 따윈 필요 없다. 그저 맹목적으로 쫓아야겠구나. 수림에게 공포보다 우정이 더욱 무거웠다. 정신착란을 하듯이 자아를 잃어버릴 것 같은 우진을 위해 다시금 그의 온새미로로 들어서려 한다.

"연우진! 정신 차려! 너 지금 빛에 먹혔잖아!"

수림은 자신의 의식을 날카롭게 벼려내 우진의 눈동자 속으로 뛰어들었다. 그의 홍채에서는 공허함 속에서 피어난 빛들의 향연을 보았다. 거대한 공동(空洞)에 자신의 모든 것을 바쳐 빛을 부어 넣는 우진은 결국 빛에 집어삼켜졌다. 세간에서는 이를 가리켜, 현현화라 일컫는다. 수림은 현현화가 온 사람을 본 적이 없다. 글로만 배우고, 이야기로만 전해 들었을 뿐. 그가 우진에게서 마주한 것은 단순한 정신이상자가 아니라, 재난이었다.

가까스로, 그의 눈에서 틈을 발견한 수림은 우진의 세상으로 들어선다. 암흑뿐이던 우주에 어느덧 별이 켜지고, 거성이 세상을 밝혀내고 있다. 그곳에서 수림은 무의식적으로 우진을 찾아 나선다. 조금 걸었더니, 공중에 그대로 누워있는 우진이 보인다. 그에게 다가가, 말을 걸었다.

"정신 차려! 지금 네 빛 때문에, 많은 것들이 다치게 생겼어."

"여기 있고 싶어. 빛이 감싸주는 따뜻함이 좋은걸."

"그냥 나와. 여기 있어서 얻을 게 뭐 있다고."

"수림아. 살면서 그동안 힘들었는데, 잠깐만 쉬다 나가면 안 될까…? 나 매일 울고불고 난리 쳤어. 살아오는 매일이 벅찼었다고. 이제야 빛을 낼 수 있다는데, 이 정도는 괜찮잖아…."

"안 된다고. 너는 단지 빛에 삼켜졌을 뿐이야. 이곳의 따뜻함은 만들어진 환상일 뿐이야. 너의 광원이 계속해서 빛을 내게 하려고."

"여기서 나가면. 다시 무너질 텐데."

"너 생각보다 속이 시꺼면 애였구나."

"말할 수 없었지. 만난 지 얼마 안 된 사이에 어떻게 속을 보여주고 살아."

"솔직하게 이야기할까? 나 너 처음 본 순간부터 얘랑은 꼭 친구가 돼야겠다 싶었어. 내가 알 수 없는 어떤 운명의 느낌이 들었다고. 그래서 너랑 친구 하려고 여기까지 쫓아온 거야! 빛은 혼자 낸다고 의미가 없어. 네 주위의 나, 지우, 맹, 재현이 형, 학장님. 그리고 너의 부모님. 세상 사람들은 너의 빛을 받쳐주는 연기가 아니야. 모두가 빛이라고. 자신을 태워내서 살아가는 생명들. 그 빛들과 조화를 이루어야 더욱 밝은 빛을 마주하고, 네 공허함이 메워지는 거야. 당장 네가 빛의 삼켜진 일은 밑 빠진 독에 물 붓기라고.”

수림은 우진을 억지로 일으켜 세우고 팔을 잡아 이끌었다. 우진은 쉽게 나가지 않으려고 저항했지만, 수림은 그를 더욱 거세게 잡아끌어 자신이 들어온 입구로 데리고 나갔다. 어찌나 빠르게 뛰는지, 뒤도 돌아보지 않고 수림은 달렸다. 힘이 풀렸던 우진의 눈에 다시 생기가 돌아오기 시작한다.

“야, 힘들어! 내가 끌려가는 거 싫다고 했잖아!”

“이제 정신이 조금 돌아오냐?”

“허억! 헉!”

현실로 돌아온 우진이 거친 숨을 몰아쉬며 무릎을 꿇었다.

어느덧 온새미로의 모습은 사라졌고, 안색이 조금 창백해진 수림만이 보였다. 우진에게서 나타난 빛은 어느새 잠잠해졌고, 그의 눈은 조용히 가라앉았다.

“어떻게 된 거야? 왜 이렇게 안색이 창백해?”

“말로 설명하긴 어려워. 축제 동안 쓸 연 구슬을 충분히 만들어뒀다는 사실만 알면 돼.”

“내가 빛을 내고 나서 네가 이렇게 된 거 아니야?”

“그런 거 아니야! 네가 무슨 그 정도 위인인 줄 알아? 할당량 채웠으니까, 재현이 형이 사주는 밥 먹고 기숙사나 돌아가자.”

“알았어. 일단은 쉬고, 나중에 자세하게 얘기해줘.”

“시간이 있으려나 모르겠네?”

“좀! 얘기해달라고!”

“너 하는 거 보고!”

수림은 우진의 숨겨진 면을 들여다보았다. 사람은 본디 복합적인 사람이다. 피상적인 대화만으로 그를 알아낼 수 없던 수림은 우진에게 한 걸음 더

다가섰다. 그의 아픔에 공감할 수 있게 되었고, 심층적으로 이해할 수 있게 되었다. 수림은 오늘의 현현화에 대해 자세한 일을 얘기하지 않을 것이다. 그의 아픔을 무조건 공감하는 사람이 되고 싶지 않으니. 그러니, 언젠가 날이 된다면. 우진이 스스로 말해줄 수 있을 때, 그저 묵묵히 들어주리라. 그것이 수림이 선택한 친구로서의 방식이었다.

　모두가 곯아떨어진 밤, 우진은 몰래 방에서 나와 쏟아지는 달빛을 보았다. 생각에 잠긴 듯 그는 주위를 서성거리며, 연하광채의 기숙사를 벗어나 중앙 탑을 향해 천천히 걸었다. 걸음 하나하나에 생각의 늪에 발목이 잠긴다. 힘껏 들어 올려 벗어나려고 하나둘 몰려오는 고민은 그를 더 가라앉힌다. 깊은 생각이 잠긴 채, 앞으로 향하니 어느새 중앙 탑에 도착했다. 우진은 새벽의 습기가 젖어있는 잔디 위에 걸터앉아 벽에 몸을 기대었다.
　하늘을 올려다보았다.
　자신이 여기까지 온 것은 우연일지. 혹은 거대한 운명에 휩쓸려 온 것일지. 자신의 결핍된 인생을 위해 빛이 흘러가는 대로 쫓아왔을 뿐인데, 의문은 더욱더 심연으로 굴러떨어졌다.
　"무슨 고민이 있길래 이런 야심한 시간에 여기까지 왔어?"
　"아무것도 아니에요….”
　"아무것도 아니긴. 네 빛이 자꾸 다른 사람들을 상하게 하니까 그런 거겠지."
　"그걸 어떻게… 으아악! 언제부터 오신 거예요?"
　"저 멀리서부터 걸어올 때부터." 우진의 옆에서는 지원이 다가와 앉아 있었다.
　"기척 좀 내세요! 놀랐잖아요!"

“학교나 좀 걷자. 이야기 해줄 것도 있고.”

우진과 지원은 일어나 새벽의 쓸쓸함을 맞이하며 공원이 있는 방향으로 걸었다.

“안 주무시고 계셨어요?”

“자려 했는데, 어디서 우울한 기운이 느껴지길래 나와봤어.”

“그런 게 느껴져요…?”

“거짓말이지.”

“아, 진짜!”

“하늘바람지기로 미래를 들여다보고 있었어. 고양이라는 생물이 그래. 육감 같은 게 있거든? 무슨 일이 일어날 조짐에 털이 쭈뼛쭈뼛 선다니깐.”

“심각한 일이에요…?” 지원의 표정은 일순간 굳었다.

“갈피가 잡힌 것이 아니라서 자세한 건 말해줄 수가 없어….”

“혹시 모르죠. 저한테 얘기해주신다면 해결책을 낼 수도 있고…. 최근에 저도 이상한 경험을 했어요. 동아리에서 비무하다가 보호 연술이 끊기고… 지우의 얼굴이 순간적으로 녹아내렸다니까요. 다들 제가 다쳐서 환각을 본 거라고 생각하겠지만, 제 생각은 달라요. 분명히 현실이었고, 이질적인 느낌이었어요.” 우진은 지원의 눈치를 조심히 살폈다. 지원은 아무 말도 남기지 않은 채, 눈썹을 찌푸리며 잠시 생각에 잠긴 듯했다.

공원에 들어서고 길을 따라 쭉 걸어온 그들은 니르도아 나무에 도착했다. 우진은 자신이 이곳에서 수림을 두 번이나 다치게 했다는 죄책감에 불안한 생각들에 휩싸였다. 지원은 그런 우진을 일별하고, 나무를 쓰다듬으며 말을 이어 나갔다.

“그거 아니? 니르도아 나무는 연술계에서도 희귀한 나무야. 이만한 연기를 뿜어내는 나무는 찾아내기 힘들지. 그래서 너희도 여기 와서 온새미로를 들여다본 것 아니니?”

“다 지켜보고 계셨어요?”

“오늘 그 정도 빛이 쏟아지는데 모를 리가 있겠니.”

“다 알고 계셨군요….”

“이제는 네 빛이 어떤 건지 감이 잡히니?”

“아직도 모르겠어요. 저에 대해서 알고 싶어서 이곳으로 왔는데 의문만 더 늘어나는 기분이에요. 왜 나는 여기에 있죠? 어떻게 여기에 오게 된 거죠? 저랑 부딪혔던 그 사람… 모두 의도된 행동이었을까요? 제가 여기를 넘어왔어야 하는 건지. 아니면 오면 안 됐는데… 억지로 온 건지 잘 모르겠어요.”

지원은 자신을 다그치는 우진의 불안을 덜어주기 위해서 손가락을 들어 우진의 입에 갖다 댔다. 우진은 갑작스러운 행동에 잠시 말을 멈추었다. 우진은 지원이 풍기는 신묘한 분위기에 압도되어, 자연스레 말을 멈추었다. 그녀의 눈을 바라보니 속에서부터 울렁거리는 감정이 들었다.

“네가 연술의 자질이 있었음에도 인간계에 있던 점이나, 정말 우연찮게도 빛이 발현돼서 이곳에 온 점이나. 나는 왜라는 질문을 던질 수 없단다. 왜냐하면, 그건 너밖에 모르거든. 너의 미래가 고정되어 있든, 누군가의 의도대로 움직이든, 너의 선택이 옳지 않았든, 그것을 돌아보고, 생각하고 생각하며, 앞으로 나아가는 것은 오롯이 너의 몫이야.”

“제 빛에 대해서 학장님은 아는 게 있으신가요?”

“내가 아는 사실이라곤, 네 온새미로는 우주라는 사실뿐이야. 네 광원은 일반 사람들에게서는 찾아볼 수 없는 수준의 빛이지. 나조차도 그 정도의 빛을 가지지 못했어. 만약에, 내가 너와 같은 빛을 가졌다면 나는 노력했을 거야. 통제 못 하는 빛이 아니라, 모두와 조화를 가지고 살아가기 위해서.”

지원은 니르도아 나무에 손을 올린 뒤 눈을 감았다. 나무의 뿌리부터 살아 움직이는 생명력을 느끼며, 줄기를 타고 올라오는 빛을 느낀다. 나무에서 빛을 뽑아낸다. 다른 한 손에서는 자신의 숨결을 뱉어내어 연기를 만들어내고 그것을 통해 또 다른 연을 창조해 낸다.

"빛이라는 게 나 자신에게만 있는 게 아니었군요."

"각자가 제빛이 있는 법이야. 어떨 때는 우리가 연기가 되어 남을 받쳐줄 때도 있는 거지. 네 빛이 사람들과 조화를 이루려면 심신을 단련하고 네 그릇을 더욱 단단하게 만들어야 해. 지금처럼 유약해선 네 빛을 통제 못 하곤 다시 삼켜질 거야." 우진의 굳었던 표정은 조금씩 풀어지기 시작했다.

"그런 거였군요…. 조금은 해답에 다가서는 것 같아요."

"우진아. 영원한 정답은 없어. 많은 것을 이야기하지 못하지만, 마음을 굳세게 먹거라. 곧 이 말의 뜻을 알게 될 것이야."

지원은 가지고 있던 연을 손으로 뭉쳐낸 뒤 우진의 이마에 천천히 발라주었다. 우진은 갑작스럽게 느껴지는 차가운 감각에 일순간 놀랐다.

"무슨 연술이에요?"

"이건… 너를 지켜줄 거란다. 내가 할 수 있는 일은 이것뿐이야. 시간이 지체되었구나. 얼른 들어가서 자렴."

"감사해요. 학장님. 앞으로 제가 나아갈 곳을 찾아낼 수 있을 것 같아요."

"그래. 얼른 들어가서 쉬렴."

우진은 그날 밤, 기숙사에 들어가 깊게 잠에 곯아떨어졌다. 지원은 우진이 돌아간 자리를 계속 맴돌며, 밤하늘의 향을 맡았다. 다른 사람들은 알지 못하는 꿉꿉한 냄새만이 지원에게로 흘러 들어왔다.

"벌써 일이 시작될 조짐이 나타나는구나…."

우진과 수림은 아침 일찍 일어나, 약간의 어색함을 묻힌 채로 '어항'의 마무리를 하기 위해 빠르게 기숙사를 나섰다. '어항'에 도착하니 이른 시간부터 사람들로 소란스러웠다. 우진과 수림은 부스 운영의 주축이 될 장혁, 지혜에게 다가갔다.

"안녕하세요."

"안녕하세요."

"너희가 재현이가 말했던 신입생들이구나!" 눈을 가린 산발의 머리를 옆으로 넘기고 그들을 반갑게 맞이해주는 지혜였다. 지혜가 우진과 수림을 껴안으려고 뛰어가자, 그녀의 팔목을 낚아챈 사람이 있었다.

"애들 놀라겠다. 안녕. 우린 처음 보지?"

"네. 선배들은 동아리에서 자주 못 보던 분들이신데요."

"뭐해! 반갑다는 의미로 원래 만나자마자 포옹부터 하는 거야!"

"나중에 하고. 아무튼 우리가 하는 일이 있어서 동아리에는 자주 못 왔어. 근데, 재현이가 하도 사정사정해서 오늘 사회만 맡아주기로 했거든."

"맞아! 우리 행사는 축제 중에서도 꽤 규모가 큰 행사라고! 외부에서도 이걸 위해서 학교에 들어오곤 해!"

"외부인도 들어올 수 있는 거였어요?" 우진은 놀란 듯이 물어봤다.

"축제 기간은 허가된 사람들만 들어올 수 있지."

어항을 조정하고 있던 재현은 우진과 수림을 발견하고 이곳으로 걸어왔다.

"다들 왔구나. 어제 말했던 연 구슬은 잘 만들었어?"

"말도 마세요. 이 정도면 1년은 족히 쓰겠어요. 애가 얼마나 많이 만들던지…."

"야!" 우진은 부끄러운 듯이 볼을 붉혔다.

“왜. 그 정도는 얘기할 수 있잖아.” 수림은 연 구슬들이 담긴 주머니를 재현에게 건네었다.

“엄청 많이 담았는데! 이거 하나만 가져가면 안 되나? 밥 좀 사 먹게. 히히.”

지혜는 신난다는 듯이 구슬을 하나 집어 들고 하늘에 비추어 보았다.

“가만히 좀 있어.” 장혁은 구슬을 빼앗아 다시 주머니에 넣었다.

“나한테만 그런다니깐! 치이!”

“진짜 많이 담았네. 나중에 밥 사줄 테니까 먹고 싶은 거 미리 생각해 놔.”

“비싼 거 먹을 거예요.”

“맘대로. 자. 이제 따라와 봐.”

재현은 지혜와 장혁이 옥신각신하는 도중에 우진과 수림을 데리고 어항으로 다가갔다. 어항은 미요의 돔을 방불케 할 정도로 어마어마한 크기의 어항이었다.

“잘 들어. 오늘 너희가 할 역할은 어항에 들어오는 사람들을 관리하는 거야. 참가자들에게 연 구슬 하나씩 주고 참가자 노랑 팔찌를 줘. 그리고 그냥 벽을 통과하라 그래. 관람객들에겐 주황 팔찌를 줘. 벽 근처로 가면 알아서 빛의 계단이 생길 거야. 사람들 구분해서 안내만 잘하면 돼.”

“저희는 구경 못해요?”

“비무가 시작되면, 내부에서 사람들 관리해야지. 입장 종료했다고 표지판 세워놓고 안으로 들어와. 관람객으로 들어오면 될 거야.”

“사람들 많이 오겠죠? 그러면 꽤 힘들 거 같은데. 지우는 왜 같이 안 해요?”

“하다 보면 능숙해질 거야. 지우는… 좀 있다가 알게 될 거야.” 어깨를 으쓱하는 수림이었다.

“축제는 언제부터 시작해요?” 우진이 재현에게 물었다.

“아직은 6시라서 시작이 안 됐고, 8시가 되면 학장님이 개막식을 하실 거야.”

“어디서 하는데요?”

“장소는 존재하지 않아. 직접 봐봐.”

“알려주는 게 없으시네요.”

“스포일러는 재미없잖아.”

“알았어요. 이젠 뭐하죠?”

“같이 어항 마무리나 하자.”

우진과 수림, 그리고 재현은 각자의 일을 도맡아 어항을 마지막으로 조정했다. 최종적으로 어항에서 보호 연술이 정상적으로 작동하는지, 연술 사용에 제한이 있는지, 팔찌들이 작동하는지 점검하였다. 바쁘게 부스 준비를 마치니 어느새 8시가 다가왔다.

재현은 하던 일을 멈추고 몽로를 확인하더니 우진과 수림을 멈춰 세웠다.

“애들아. 하늘 올려다봐.”

푸른 하늘에서 구름 사이로 비춰오는 햇볕은 따스하면서도 눈과 코를 상쾌하게 반겨준다. 시간이 되자, 귓가에 소리가 들려온다. 바람 소리인지, 쉿소리인지 구별이 되지 않지만, 듣다 보니 경쾌하다. 코끝으로 습기의 눅눅한 냄새가 찔러온다. 불쾌하기는커녕, 기분 좋은 비의 냄새가 스며든다.

“이상하다. 비가 올 리가 없는데.”

“이게 ‘여름날의 비’야.”

우진은 얼굴에 갑작스레 닿는 촉촉함에 놀라 움찔했다. 한 방울. 두 방울. 닿더니 점점 쏟아진다. 소나기가 지나가듯 우진의 얼굴을 빗물이 적신다. 교복이 젖을까 어쩔 줄 몰라 하던 우진은 방방 뛰기 시작한다.

"으악! 다 젖는 거 아니에요?"

"잠깐만. 기다려 봐."

비가 쏟아지는 와중, 비 사이를 뚫고 목소리가 들려온다. 어젯밤 우진을 위로해 주었던 익숙한 목소리의 주인은 짧고 강렬한 공지를 시작한다.

"'여름날의 비'가 시작되었습니다. 여름이 끝나가는 향기를 만끽하세요. 여름에 눅눅히 젖길 바랍니다."

비가 교복에 한 방울 한 방울 스며갈 때마다, 교복의 본래 모습이 녹아내리기 시작한다. 녹아내린 상의는 빗방울에서 모인 빛으로 다시 형성된다. 빛은 하나의 망토로 이루어지니, 상의에서 뻗어 나와 허리까지 늘어난 망토는 자연스레 비에 젖지 않고도 비를 만끽할 수 있도록 했다.

"망토 마음에 드는데!" 자신의 망토를 만지작거리며, 비가 닿지 않는 것을 신기해하는 수림이었다.

"그러게." 우진 또한 망토가 마음에 드는지 계속해서 망토를 두 손으로 비벼댔다.

"이게 '여름날의 비'야. 여름의 향기는 간직한 채, 기분 좋은 눅눅함만을 가져가지. 비무는 12시에 시작하니까, 그전까지 다른 부스 구경 좀 하다가 와. 신입생인데 즐겨야지."

"진짜요? 예! 갔다 올게요!" 수림은 신난다는 듯이 바로 하늬바람을 시전하고, 그대로 날아가 버렸다.

"아니! 먼저 가버리냐."

우진의 시야에서 수림은 빠르게 사라졌다. 우진은 홀로 덩그러니 남겨졌다. 혼자 부스 구경을 다니기엔 아쉬워서, 괜스레 고민하다가 몽로를 꺼내 든다. '바람에 흩날리는 민들레씨'에 들어가서는 호맹의 이름을 찾는다. 그리고, 호맹에게 연락을 걸었다.

뚜… 뚜… 뚜…

[여보세요?]

[어! 받았네. 지금 뭐 해?]

[기숙사에 있지.]

[12시에 부스 운영 시작한다고 해서 다른 부스 구경하고 오려 했는데. 박수림이 먼저 쌩 가버렸어. 그래서, 너는 뭐 할까 하고.]

[킥킥. 알았어. 금방 나갈게. 동아리 동 앞에서 만나.]

[고마워. 거기서 만나자.]

우진은 동아리 동의 입구에 다가가 서 있었다. 얼마 지나지 않아, 호맹이 다가와 반갑게 인사했다.

"생각해 보니까 너는 왜 부스 안 돕냐?"

"아. 비밀로 하려 했는데, 어차피 곧 알게 될 테니까. 나 비무 참가해."

"뭐?" 우진은 자신도 모르게 소리쳤다.

"깜짝이야. 지우도 참여하는데."

"뭐라고?" 우진은 또다시 소리쳤다.

"경쟁이 치열할 텐데 괜찮겠어?"

"나 말고 다른 사람들이 걱정이지."

"그래…. 자신감이 넘치는구나."

"아니. 자신감이 아니라 정말 사실이야. 나만 한 사람이 없어."

"두고 봐보자고."

"아님. 내기하던지."

"내기는 좀 그렇고… 부스나 보러 가자."

"킥킥. 그래."

우진과 맹은 부스들이 모여있는 곳으로 모여들었다. 비가 내리는 와중에도 부스들은 시장통처럼 북적북적했다. 사람들의 소란과 비의 냄새가 동시에 섞여 들어오니, 이유 모를 향수가 피어오르는 느낌을 받는 우진이었다.

"뭐부터 해볼래?"

"저기 가볼까? 사격해서 맞추면 인형 준다는데." 우진과 맹은 사격 부스로 걸어갔다.

"안녕하세요! 연을 쏘아서 표적을 맞추시면, 구연 교수님의 모습을 본뜬 인형을 드리고 있답니다!"

"어! 구연 교수님이라면 좀 갖고 싶은데." 우진은 열정에 불을 지피기 시작했다.

"묘하게 귀여우시긴 하지."

"도전하시려면 이쪽으로 오세요! 규칙은 간단하답니다. 움직이는 표적을 맞히신다면, 인형을 드린답니다! 한 개는 열쇠고리, 두 개는 작은 인형, 세 개는 실물 크기의 인형이랍니다. 준비되시면 말씀해 주세요."

"실물 크기! 무조건 세 개 쏠게요. 준비됐어요."

부스의 운영자는 준비됐다는 말과 동시에 자신의 나팔을 휘둘러 표적을 움직이기 시작했다.

"자. 시작하겠습니다! 시… 작!" 은하수 배경의 별 모양을 한 표적이 천천히 회전한다.

"이 정도면 맞추기 쉽겠는데."

우진의 말과 동시에 운영자의 입꼬리가 씨익 올라갔다.

갑작스레 표적은 변화하기 시작한다. 이곳저곳 튀어다니며 그 속도는 눈으로 쉽게 쫓을 수 없었다.

"잠깐만요! 이건 너무 어렵잖아요!"

"할 수 있답니다! 연을 이리저리 잘 휘둘러보세요! 다만 한 번에 폭발하면 안 되고, 하나씩 부셔야 인정됩니다!"

"야… 이건 나도 어렵겠다." 옆에서 보고 있던 호맹 또한 탄식했다.

우진은 할 수 없이 눈을 감고 이곳저곳 쏘아대는 행성의 흐름을 느꼈다. 본래의 우진이었다면 느낄 수 없었겠지만, 동아리에서의 훈련과 수업을 통해 감각이 예민해진 우진이었다. 우진은 몸을 비틀고 나서, 나팔을 왼손으로 들고 공중을 겨냥했다. 끝에서부터 천천히 연이 흘러나온다. 실의 가닥처럼 흐물거리며 나왔던 연은 바람에도 부서질 것같이 연약했다.

행성의 궤적을 쫓아내다가 우진은 한 가지 특징을 발견한다. 세 개의 행성 전부 다 같은 패턴을 반복하고 있던 것이다. 우진의 실은 한 행성을 쫓아 그대로 궤적을 따라 뒤쫓는다. 빠르게 실은 불어나 굵은 연의 집합이 되었고, 연은 빠르게 한 행성을 뒤쫓았다. 계속해서 뒤쫓던 찰나 우진은 씨익 하고 미소 지었다. 궤적의 반대 방향으로 연을 뒤집었다. 뒤집힌 연은 그대로 달려오는 행성과 부딪혔고, 행성은 빠르게 산산조각 났다.

"제법인데!" 호맹은 손으로 입을 틀어쥐고 감탄을 자아냈다.

우진은 다음으로 다른 행성의 궤적을 쫓았다. 공중을 휘적거리며 감각을 집중하고 알아챌 수 없는 신출귀몰한 행적을 자연스레 그대로 따라갔다. 그대로 우진은 역으로 연을 뒤집어 다시 두 번째 행성을 부숴내었다.

"오! 하나 남았어!" 운영자의 표정에서 미소가 점점 희미해져만 간다.

우진은 떨리는 호흡을 가다듬고 마지막 남은 행성에 집중했다.

'움직임이 더욱 복잡해졌어…"

호맹은 방향을 알 수 없이 거칠어지는 행성에 이유를 찾아 주위를 둘러보았다. 호맹이 본 광경은 운영자의 손에 들려있던 나팔에서 빛이 더욱 거세게 나오고 있었다. 운영자의 반대 손에서 연을 모아 행성의 주위로 뒤섞는다.

‘이렇게 되면 헷갈릴 텐데.’ 맹은 우진을 방해하지 않기 위해 속으로만 말을 삼켜냈다.

“페이즈 3입니다! 더욱 빨라지는 표적을 감당해 보세요!”

운영자는 혼란을 주기 위해 행성의 주위로 연을 계속해서 쉴 새 없이 움직였다.

우진은 가볍게 숨을 내뱉고 온 정신을 뒤쫓는 데 집중했다. 알 수 없는 궤적을 휘날리며 더욱 거세진 빛의 흩날림. 지나가던 사람들도 멈추어 서서 마지막 행성의 궤적을 구경하고 있었다. 그는 갈 곳 잃은 사람처럼 궤적을 놓친 채 그대로 멈춰 섰다.

“연우진! 굵은 궤적만을 쫓아! 주위의 잔가지들은 무시해!” 호맹은 보다 못해 나서서 우진에게 조언해 주었다.

“알았어.” 우진은 시각에 의존하지 않는다. 단순히 감각만을 의존해 앞으로 나아간다. 가지치기하며 하나둘 걷어내니 뿌리에서부터 타고 올라오는 진정한 줄기가 보인다. 감각에 걸려드는 가짜들을 보내주고 나면, 진짜만이 남는다. 우진은 그 궤적을 따라 빠르게 흐름에 합류한다. 수십 번 회전을 반복하고 나면 아무렇게나 움직이는 것 같던 행동에 패턴이 보인다. 우진은 패턴에서 벗어난다. 그대로 연의 방향을 뒤집어 다시금 행성을 부숴냈다.

“성공했어!” 맹은 우진에게 달려와 그를 흔들며 기뻐했다. 마지막 행성이 부서지자, 부스에서 조그만 폭죽이 공중으로 떠오르며, 축하하는 듯한 오케스트라 음악이 흘러나온다.

우진은 자신이 이루어가는 하나둘의 성취에 큰 기쁨을 느낀다. 이번 성취도 그중 하나였다.

"아아…. 성공하셨네요. 아무도 성공 못 할 거라 생각하고, 인형도 하나만 만들어 놓았는데…. 여기 있습니다." 운영자는 잠시 몸을 숙이더니 실제 구연 교수의 크기만 한 인형을 꺼내 들어 건네주었다.

"와…. 감사해요. 생각보다 크네요."

"실제 크기로 만들었어요. 그냥 털이 아니라 실제 감촉이나 여러 부분도 표현했어요."

"진짜네요. 너무 똑같아서 소름 끼치는데요." 우진은 인형을 쓰다듬으며 말했다.

"하하. 감사합니다. 물론 허락은 받고 만들었답니다! 그러면 안녕히 가세요!"

"재밌었어요."

"재밌었습니다!"

맹과 우진은 부스를 빠져나와 다른 곳으로 이동했다. 그 이후로 계속해서 부스를 돌았다. 맹은 투명 인간이 된 운영자를 잡으러 다니기도 하고, 둘이서 힘을 합쳐 미로를 빠져나오기도 했다. 시간을 지체하다가 어느새 부스 운영 시간이 다가오고 있었다.

"우진. 슬슬 가야겠다."

"시간이 애매하게 남았네."

"어떡할까? 음. 어? 저긴 어때?" 맹의 눈에 들어온 것은 하늘바람지기 부스였다. 자그마한 텐트를 펼쳐놓아 인간계에 놓여있는 여느 점집처럼 비슷한 분위기를 풍겨내었다.

"저긴 뭐 하는 곳인데?"

"하늘바람지기 부스인 거 같은데."

"우리가 직접 보는 거랑 크게 다를까?"

"다르지. 읽어 낼 수 있는 연의 양도 다르고, 직관이 생각보다 중요하거든. 우리가 미래를 보는 거랑 부스 사람들이 보는 건 다를 거야. 허가가 난 걸 보니 꽤 잘하는 사람들일 수도 있거든. 가보자."

"그래. 궁금하긴 하네."

조그마한 텐트를 들어서니 예상과는 다르게 외관에서 바라본 크기와 똑같았다. 그곳에는 아무것도 올려져 있지 않은 책상, 그리고 어디선가 본 쿼카가 서 있었다.

"어… 어어… 어! 교수님! 안녕하세요!" 우진은 순간 놀라서 크게 소리치며 인사를 했다.

"안녕하세요, 교수님."

"다들 앉게. 자네가 들고 있는 것은 뭔가?"

"아… 이건…." 우진은 재빨리 인형을 등 뒤로 숨겼다.

"내 인형인가 보군. 어디 줘보게나. 재밌게 만들어졌는지 봐야지."

우진은 마지못해 부끄러워하며 인형을 건넸다.

"흠. 이런 부분까지 묘사하다니. 학생들이 나를 많이 관찰해 온 것 같네."

"하하… 진짜 같죠…." 우진은 머쓱한 듯이 말을 이어 나갔다.

"그래서. 여기는 왜 왔는가?"

"미래를 보고 싶어서 왔습니다." 호맹은 비장한 표정으로 말했지만, 옆에서 그의 표정을 보고 있는 우진은 피식하고 웃었다.

"미래를 보고 싶다고…. 내가 보는 점괘는 비싼 거 알지?"

"교수님이 그 정도였어요?"

"그러니깐 교수를 하고 있지. 자. 여기까지 온 김에 한 가지 수업을 해주마. '하늘바람지기'란 자고로 연의 흐름을 읽어내는 것, 그 이상 그 이하도 아니야. 다만 어디에 담긴 흐름을 읽느냐? 시간에 담긴 연이지. 여기서부터 문제가 생기는 거야. 다들 어렵게 생각하지만, 감각과 직관을 발달시키면 한 장면 정도는 쉽게 읽어낼 수 있단다."

"그건 첫 수업 시간 때 알려주셨던 것 아닌가요?"

"말은 끝까지 들어야 해. '나'의 시점에서 바라본 미래를 보는 것은 자신의 연이 섞여 있기 때문에, 비교적 괜찮단다. 다만 '나'에게서 멀어져, '타인'의 시점에서 관망할수록 더욱 미래는 멀어져만 가지. 그렇다고 절대 알아낼 순 없는 건 아냐. 나처럼 평생을 수련에 매달린 사람은 타인의 시점에서 한 장면 정도 읽어낼 수 있지."

구연은 자신의 나팔을 들어 곰방대처럼 취구 부분에 입을 갖다 댔다. 그리고 빛을 빨아들였다. 빨아들인 빛을 입에 머금더니, 곧 연기 형태로 뱉어내었다. 뱉어낸 연기는 공중으로 흩어져 빛을 받아들일 수 있게 준비되었다. 그는 다시 한 손에서 빛을 모아서 주먹을 쥐어 으깬 뒤에 가루를 연기에 흩날렸다. 마치 입체 영상처럼 그들의 미래를 볼 준비가 되었다.

"지금부터 보는 장면은 완전히 정해진 것은 아니야. 항상 바꿔나갈 수 있다는 것을 인지하려무나."

빛과 연기의 영상 속에서 장면이 구성되기 시작한다.

그곳에는 여러 인물이 보인다. 지우, 맹, 수림, 우진. 그리고 공연을 보러 온 사람들.
무대에서 누군가 보인다.
멀리서부터 달려오는 누군가 또한 보인다.
달려오는 누군가의 모습은 지원으로 변한다.
지원이 말을 남긴다.
"!ㅈㅏㅇㄷㅏㅇㄹ_ㅇㄹㅣㅁㅅㅜㅂㅏㄱㄱㅏㅇㅏㅊㅏㅈ"

"여기까지네."

우진은 알 수 없는 장면들에 말을 잇지 못했다. 보다 못한 맹은 말문을
먼저 열었다.

"해석도 해 주시는 건가요?"

"해석 따윈 없어. 보이는 게 다야. 가끔은 상징이 점철된 장면을 내놓을
때도 있지만, 이렇게 선명하게 얼토당토않은 장면을 내놓을 때도 있지. 이
건 확정된 운명에 가까워. 자네 도대체 무엇을 할 계획인가?"

구연의 말은 우진에게 충격을 더욱 가중했다. 우진은 순간적으로 숨을
쉬기 어려워져 크게 들이마시고 내뱉는다.

"연우진! 정신 차려!"

"어? 어? 나 괜찮아."

"너 지금 패닉 온 것처럼 보여."

"그런가? 괜찮은 것 같은데. 학장님이 말씀하신 것과 관련이 있는 거려
나?"

"너 학장님이랑 얘기했어? 언제! 계속 헐떡이잖아!"

맹은 의자를 박차고 일어나 우진에게 소리쳤다.

"하… 후우… 괜찮아. 잠깐만 생각 좀 할게."

구연과 맹은 그대로 우진을 바라만 보았다. 우진은 눈을 감고 차분히 심호흡을 진행했다. 구연에게서 미약한 빛이 흘러나오더니, 우진은 점차 호흡이 정상으로 돌아왔다.

"괜찮아졌어."

"내가 시그머루를 좀 썼다네. 당황하게 해서 미안하구나. 우진 학생. 학기 초에 내가 했던 얘기 기억나는가?"

"네. 심연을 들여다보면 심연 또한 저를 들여다볼 것이라 하셨었죠."

"거대한 힘은 자연스레 운명의 폭풍에 휩쓸릴 수밖에 없어. 폭풍 속에서 너만의 중심을 잡아 나가는 것이 중요하게 될 것이다. 다만 지금이 폭풍전 야라는 말만 남기마. 다치지 말거라. 아이야."

우진과 맹은 알 수 없는 기시감을 느낀 채 텐트를 빠져나왔다. 비에서 조금씩 불쾌한 냄새가 섞여 들어오는 듯했다.

"정확한 걸 알 수 없지만… '갓'을 들고 있던 사람. 내가 여기 오기 전에 부딪혔던 사람일까?"

"'갓'이라고?"

"'갓'을 든 어떤 사람과 부딪혔는데, 그걸 만지고 힘이 발현돼서 여기로 온 거거든. 그 사람의 얼굴만은 뿌옇게 희미해서 기억나지를 않아."

"가문에 조사를 부탁해 볼게. 나중에 관련된 내용을 전달해 줄게."

"고마워. 맹아. 얼른 부스로 넘어가자."

"너 진짜 괜찮은 것 맞아?"

"나도 시그머루 정도는 이제 어느 정도 쓸 줄 알아. 요긴하더라고."

“알았어.”

우진과 맹은 어느덧 입장 시간이 되어, ‘어항’ 앞에 도착했다. 벌써 들어서기 전에 사람들의 열기와 생명력이 느껴지는 듯했다. 사람들은 입구에서부터 저 멀리까지 줄지어 있었다.

“으아…! 진짜 많다.”

“연우진! 왜 이렇게 늦게 와. 오. 맹이 안녕!”

“오랜만이네. 수림아.”

“온도 차이 뭐냐?”

“그런 거 따질 시간 없어! 이제 곧 입장 시간이니까, 내가 관람객들 안내할 테니까. 네가 참가자들 안내해.”

“그래. 구슬이랑 노란 팔찌 주면 되는 거 맞지?”

“맞아. 이제 입장 시작하자. 관람하시는 분들은 이쪽으로 오시면 됩니다!”

수림은 본래 성격답게 크게 소리쳤다. 그에 반해, 우진은 먹어가는 소리로 사람들을 불러내었다.

“참가자분들은 이쪽으로 오세요.”

“목소리 너무 작은 거 아니야?”

“내가 알아서 할게.”

그들이 옥신각신하는 사이 재현이 입구 쪽으로 걸어왔다.

“다들 잘하고 있나 보네. 조금만 더 고생하고, 30분 뒤에 경기 시작이니까 그때 마감하고 들어오면 돼. 난 들어가서 준비하고 있을게. 입장 시작하자.”

“네.”“네.”

우진과 수림은 사람들을 입장시키기 시작했다. 참가자들에겐 노랑 팔찌를, 관람객들에겐 주황 팔찌를 제공했다. 관람객들은 우후죽순 쏟아져 빠른 시간 내에 관객석을 대부분 채웠다. 마감 시간이 다 되어갈 즈음에 우진은 자신이 들고 있는 남은 팔찌의 개수를 세며, 몇 명이 참가했는지를 확인했다.

"13명 정도 온 것 같네. 지우랑 맹이도 참가한다고 했는데."

"걔네도 해? 신기하네."

호랑이도 제 말 하면 온다더니 지우와 맹의 모습이 비쳤다.

"빨리도 온다." 수림은 지우에게 비아냥거렸다.

"네 알 바 아니거든." 지우는 여전히 퉁명스럽게 쏘아붙였다.

"팔찌나 줘."

"이거 가지고 들어가면 되고, 벽 통과해서 가면 돼. 물 속이지만 숨을 쉴 수 있으니 걱정 마."

"고마워. 우진아."

"여기 구슬도 가져가. 응원할게. 둘 다."

"내가 1등 할 거거든. 안 그래도 운동복이 필요했어."

"그건 두고 봐야 하지 않을까, 지우야? 내가 있는데."

"누구 응원할까? 역시 맹이가 낫겠지? 아악!" 수림의 팔뚝을 꼬집는 지우였다.

"얼른 들어가 봐. 시작하겠다."

지우와 맹은 그대로 벽을 투과해 사라졌다. 부스를 찾아온 사람들은 어느새 접어들었고, 우진과 맹은 주황 팔찌를 찬 채로 계단을 따라 '어항'의 위로 올라갔다. 우진이 본 광경은 압도적이었다. 어마어마한 크기의 경기장 속에 채워진 물들. 그 위에 떠 있는 인원들을 보고 있자니, 마치 '어항 속 물고기'를 연상시킨다. 중앙에 큰 기둥이 있고 그 위에 두 명이 서 있다. 선글라스를 쓴 두 명을 자세히 보고 있자니 그들은 장혁과 지혜였다.

흘러나오던 잔잔한 노래가 멈추었다. 그리고 이어지는 비발디 〈사계〉 중 여름 3악장. 편곡되어 테크노 비트가 더해졌다. 스피커를 쿵쿵 때리는 소리는 사람들의 심장을 부숴놓는다. 폭발적으로 치고 올라오는 바이올린 소리는 웅장함과 대회의 본질을 꿰뚫어 분위기를 고조시킨다. 관객들은 갑작스레 흘러나오는 노래에 열광하며, 힘찬 함성을 보내온다.

"이렇게 신나도 되는 거야!" 찢어지는 비트 소리에 우진은 목소리가 묻혀 악바리로 소리를 질렀다.

"모르겠어! 네 말 하나도 안 들리거든! 그냥 즐겨!" 수림 또한 묻히지 않으려고 애써 소리를 질렀다.

[그동안 많이 기다리셨나요! 그렇다면… 고생 많았습니다! 싸우고 부수고 무너지는 처절한 결투가 시작되려고 하고 있습니다!]

지혜의 선언과 함께 많은 사람의 환호성이 우레와 같이 쏟아졌다. 장혁과 지혜는 중앙 기둥에 서서 디제잉 기계를 만지며 대회를 주관하고 있다.

[그렇다고 진짜 죽거나 하는 건 아니고요. 그저 재밌게 놀 수 있어요. 룰은 간단합니다. 지급된 연 구슬을 통해 물의 연술을 활용해 사람들을 경기장 장외로 쳐내면 되죠. 모두 중앙에 주목해 주시기 바랍니다.]

지혜와 장혁이 서 있는 기둥은 더욱 위로 올라가고 그 아래에서는 수면 위로 경기장이 떠올랐다. 참가자들은 자연스레 경기장에 의해 위로 떠올랐다. 각자 비장한 각오를 하고 한 손에서는 나팔, 한 손에는 연 구슬을 들고 서 있었다.

[참가자 중에서는 제 친구가 아끼는 후배들도 보이네요.] 장혁이 말했다.

지우는 참가자들을 살피느라 사회자들을 신경도 쓰지 않고 호맹은 관객들을 향해 손을 한 번 흔들어주었다.

[각자의 연술이 담긴 공격을 통해 1등을 쟁취해 내시기 바래요! 그럼 지

금부터 싸워주세요!]

　지혜는 명랑하게 큰 소리로 난투의 시작을 알렸다. 장혁은 지혜의 말과 동시에 디제잉 기계에 버튼을 눌러 음악을 틀었다.

　갑자기 스피커의 울림이 바뀌었다.

　경기장을 고조시키던 바이올린 선율이 뚝 끊기고, 바닥부터 치고 올라오는 묵직한 베이스 드럼 소리가 공기를 진동시켰다.

　쿵, 쿵, 쿵, 쿵.

　그것은 단순한 박자가 아니었다. 마치 거대한 돔 경기장에 모인 수만 명의 관중이 동시에 발을 구르는 듯한, 심장 박동을 강제로 동기화시키는 압도적인 울림이었다.

　곧이어 날카로운 전자음이 허공을 찢으며 파고들었다.

　마치 전류가 흐르는 듯 찌릿하고 직관적인 멜로디. 그것은 우아한 감상보다는 원초적인 투쟁 본능을 자극하는 소리였다. 그 소리에 반응하듯 관객석의 사람들도 홀린 듯 박자에 맞춰 팔을 휘두르며 함성을 지르기 시작했다.

　"와아아아―!"

　음악은 그 자체로 거대한 축제이자, 치열한 스포츠의 현장이었다. 멜로디가 고조될수록 심장이 터질 듯이 펌프질을 해대고, 온몸의 피가 뜨겁게 역류했다. 당장이라도 눈앞의 상대를 쓰러뜨리고 승리의 포효를 내질러야만 할 것 같은, 폭발적인 에너지가 경기장을 집어삼켰다.

　사람들은 한 번 더 환호성을 보내었다. 그리고 말과 동시에 연술이 난무한다.

　관객과 우진, 그리고 수림은 광경에 압도된다. 귀를 때려대는 음악. 눈이 즐거울 만큼의 빛의 포화. 연과 연이 부딪히며 자아내는 무지개의 향연.

경기장은 순식간에 아수라장이 되었다. 포말이 사방에서 솟구친 물기둥이 서로 부딪치며 하얀 포말을 일으켰고, 여기저기서 비명과 탄성이 교차했다. 준비되지 않은 몇몇 참가자들은 시작과 동시에 거센 물살에 휩쓸려 경기장 밖으로 맥없이 튕겨 나갔다. 물은 공중까지 튀어 사람들에게 비와 섞여 다시 내린다.

[시작하자마자 많은 사람이 튕겨 나갔습니다! 역시나, 강한 사람들만 살아남는군요!]

지우는 나팔을 중심으로 만들어낸 몸집만 한 물의 망치를 들고 공중으로 뛰어올랐다. 그리고, 위치를 선점하고 그대로 망치를 한 번 뒤로 젖히고 회전시키며 거세게 중심으로 뛰어들었다. 중심으로 먼지가 피어올랐으며, 세찬 물보라가 주위의 참가자들을 덮쳤다.

"안돼!" "도망쳐!"

지우는 자신을 피해 도망가는 사람들을 바라보며, 괜스레 미소를 지었다.

"지우 녀석. 꽤 대단한데!"

"일개 비무대회인데 너무 심한 거 아니야?" 맹이 소리쳤다.

"누가 할 말인데."

맹의 주위로는 물의 구체 4개가 떠 있었다. 맹은 나팔을 공중에서 회전시키고 두 손으로 물의 구체로 궤적을 그려낸다. 보는 이로 하여금 감탄을 자아내는 아름다운 곡선을 그려낸다. 어찌나 아름다운지 참가자들을 밀어내는 파괴적인 위력 또한 아름답게 포장된다.

지우와 맹은 빠르게 그들을 쳐내며, 어느새 경기장에는 세 명만이 남았다.

[이런! 벌써 세 명밖에 안 남다니요. 불미스럽달까요. 행운이랄까요. 무려 남은 인원 중 두 명이 우리 동아리원이군요! 다들 쟁쟁한 우승 후보였을

텐데… 하하…. 혹시나 해서 말씀드리지만, 조작 같은 건 절대 없답니다!]

[저도 예상치 못한 결과네요. 3명이 남았으니, 분위기를 바꾸어볼까요? 모두 손을 들어 올리고 손뼉을 쳐주세요!]

장혁은 디제잉 기계를 몇 번 만지작거리고 나팔을 불어냈다. 그의 나팔과 기계에서는 빛의 선율이 흘러나와 사람들을 매료시킨다. 사람들은 머리 위로 힘껏 손뼉을 치며 자연스레 군중의 소리와 어우러진 음악에 몸을 맡기며 즐기기 시작한다.

사람들의 목소리와 전자음이 합쳐져 하나의 응원이 되어 남은 참가자 세 명에게 전달된다.

물의 망치를 든 김지우.

물의 구체를 다루는 호맹.

마지막까지 능력을 보여주지 않은 외부인.

세 명은 긴장감 속에서 서로를 한 번씩 번갈아 보며 시끄러운 경기장 소음에서 벗어나려 노력한다. 사람들은 없다. 자신들만이 이곳에 존재한다. 모든 집중력을 적에게 쏟아붓는다. 숨 쉬는 것마저 싸움의 발단이 될 적막 속이었다. 적막을 깬 것은 지우도, 맹도 아니었다. 외부인은 한 손에 준비되어 있던 구슬을 부숴, 빛의 가루들을 공중으로 흩날린다. 쏟아지는 비와 빛을 엮어내 그는 안개의 환상 속으로 스며들어 사라진다.

지우는 말보다 먼저 몸이 반응했다. 안개가 흩뿌려지자마자 외부인에게 달려가 세차게 망치를 한 바퀴 휘두른다. 하지만, 그녀의 무기에 맞은 건 수증기뿐이었다.

"야! 호맹. 니도 이런 기술 쓸 줄 아냐?"

“아니! 고작 비무 대회에서 이 정도 기술이 나올지는 몰랐는데!”

“원리는 대충 알겠어?”

“물을 증발시킨 다음에 빛을 굴절시켜서 환영을 만드는 것 같은데.”

“아니! 그런 기술을 쓸 수 있는 사람이 왜 비무 대회에 있는데!”

“일단 공략부터 해보자.”

“너랑 나랑 경쟁자인 건 알지?”

“이이제이 몰라? 적의 적은 동료라고.”

“내가 이겨도 뭐라 하지 마.”

“그건 걱정 마, 지우야.”

맹과 지우는 눈앞 미지의 적에 대비해 합심하기로 결심했다.

비가 떨어진다. 빗방울은 바닥을 쳐대며 장관의 소리를 연출해 낸다. 공중에는 물방울이 튀기며, 짙은 안개가 깔려있다. 필시 물이 바닥에 흩뿌려져 있으면, 사람이 지나가는 기척을 숨기기는 어렵다. 지우는 시력에 연을 집중시켜, 희미한 흔적이라도 찾아보려 노력한다. 하지만, 아무 기척도 느껴지지 않고 그저 자연스럽다.

지우는 기시감을 느끼기 시작한다. 아무것도 존재하지 않는 것 같은 이질적인 감각. 놓여 있는 존재를 찾아내려 하지 않고, 그대로 느낀다. 지우에게서 은은한 빛이 흘러나온다. 시각이 보이지 않는다. 그렇다면, 소리. 피부에 닿는 바람의 세기. 온도. 습도. 자신이 받아들일 수 있는 모든 요소를 느끼려고 감각을 전부 열어낸다.

“찾았다. 야, 호맹! 찾았어! 저기 물웅덩이 있는 곳이야!” 지우는 그대로 달려간다.

“어떻게 찾았어?” 호맹 또한 달려가며 묻는다.

“저기만 유독 인위적으로 자연스러워. 주변에 묻혀가려고, 너무 많은 걸

꾸며내려 했어.”

“그게 느껴진다고?”

“몰라. 순간적으로 감각이 예민해졌어.”

지우는 물의 망치를 휘둘러 그대로 물웅덩이 위에 놓인 연무를 가격했다. 호맹은 망치의 궤도를 따라 주위로 물의 연술을 흘려보내 타격을 강화했다. 망치 사이로 안개가 갈라지며, 세찬 물보라가 발생했다. 그들은 일순간 공중에 물방울이 멈추고, 공기의 흐름이 멈추는 듯한, 아예 시간이 정지해 버리는 것 같은 미지의 감각을 느꼈다. 결국, 지우가 공격한 곳에는 아무도 없었다. 지우는 온데간데없이 사라진 사람을 급하게 찾아 나서려 다시 감각에 집중한다. 맹 또한 지우의 감각을 열어 낼 수 있도록 그녀를 지켜낸다.

쾅.

관객들은 짙은 안개에 가려져 상황을 제대로 파악하기 어렵다. 상황을 제대로 바라볼 수 없는 건 장혁과 지혜도 마찬가지였다. 그들을 놀라게 한 것은 굉음이 아닌, 굉음 후의 광경이었다.

지우와 맹은 그대로 공중에 얼려져 고정되었다. 몸을 옴싹달싹 움직이지 못하고, 빠져나오려 안간힘을 쓰고 있었다. 지우는 연을 반으로 나누었다. 반은 자신의 힘을 위해. 반은 불로 바꾸어내 얼음을 녹여내려 한다. 그때, 외부인이 등장했다.

[예상치 못한 일이 생겼습니다. 외부인이 이렇게 강력한 얼음 연술을 쓰다니! 안개로 환상을 만드는 것만이 능력이 아니었나 보군요!]

지혜는 놀란 모습을 뒤로 하고 상황을 해설하기 위해 애써 말을 이어 나갔다.

“위험할 뻔했어. 내 환상을 뚫는 건 웬만한 사람들도 못하는 일인데.”

“아저씨. 시간을 멈출 줄 알아요?”

호맹은 얼음에 갇힌 채로 질문을 던졌다. 순간적으로 외부인의 표정에서 웃음기가 빠졌다. 하지만, 다시 아무 일도 없었다는 듯 본래의 표정으로 돌아왔다.

“이봐. 녹이려 해봤자 의미 없어. 내 얼음에 갇힌 이상 승부는 이미 났다고.”

“그런 게 어딨어!” 지우는 계속해서 얼음에서 빠져나오려고 한다. 그 순간이었다. 지우의 묶여있던 한 팔이 얼음을 뚫고 나왔다. 외부인의 표정에서 웃음기가 다시 가시기 시작했으며, 쉽사리 회복되지 않았다.

“안 되겠다. 여기까지 올라와서 이야기라도 조금은 나눠볼까 했는데, 너는 위험하겠다.”

외부인은 오른손에 연을 모으고 손바닥을 지우에게 갔다 댄다. 콰쾅. 외부인의 손에서 나온 미지의 힘 때문에, 지우는 경기장 밖으로 튕겨 나간다. 얼음은 파괴되어 공중에 산개한다. 외부인의 시선은 호맹에게로 옮겨간다.

“너는 좀 얌전하게 있었으니, 특별히 질문에 답해줄게. 시간을 멈춘 거냐고? 맞다면 어떡할래?”

“원리가 궁금한데요.”

“사실 나도 쉽게 쓸 수 있는 기술은 아니야. 시간을 우리는 인지할 수 없다고 생각하지? 그저 느끼는 거라고 말이야. 실은 그렇지 않거든? 바라볼 수도 있고, 맛을 볼 수도 있어. 단순히, 흘러가기만 하는 건 아니라는 거지. 시간을 직시하고 나면 꽤 많은 것들을 할 수 있거든. 나는 잠깐의 시간을 얼렸어.”

“말이 안 되는걸요. 그런 개념을 사람의 머리가 이해하기엔 힘들어요.”

"여기까지 올라오고, 나를 찾아낸 게 마음에 들어서 힌트를 주는 거야. 사람의 머리는 방대한 것을 이해하기엔 과부하가 걸려 어느 정도 제한이 걸려있지. 얼음과 물. 그것들의 성질과 이미지를 잘 떠올려봐. 그리고 시간의 개념을 다시 이해하기 시작해 보는 거야. 여기까지만 말할게. 그럼 너도 잘가!"

외부인의 마지막 말과 함께 맹은 경기장 밖으로 튕겨 나갔다. 그는 중앙에 홀로 서서 지우와 맹을 쳐낸 오른손을 치켜올렸다.

[이럴 수가! 괜히 최후까지 살아남을 수 있던 게 아니었군요. 지금. 여기서. 우승자가 정해졌습니다. 우승자의 이름이 뭐였죠? 장혁 님?]

[우승자의 이름은 호진. 그의 이름은 호진이라고 합니다!]

[모두 그의 우승을 외쳐주세요!]

장혁은 기계의 볼륨 바를 최대로 높였다. 테크노 비트와 섞인 사람들의 함성. 그리고 쏟아지는 빗소리. 사람들의 열기는 식을 기미를 보이지 않는다. 폭발적인 환호와 우승자의 이름이 널리 퍼진다.

"호진! 호진! 호진!"

맹과 지우는 물에 떠 그를 바라본다. 맹은 작게 속삭인다.

"호진…."

[참가하신 모든 분들 고생하셨습니다! 지금까지 지혜와!]

[장혁이었습니다. 비무 대회는 여기까지 입니다!]

사람들의 환호성이 다시 쏟아진다.

우진은 볼이 달아오른다. 경기장의 열기가 고스란히 전달되어 온다. 참가자들의 투지를 보며 마음 한 켠 어딘가에서 끓어오르는 것을 느낀다. 경기에 참가를 안한 것을 후회하는 우진이었다.

9장
아슬하게 고요해지는

구름 수호자 가문 중 쓰레기 차원의 '소씨 가문'은 특별한 능력이 있다. 그들의 특기는 연술 도구 개발로 일반 연술사들과 다른 방식으로 자신들의 의지를 관철해 나간다. 매우 특별한 도구들을 만들어내며, 그중에서는 블랙홀을 생성할 수 있는 도구도 있다고 한다.

– 호수 차원의 구름 수호자 가문이 작성한
「여섯 개의 차원 속 비밀」 속 일부 발췌

"내가 이길 수 있었는데!" 지우는 어제 있었던 경기를 상기시키며, 아쉬움을 표현했다.

"아직 1학년인데. 벌써부터 우승을 바라는 건 너무 배부른 소리 아니야?" 수림은 듣다못해 툴툴거렸다.

"야! 이럴 때만이라도 시비 좀 걸지 마."

"시비가 아니라 네가 지금 몇 시간째 그 얘기만 하니까 그렇지!"

"싸우지 말고, 얘들아. 곧 트로이나 보잖아." 재현은 옆에서 그들을 말렸다.

오늘 트로이나의 공연이 니르도아 나무를 배경으로 공원에서 열린다. 외부 사람들까지 몰려온 것인지, 비가 추적추적 내리는데도 줄이 중앙 탑을 너머까지 서 있었다.

"맹아, 너 어제 그 사람이랑 무슨 이야기하던 거야?" 우진은 싸우는 둘을 뒤로하고 맹에게 말을 걸었다.

"어제? 아, 그 우승자."

"너랑 같은 호씨던데, 아는 사람은 아니야?"

"처음 보는 사람이었어. 호씨인 건 놀라긴 했지."

“너 어제 경기 끝나고 계속 아무 말도 없었잖아. 지금 좀 이상한 것 같아.”

“하하, 그런가?” 맹은 애써 웃어 보이며, 넘기려 했다.

“언젠간 얘기해줘.”

“사실 나도 생각할 시간이 필요해서. 생각이 정리되면 이야기해줄게.”

“알았어. 재현이 형. 우리 언제 들어가요?”

“곧 시작할 거 같은데… 아! 앞에 움직인다!”

“아, 드디어 앞으로 가는구나!” 수림은 두 손을 모으며 줄이 조금씩 움직이는 것에 감사했다. 그들이 아침 일찍부터 나온 덕분에 그들은 공연장에 가까이 다가갈 수 있었다. 해는 조금씩 지고 있었으며, 그들은 장장 12시간을 서 있었다. 드디어 울타리를 넘어 관객 구역으로 들어선다.

“육체 강화랑 의자 연술 아니었으면 난 도저히 못 기다렸다.” 공연장에 도착한 우진은 투덜거려본다.

“아니, 화장실을 해결해 주는 연술은 없어요?” 수림은 대놓고 무엇이 힘들었는지 표현했다.

“그건 네가 언젠가 만들어보렴.” 재현은 투덜거림에 나긋이 응수한다.

“저기 사회자 나오네요.” 지우는 무대를 바라보다가 그들을 불러세운다.

“사회자가 아니야. 학생회장인데? 인사하러 나오는 거 같은데.” 재현은 지우의 오해를 정정해 준다.

“저 사람이 김다온이라고요? 진짜 독했는데, 그 물마로.” 우진은 인상을 찌푸려본다.

“그래. 좀 독하긴 했지.”

[안녕하세요. 연하광채의 학생 그리고 교직원분들. 그리고 ‘여름날의 비’를 만끽하러 와주신 분들. 정말 오래 기다리셨습니다. 곧 있으면 공연이 시

작될 예정입니다. 앞서 동아리 공연이 이어질 예정이며, 제일 마지막엔 여러분이 제일 많이 기다리시던 순서가 놓여있습니다.]

"트로이나! 트로이나! 트로이나!"
사람들은 일제히 환호하기 시작했다. 그중 수림도 예외는 아니었다.

[사람을 일제히 사로잡는 힘이라니. 아이돌이란 정말 대단하네요. 저도 배우고 싶어요. 그런 의미에서 바로 공연 시작하겠습니다. 모두 소리 질러주세요!]

"생각보다 수수한데." 지우는 학생회장의 인사에 대한 자신의 감상평을 남겼다.
"그러게. 재미가 없네." 수림 또한 옆에서 거들었다.
비가 내리는 도중, 사람들의 열기는 식을 기미를 보이지 않는다. 어제 있었던 어항 속에서의 경기장보다 훨씬 생명력이 넘쳐난다. 모두가 환호하는 가운데, 우진 또한 트로이나를 연호한다. 모두와 함께 군중의 힘에 몸을 맡긴다. 우진은 하늘을 바라보며, 비의 기분 좋은 눅눅함을 만끽하려던 찰나, 불쾌한 냄새가 스며들어온다. 본래라면 오류가 날 리 없던 불쾌한 냄새에 잠시 주위를 둘러본다.

모두의 얼굴이 흘러내린다.
지우의 얼굴이 흘러내린다.
수림의 얼굴이 일그러진다.
재현의 얼굴이 찌그러진다.

맹의 얼굴이 망가진다.

우진은 순간적으로 기괴한 광경에 자신도 모르게 소리를 지른다.

"으악!"

"너 왜 그래?" 맹은 우진의 이상 행동에 걱정하며 앞으로 다가선다.

"아, 다가오지 마!" 우진은 자신의 팔을 들어 올려 방어적인 자세를 취한다.

그들의 얼굴이 다시 뭉쳐지고 부서지더니 평소처럼 돌아온다.

"연우진, 또 왜 그래! 헛것이라도 본 거야?" 지우는 툴툴대는 듯하지만, 내심 따뜻한 걱정을 담아서 말을 건넨다.

"아니야…. 괜찮아졌어."

"어디 아픈 건 아니지? 아프면 얘기해. 시그머루라도 해줄게. 공연 봐야지."

"괜찮아요, 형. 이 정도는 멀쩡해요."

"그럼 걱정 안 한다?"

"네."

우진은 계속해서 기시감을 받는다. 미지의 불행에서 흘러나오는 편린을 감지하며 세상과 자신이 맞지 않는 것 같은 삐걱거림을 느낀다. 하지만, 날이 날인 만큼 잠시 무의식에 한 편에 기시감을 밀어 놓는다.

동아리의 공연들이 이어진다. 댄스 동아리, 밴드 동아리, 나팔을 이용한 오케스트라 등 트로이나가 오기 전까지 눈이 즐거울 만한 요소들을 조합해, 관객들의 심심함을 달래준다. 공중에서는 빛이 튀겨가며, 장관을 연출한다.

오케스트라가 내려간 이후 무대가 암전되었다. 세상에 모든 빛이 어둠에 삼켜진 것처럼 아무것도 보이지 않는다. 누군가 무대로 올라온다. 우진은 왜인지 이 상황이 낯설지만은 않다.

"뭐지…? 설마…?" 우진은 직감적으로 무슨 일이 일어날지 알았다. 바로 나팔을 꺼내 들었다.

아무것도 보이지 않은 채로 무대 위를 집중하였다. 그곳에서는 한 빛이 시작되었다.

나각의 울음소리.

부… 부우… 부우…

의식을 알리는 숭엄하고도 지고한 소리가 널리 울려 퍼진다.

사람들은 무의식적으로 나팔을 불기 시작한다.

주위에서 하나둘 빛이 피어오른다. 빛이 피어오르며 얕은 소리가 겹겹이 쌓여나간다.

허공을 긁는 쇳소리가 안개처럼 무대 위로 내려앉았다. 윈드 차임의 짤랑이는 소리는 부서지는 파도의 포말을 그렸다. 레인스틱과 심벌즈의 소리는 찰랑거리는 물결을 그려낸다.

이어 현(絃)이 울었다. 거친 톱질 소리 같기도 하고, 억울하게 죽은 뱃사람의 곡소리 같기도 한 아쟁의 선율이 바닥을 기며 모두의 발목을 휘감았다. 소름이 돋을 만큼 차갑고, 동시에 기이할 정도로 뜨거운 적막이었다.

나팔놀이. 모두가 나팔을 불어내 하나의 연결을 완성하는 것이다. 이는 하나의 의식이요, 가락이자, 희망이다. 조율자가 앞으로 나서면 모두가 한데 어울려 하나의 음악을 완성하는 것이다. 현재, 눈앞의 조율자가 택한 가락은 '국악관현악'이었다.

우진은 입학식에서 느꼈던 감정을 다시금 느낄 생각에 몸이 떨려온다. 마른을 계속 삼키며, 나팔을 빨리 부르고 싶은 충동을 억눌러본다.

단선적인 고요를 깬 것은 난폭한 타격이었다.

둥, 두둥, 쿵

서양의 드럼이 심장을 짓누르는 규칙적인 비트를 찍어내자, 그 틈새를 비집고 장구와 꽹과리가 제멋대로 날뛰기 시작했다. 서로 다른 시대를 사는 두 심장이 하나의 몸 안에서 충돌하는 듯했다.

엇박자로 치고 들어오는 꽹과리의 날카로운 금속성은 벼락처럼 내리꽂혔고, 북소리는 거친 파도가 되어 배의 옆구리를 강타했다. 질서와 무질서, 정박과 엇박이 뒤엉키며 만들어내는 그 기묘한 가락은 앉아 있는 사람들의 어깨를 들썩이게 만들었다. 그것은 단순한 연주가 아니라, 거대한 너울 위에서 벌어지는 위태로운 춤사위였다.

그 순간, 모든 소리를 뚫고 날카로운 비명 하나가 천장을 찢었다. 태평소였다.

태평소의 원색적인 음색은 거칠 것 없이 뻗어 나갔다. 그 소리에는 한(恨)이 서려 있으면서도, 동시에 기이한 흥(興)이 끓어넘쳤다.

스물다섯 줄의 가야금이 쏟아내는 화려한 음표들이 물보라처럼 흩날렸고, 피리와 대금은 태평소의 뒤를 따르며 거대한 소리의 소용돌이를 만들어 냈다. 모두는 이제 통제 불능의 굿판이었다. 귀가 먹먹해질 듯한 굉음 속에서, 사람들은 거센 파도를 타고 하늘로 솟구치는 듯한 아찔한 해방감을 맛보았다. 그것은 음악이라기보다, 차라리 접신(接神)에 가까운 광란이었다.

하늘이 자연스레 부서져 간다. 무너져 내리는 것이 아니라 마치 제 자리를 찾아가듯. 하늘이 하나의 바다가 되어, 모두를 반긴다. 코로 흘러 들어오는 소금의 향. 귓가를 때리는 가락과 바다의 소리.

하나의 '뱃놀이'가 완성되었다.

나각을 든 조율자는 하나의 빛을 하나로 엮어 공중으로 쏘아 올린다. 우진은 고양감에 차올라 더욱 세차게 빛을 불어낸다. 문자 그대로 신이 난다. 나팔놀이에 참여한 모든 사람은 오늘을 다 태워버릴 것처럼 빛을 거세게 쏘아 올린다. 북소리는 더욱 빨라지며 고조돼 가는 가락에, 모두는 계속해서 나팔을 불어낸다. 숨이 터지도록, 폐가 찢어지도록.

조율자는 나각을 머리 위로 크게 들었다. 다가올 끝을 암시하고, 다시 의식을 마친다.

부… 부우… 부우…

의식이 끝나고 바다의 파도는 다시 비가 되어 모두에게 쏟아진다. 일순간 아주 고요했다. 아무 말도 없이 잠깐의 여운을 즐기고 곧바로 고요를 끝낸다. 함성이 폭발적으로 쏟아지며, 조율자는 단 한마디를 하고 무대 밑으로 내려갔다.

[고생하셨습니다.]

사람들의 박수소리와 우레와 같은 함성은 끊길 기미가 보이지 않는다. 마지막 순서만을 남겨놓고 있다. 하루 종일 기다림에 지친 노곤함은 다 사

라졌다. 흥이 달아오를 대로 달아오른 그들은 트로이나의 공연을 볼 생각
에 더욱 긴장한다.

때가 되었다.
[여러분. 후…. 나팔놀이의 여운이 가시질 않네요. 잠깐의 공백을 즐길
틈도 바로 다음 차례가 되었습니다. 벌써 도착했다고 하는군요. 시간이 되
었습니다. 그녀들이 올 때가 됐어요. 준비됐나요!]
모두가 각자의 방식대로 소리를 지르며, 누구는 나팔을 들어 올려 빛을
쏘아 올리기도 했다. 모두가 동조되며, 쿵쿵거리는 소리에 심장 또한 같이
뛴다. 우진은 어느새 팬이 되었던 그녀들을 영상이 아니라 실물로 보는 것
에 기대감을 품는다. 무려 그들의 노래를 먹기까지 했던 우진이다.
공중에 화면이 띄워진다. 그곳에는 트로이나의 로고가 등장한다. 쿵쿵거
리는 소리가 들려온다.

쿵. 쿵쿵. 쿵쿵쿵.
박자는 점점 고조되고, 고조된 박자는 심장을 옥죄어온다. 쥐어짜 내듯
이 떨리는 기분을 모두가 감당하고 있으니, 노래의 반주가 조금씩 흘러나
온다.
아직 무대에는 어둠만이 가득하니, 흘러나오는 반주는 트로이나를 맞이
하리라.
무대에는 빛이 화면 너머를 비추고 그곳에는 네 명의 거대한 그림자가
비친다.
관객들의 함성은 뜨겁다 못해 비를 증발시킬 정도였다. 그들의 함성 소
리는 끊길 기미를 보이지 않았다.

무희. 도재. 놀. 상아. 그녀들은 화면을 찢고 나와 그대로 무대에 강림한다. 희뿌연 연무가 그들 앞을 가리고, 연무를 먼저 뚫고 나온 건 무희였다.

아, 아직도 내 마음을 알지 못하는 너는
사랑을 말하기엔 아직은 어려

무희의 감미로운 한 소절에 모든 사람이 녹아든다.

더 이상 나를 쫓아오는 건 그만둬
그랬다간 너를 집어삼키게 될 테니

도재의 묵직한 저음에 모든 사람이 빠져든다.

여지를 주는 건 여기까지
사랑을 주는 건 오늘까지

놀의 폭풍 같은 구절에 모든 사람이 스며든다.

우린 이제 끝이야 진짜 이제 끝이야
사랑을 찾아 나선 너에게 미안한 말이지
더 이상 너에게 사랑을 줄 순 없어

상아의 하늘을 찌를 듯한 고음에 사람들은 황홀감에 젖어 든다. 일순간 그들의 노래는 멈추었다.

그들의 무대는 단순한 노래에 의미만이 있는 것이 아니다. 노래를 넘어 전달되는 춤. 춤을 너머 전달되는 연술의 향연. 나팔을 마이크의 형태로 바꾸어, 그것을 휘두르며, 평범한 복장에서 변신하는 연출을 항상 넣는다.

무희는 말을 읊조리자, 가슴께에 떠오른 보석에서 맹렬한 빛이 터져 나와 그녀의 몸을 휘감는다. 그것은 단순한 빛이 아니었다. 무수한 색으로 쪼개진 프리즘의 파편이었다. 그녀의 몸은 지면에서 둥실 떠올라, 허공에서 자라난 빛의 실타래가 그녀의 팔과 다리를 나선형으로 감싸 돌았다. 실타래가 지나간 자리마다, 그녀가 입고 있던 옷은 바스러져 사라져가며, 거대한 빛의 날개가 돋아난다. 오색의 빛이 깃든 신비로운 눈으로 세상을 오시한다.

콰드득. 무언가 비틀리는 소리가 적막을 찢는다. 도재의 발에서부터 연기가 솟아나 그녀의 몸을 휘감는다. 세상을 전부 가려낼 것만 같은 연기였다. 그녀의 몸은 지면에서 둥실 떠올라, 허공에서 자라난 어둠의 실타래가 그녀의 팔과 다리를 나선형으로 스며들었다. 실타래가 지나간 자리마다, 그녀가 입고 있던 옷은 바스러져 사라져가며, 연기의 날개가 돋아난다. 안개가 깃든 숭엄한 눈으로 세상을 오시한다.

놀이 발을 한 번 구르자, 바닥에서는 먼지가 피어오른다. 단순한 먼지가 아니라, 우주의 기원이 되는 먼지. 빛과 연기의 모체(母體). 그녀의 몸은 지면에서 둥실 떠올라, 허공에서 자라난 먼지의 실타래가 그녀의 팔과 다리를 나선형으로 뭉쳐졌다. 실타래가 지나간 자리마다, 그녀가 입고 있던 옷은 바스러져 사라져가며, 먼지의 날개가 돋아난다. 모든 것의 기원이 깃든 것만 같은 웅장한 눈으로 세상을 오시한다.

성운과도 같은 오묘한 빛의 혼돈이 상아에게서 솟아난다. 자줏빛과 적색의 조합을 가진 구름이 솟아나 그녀의 몸을 휘감는다. 모든 것을 전부 삼켜낼 것만 같은 혼돈이었다. 그녀의 몸은 지면에서 둥실 떠올라, 허공에서 자라난 혼돈의 실타래가 그녀의 팔과 다리를 나선형으로 휘감았다. 실타래가 지나간 자리마다, 그녀가 입고 있던 옷은 바스러져 사라져가며, 혼돈의 날개가 돋아난다. 우주의 성운이 깃든 것만 같은 아름다운 눈으로 세상을 오시한다.

우진은 침을 삼켰다. 자신이 보는 광경에 압도되었으며, 그 광경을 믿을 수 없었기 때문이다. 자신의 눈앞에서 일어나는 광경에 속으로 찬사를 보내며, 어딘가에서 끓어오르는 벅참을 주체하지 못한다. 모두가 변신 연출을 마친 뒤 침묵 속에서 트로이나는 자신들의 노래를 이어 나간다. 무반주로 이어가던 노래에서, 박자에 맞춰 반주가 합류한다. 마지막 하이라이트를 위해 그녀들은 자신들의 목소리에 힘을 다해 노래를 이어 나간다. 비트가 바뀌며, 하이라이트로 접어든다.

쾅!

그녀들의 마이크에서 하얀색의 연이 비처럼 쏟아진다. 세상에 쏟아지는 트로이나의 하얀빛은 모두를 말 그대로 집어삼켰다. 모두의 열기. 모두의 감정. 그들을 공명시켜, 자신들에게 빠져들게 한다.

우진은 더 이상 멈출 수 없이 자신도 모르게 나팔을 들어 빛을 쏘아 보냈다. 모두가 일제히 하이라이트의 쿵쿵거리고 벅차오르는 박자에 맞춰, 함성과 함께 나팔을 들어 올리며 빛을 쏘아댄다. 그렇게 한 곡의 무대가 완성되었다.

“여러분! 안녕하세요!” 리더 상아의 말에 일제히 함성을 지른다. 함성의 규모를 파악할 수도 없이 학교 전체에 모두의 목소리가 울려 퍼진다.

“이번에 변신 연출 모두 어땠나요?”

“좋았어요!” “멋져요!” 관객 중 몇 명이 자신의 온 힘을 다해 외친다.

“이번에는 도재가 아이디어를 내주었어요. 사원환(四元環)의 네 가지 요소를 이용해 우리의 변신 연출을 하자고!”

“맞습니다! 도재가 힘을 써주었지요. 정말 그래서 오늘이 역대급 무대였던 것 같아요.” 무희가 말을 이어 나갔다.

“제 아이디어지만, 저도 완성되고 나니 정말 만족스러웠어요. 그리고, 마지막에 빛을 쏘아낸 그 순간. 정말 벅차오르더라고요.”

“나도야!” 한 관객이 그녀를 향해 절실한 외침을 보냈다.

“하핫. 그런가요? 쉴 시간이 없겠죠. 바로 다음 무대로 넘어갈게요!”

말과 동시에 무대는 암전되고, 그들의 노래가 이어진다. 그들의 노래는 ‘여름날의 비’를 완성해 나가고 있었다. 우진은 12시간의 고통은 잊어버린 채, 공연에 그대로 빠져들고 있었다.

마지막까지 모두를 열광하게 한 공연을 마치고 난 뒤, 트로이나는 그대로 퇴장했다. 모두가 아쉬운 탄성을 보내는 가운데, 학생회장 김다온이 무대에 올라선다.

그는 말을 이어 나간다.

[지금까지 고생 많으셨습니다. 오늘 정말 벅차오르고, 좋은 공연이 많았네요. 비록 마지막 공연이 되겠지만⋯.]

주위에선 열기를 이어 나가지 못하는 학생회장을 향한 야유가 조금씩 들려온다.

[제가 왜 고생 많았다고 하시는지 아나요? 연하광채는 이제 본래 찾아야 했을 모습을 찾을 겁니다. 제가 만드는 세상 속에서는 슬픔도 없고, 우울도 없을거예요. 모든 게 역전 될 테니까요.]

사람들은 일제히 수군대기 시작한다.

[이제 이런 일도 다 부질없어. 어차피 기억도 못 할 텐데. 환상에 갇혀 무엇이 진실인지 거짓인지도 구분하지 못하고 제가 부여한 역할로만 살아가겠죠.]

다온은 자신의 품에서 갓을 꺼낸다. 두 손으로 받든 갓을 세상에 비추더니 그대로 머리에 써낸다. 그에게서 형언할 수 없는 빛들이 폭발한다.

[가엾다. 가여워. 스러져가는 연기들아. 내가 빛이 될 테니, 나의 세상에 맞추어 살아가거라. 내가 곧 세상에 중심이고, 세상은 나만을 위한 것이야.]

모두가 알 수 없는 말과 행동에 당황한다. 우진과 일행 또한 상황 파악을 하는 데 여념이 없다.

우진은 조금씩 퍼즐 조각이 맞춰진다. 자신의 미래가 무엇이었는지. 모든 연결점이 서서히 이어진다. 자신의 운명을 뒤바꾼 '갓'의 주인이 눈앞에 서 있다.

뺨에 빗방울 하나가 떨어졌다. 방수 연술이 걸린 망토를 입고 있었음에도, 차가운 감촉이 살갗을 파고들었다. 우진은 하늘을 올려다보았다. 이상했다. 조금 전까지 투명하고 맑았던 비가, 어느새 잿빛으로 탁해져 있었다. 그리고 냄새. 상쾌했던 풀내음은 온데간데없고, 오래된 책장이 썩어가는 듯한, 퀴퀴하고 비릿한 악취가 코를 찔렀다.

"맹아, 냄새가 좀 이상하지 않…."

우진이 고개를 돌려 호맹을 바라본 순간, 그는 숨을 멈췄다.

호맹의 얼굴이, 마치 촛농처럼 흘러내리고 있었다.

"맹아…?"

"왜 그래, 우진아?"

호맹이 대답했지만, 입은 움직이지 않았고, 목소리는 물속에서 듣는 것처럼 웅웅거렸다. 지우에게 말을 걸지만, 그녀 또한 대답을 잇지 못한다.

치지직– 쾅!

그때였다. 축제장의 화려한 조명들이 일제히 터져 나갔다.

음악 소리가 뚝 끊겼다. 즐거운 비명과 환호성으로 가득 찼던 연하광채에, 무거운 침묵과 어둠이 내려앉았다.

[경고한다! 모두 당장 움직임을 멈춰라!]

찢어질 듯한 파열음과 함께, 하늘에서 거대한 목소리가 천둥처럼 울려 퍼졌다.

나팔을 탄 지원 학장이었다. 평소의 우아하고 여유로운 모습은 찾아볼 수 없었다. 그녀는 헝클어진 머리카락과 공포에 질린 눈으로, 비명을 지르듯 소리치며 지상을 향해 급강하하고 있었다.

"학장님…?"

지원은 바닥에 착지하기도 전에, 우진이 있는 쪽을 향해 손을 뻗으며 달려온다. 그녀는 절규했다.

[연우진! 당장 박수림을 찾아! 그 아이 옆에 있어야 해!]

"네…? 그게 무슨….”

"시간이 없어! 균열이 일어난다! 모든 게 뒤집힐 거야!"

지원의 말은 끝까지 이어지지 못했다.

그녀가 나팔을 들어 올려 거대한 방어막을 펼치려던 순간, 연하광채의 하늘이 유리창처럼 금이 가기 시작했다.

쩌저적. 쩍

하늘이 깨졌다.

깨진 틈새 사이로, 빛도 연기도 아닌 시커먼 '무언가'가 쏟아져 내렸다.

학교의 건물들이 뒤틀렸다. 탑이 엿가락처럼 휘어지고, 땅이 울렁거리며 솟구쳤다. 학생들의 비명소리조차 왜곡되어 기괴한 기계음처럼 들려왔다.

우진은 본능적으로 뒷걸음질 쳤다.

자신이 알던 아름다운 연술계가, 단 몇 초 만에 지옥으로 변하고 있었다.

우진이 발을 떼려던 찰나, 발밑의 땅이 꺼졌다.

시야가 핑그르르 돌았다.

마지막으로 본 것은, 우진을 향해 손을 뻗다 어둠 속으로 빨려 들어가는 지원 학장의 절박한 표정뿐이었다.

그날, 연하광채가 무너져 내렸다. 깨어지고 부서지는 세상. 아름답고 완벽할 것만 같던 세상에 금이 가더니, 모든 것이 산산조각 났다. 세상은 암전이 되었고 마주한 세상은 재앙이었다.

에필로그

　복합연술이 추구할 수 있는 극치는 무엇일까. 만일 자신의 상상을 현실에 구현할 수 있다면 어떻겠는가. 세상을 내 마음대로 조작한다면 어떻겠는가. 극에 도달했을 때의 환희는 아무도 헤아리지 못할 것이야. 감히 지고의 영역에 도달해 본 자만이 고개를 들어 올리며, 자신의 성취를 느끼겠지.

- ???

호수 차원에서 가장 유명한 곳을 사람들에게 물어본다면 전부 똑같이 말할 것이다.

"아무래도 제일 유명한 곳은 딱 한 곳 있죠."

"다른 차원 사람들도 전부 알고 있는 사실이라고요."

"당연히 거기 아니겠어요?"

"호씨 가문 저택."

"호씨 가문의 저택이죠."

"호씨 가문의 저택이요."

연술계와 인간계를 구분 짓는 벽. '구름'을 지키는 가문들은 대규모의 외부 연술사들과 식솔들을 이끌고 하나의 차원을 수호하는 역할을 맡고 있다. 출세하고 싶다면 구름 수호자 가문을 찾아가라. 그만큼, 그들은 문자 그대로 구름처럼 하늘에 닿아있다. 호수 차원은 연술계에서 가장 많은 수의 사람이 살아가고 있다. 그렇기에, 호씨 가문의 규모는 상상을 초월한다.

눈으로 끝을 가늠하기 어려운 거대한 호수. 그곳에서 언덕길을 올라가면 넓게 펼쳐지는 대저택. 빛이 쏟아져 내리는 곳에서 웅장한 백색의 대저택이 보석처럼 빛난다. 대칭을 이룬 거대한 기둥들은 고대 신전을 연상케

하고, 정원이라 부르기엔 너무나도 큰 평야. 저택의 정면은 온통 유리창으로 되어 있어, 마치 건물 전체가 오후의 햇살을 머금고 숨을 쉬는 듯하다. 1,000명에 가까운 사람이 살아가는 곳. 이곳만 놓고 보아도 하나의 도시라 불릴 법하다. 다른 차원에 비해서도 훨씬 웅장하고, 규모가 큰 호씨 가문의 저택은 다른 차원에서 온 관광객들도 한 번씩은 보고 가는 명소였다.

아름답고도 화려한 궁궐에서 모든 방 중에서 가장 큰 방의 문을 한 집사가 두드렸다. 조심히 문을 열고 들어가, 바닥에 널브러져 있는 옷들을 피해 침대에 똑같이 널브러져 있는 그에게로 걸어간다.

"도련님. 벌써 입학이 내일입니다. 짐을 어서 싸시지요." 호맹을 어릴 적부터 보조해 온 집사 길수가 그를 재촉했다.

"에엥. 너무 귀찮아요. 나팔이랑 교복만 있으면 되는 거 아니에요?"

"공부도 하셔야 하지 않겠나요. 책과 가방, 그리고 기숙사에 가셔서 쓰실 만한 물건들은 미리 담아두었습니다. 몇 가지 옷도요."

"진짜요?" 호맹은 침대에서 튀어나와 길수를 세게 껴안았다.

"아저씨, 고마워요! 역시 길수 아저씨밖에 없어요."

"가주님과 저 중에 고르라면 누구 고르시겠습니까."

"그건… 고민 좀 해볼게요. 아빠도 좋아서요."

"그 정도면 됐습니다. 맹님께서 벌써 학교에 가실 나이가 되셨다는 게 참으로 기쁘군요. 학교에 있는 동안만큼은 가문에서 벗어나, 조금은 편하게 있길 바랄 뿐입니다."

"그러면 키채비 막 소환하고 다녀도 돼요?"

"안 됩니다."

"기숙사에서 작게 소환하는 거도요?"

"안 됩니다."

“안되는 게 너무 많은 거 아니에요?”

“대외비라는 걸 잊으셨습니까? 키채비는 함부로 공개되어선 안 됩니다. 가주님은 몰라도 원로회에서 알게 되는 순간 귀찮아지실 겁니다.”

“만약 들키면 길수 아저씨는 누구 편이에요?”

“편들고 할 게 어디 있습니까. 규율은 규율입니다. 도련님.”

“치이. 말이라도 해주지. 어쨌든, 고마워요.”

“그리고 편지 한 통이 와 있었는데, 열어보진 않았습니다. 도련님만 열 수 있도록 강력한 연술이 걸려있습니다.”

“누가 보냈는데요?”

“가문 내에서도 쉽게 풀지 못할 정도면 아무래도 연하광채 쪽 사람이 아닐까 싶습니다.”

“어! 어딨어요, 편지?” 맹은 다급하게 두리번거리며 편지를 찾아다녔다. 길수는 자신의 한쪽 품에서 편지를 꺼내며 맹에게 건네주었다. 편지는 은은하게 빛이 어려있었다. 맹은 편지를 받아 들고 연을 불어넣어, 굳게 닫혀만 있던 편지봉투를 열어내었다. 그리고, 편지를 읽어 내려갔다.

“음…. 이렇고 저렇고… 푸하핫!” 호맹은 편지를 읽더니 웃음을 터뜨리기 시작했다.

“무엇이 그리 재밌으신지요.”

“아아, 비밀이에요. 길수 아저씨. 이 편지 온 거 비밀로 해줄 수 있어요?”

“가주님은 이미 알고 계십니다.”

“아빠만 알고 다른 사람은 모르게 해주세요.”

“일단 노력해 보겠습니다. 원로회가 따라붙으면 저도 모르는 일입니다.”

“그것도 아저씨가 노력해 주세요.”

“노력은 해보겠습니다.”

　호맹은 거센 빛을 내어 편지를 전부 가루로 흩날려 보냈다. 바닥에 널브러져 있는 옷을 하나둘 집어 대충 가방에 쑤셔 넣었다.

　그는 마지막 식사와, 마지막 밤을 기리며 다음 날을 맞이했다.

　맹은 나무에 기대어 구름에서 누군가 건너오기만을 기다리고 있다. 그는 키채비를 손바닥만 한 크기로 작게 소환해 들여다보며 이야기하고 있었다. 한 손가락을 들어 키채비의 목을 천천히 쓰다듬는 맹이었다.

　"어떤 친구가 올까?" "크아앙!"

　"기대된다. 인간계에서 온 친구라니. 나도 제대로 된 친구가 생길 수 있어!" "켕켕!"

　"친구 일부러 안 만든 거 아니었냐고? 뭐, 그런 셈이지. 다들 구름 수호자라고 부담스러워해서 가까워지기 어렵더라고." "킹킹!"

　"이 친구는 나에 대해서 아예 모르잖아. 편하게 친해질 거야. 왜인지 그런 생각이 들어. 아주 편안한 친구가 될 것 같은 느낌! 미래를 보는 건 아니지만… 나 아직 하늘바람지기 못 써. 어렵더라고. 길수 아저씨가 조언해 줘도 어렵던데. 그냥 단순한 감이야. 정말 운명의 친구가 되지 않을까? 이제 슬슬 마중 나가봐야겠다. 구름이 빛나고 있거든. 있다가 다시 부를게." "켕켕!"

　맹은 키채비를 다시 불러들이고 구름문으로 다가섰다. 구름문에선 빛이 흘러나오더니 그곳에서 빛을 가르고 한 명이 튀어나왔다. 고요한 호수에서 나온 사람은 넌지시 혼잣말했다.

　"또 여기네…."

　"정말 인간계에서 사람이 넘어왔구나!" 호맹과 우진이 처음 마주하는 순간이었다.